बवालिस्तान

युवान बुक्स

अनबाउंड स्क्रिप्ट का उपक्रम

बवालिस्तान

प्रथम संस्करण : जनवरी, 2026

ISBN : 978-93-47125-80-5

प्रकाशक : अनबाउंड स्क्रिप्ट
2/41, अंसारी रोड,
दरियागंज, दिल्ली - 110002
वेबसाइट : www.unboundscript.com
ई-मेल : books@unboundscript.com
फोन नं. : 011-35807601

BAWALISTAN
Written by Tasneem Khan

मुद्रक : यश प्रिंटोग्राफ़िक्स, नोएडा, उ.प्र.

मूल्य : ₹ 249 /-

बवालिस्तान

तसनीम ख़ान

युवान बुक्स

साथी इकराम और बेटे मतीन के नाम

अपनी बात

ख़ुशी या प्रेम की कोई कहानी नहीं होती। दुःख या विरह की होती है। लेकिन हम ठहरे सकारात्मकतावादी कि हम उसमें 'ख़ुशी' या 'प्रेम' का शब्दमात्र देखकर ही उसे ख़ुशहाल दिनों की कहानी कह देते हैं। जबकि ख़ुश होना वो क्रिया है, जब आप सिर्फ ख़ुश होते हो, उस समय न दिल कुछ कहता है और न दिमाग़ और न ही आपका सबकॉन्शस माइंड रिएक्ट करता है। ज़्यादा से ज़्यादा आपके पास 'आभार' का शब्द होता है। जब दिल, दिमाग़ किसी समय में शब्दों को इस्तेमाल ही नहीं करते तो उसकी कहानी कैसे कहेंगे। जहाँ शब्द चूक जाते हैं, वहाँ से प्रेम तो शुरू हो सकता है, कहानी नहीं। कहानी को शब्द ही नहीं, कई सारे शब्दों की ज़रूरत होती है। कहन की ज़रूरत होती है। व्यक्त करने की ज़रूरत होती है। इन दिनों में ख़ुद को व्यक्त करना भी ख़तरा उठाना है, तो मैं इसे अधिकतम शब्दों और रचनात्मकता का दौर कहूँगी।

इस ख़तरे ने जब हर जगह खोदने का काम किया है, तो यह पूरी तरह दर्दनाक नहीं रहा। खुदाई उर्वरता बढ़ाती है। उर्वर हैं तो

कहानियाँ यों निकलेंगी कि दस्तावेज बनकर, एक बड़ी लकीर इस समय को पाटने का काम करेगी और इसके दूसरी ओर उम्मीद की नई दुनिया हमारा इंतज़ार करती होगी।

अब देखिए, सकारात्मकतावाद साथ ही चल रहा है।

खैर,

मैं ख़ुशी और कहानी, दुःख और कहानी की बात कर रही हूँ, तो इसमें एक विरोधाभास इसी दौर में आता है कि हमने पिछले एक दशक में ऐसे भी 'अच्छे दिन' देखे हैं कि जिनकी बात कही जा सकती है। अभिव्यक्त की जा सकती है। साहित्य लेखन में आना किसी योजना के तहत तो नहीं ही हो सकता, यह आपके अथाह दुःखों के दिनों में, अंधेरे में हाथ आई रस्सी के सहारे चलते फिर भी संभव हो सकता है। दरअसल जब आपके जीवन में बड़ी दुर्घटनाएँ घटती है तो जीवन का नज़रिया बदल जाता है। साहित्य में आने और फिर इन कहानियों तक पहुँचने का मेरा सफ़र दो दुर्घटनाओं के साथ शुरू हुआ।

पहली पापा का गुजरना, उस दर्द में मैं जीवन जीने के लिए नया सिरा ढूँढ रही थी तो लिखना शुरू किया और दूसरी जब साल 2014 के ठीक उसी 'अच्छे दिनों की शुरुआत के पहले दिन' एक सहयोगी ने कहा– 'अब तुम्हारा क्या होगा तसनीम?' इस सवाल ने इसलिए परेशान नहीं किया कि 'क्या होगा?' इसलिए कि क्या मेरे अपनों में से कोई मुझे ऐसा अविश्वास भी दे सकता है? इस सवाल पर मेरे भीतर का भरोसा कुछ दरका। और धीरे-धीरे ये दरकना खाई में तब्दील होता गया। आज इस खाई में झाँकती हूँ, तो तड़प उठती हूँ। क्योंकि यह सहज नहीं था या है। पूरे 100 सालों की अथक मेहनत के बाद हम एक-दूसरे के ख़िलाफ़ खड़े कर दिए गए।

इस जद्दोजहद में लिखना ही मेरे लिए एकमात्र रास्ता है, जिससे मैं कहीं तक तो पहुँच सकूँ। बचपन से अच्छी पाठक रही हूँ, तो जितना मैंने साहित्य पढ़ा, उससे इतना तो सोचने या करने के अभ्यास में ही आ चुका कि जो दुनिया की गंद है, जो दुःख है, जो यातना है, जो टीस है, जो विरोध है, जो ग़लत है, वो तो कहना ही है। हर हाल में कहना है।

पहली कहानी और पहला उपन्यास दोनों ही उस प्रतिरोध पर रहा, जिसकी ज़रूरत मैं बचपन से महसूस करती आई। हालांकि यह एक धर्म की बात नहीं, पूरे भारतीय समाज की ही बात है कि धर्म के नाम पर औरतों को जितनी यातनाएँ दी जा सकती थीं, उससे कहीं ज़्यादा दी गईं और दी जा रही हैं। मैं बदलाव चाहती रही हूँ। बदलाव की इस बेचैनी में ही उन यातनाओं की कहानियाँ कहीं, जो मैं अपनी पीठ पर घाव की तरह महसूस करती रही हूँ। लेकिन मैं वाकई नहीं जानती थी कि वक़्त आपके एक घाव को भरने से पहले दूसरा बड़ा घाव देता है कि आप पुराने को छोड़ इस नए के इलाज की सूरत देखने लगते हो। बस, यहीं से आपका रास्ता बदल जाता है। जो छूटा है, वो आपमें साथ चलता है, लेकिन प्राथमिकता यही है कि इस बड़े घाव को भरा जाए। इसी बीच जो कहानियाँ लिखी गईं, वही आपके सामने हैं।

यों भी इस दौर को अच्छा कहिए कि यह दिन न होते तो कहानियों की ज़मीन उर्वर न होती, मेरी पीढ़ी प्रतिरोध का अर्थ नहीं जान पाती, वो बँटवारे की त्रासदी को सिर्फ घटना की तरह पढ़ती और आगे बढ़ जाती। हम सामाजिक तौर पर तो लड़ ही रहे होते हैं, इन्हीं दिनों ने हमें राजनीतिक, सांस्कृतिक और ऐतिहासिक चेतना भी दी है। इस चेतना ने तर्कशक्ति पहले से बढ़ाई है। जहाँ तर्क हो,

प्रतिरोध हो, ग़लत को ग़लत कहने की हिम्मत हो तो ज़िन्दगी में इससे बेहतर दिन क्या ही हो सकते हैं? इन्हीं दिनों में जो बचा रह गया, वो मेरा–हमारा हासिल है। जो साथ हैं, सोचिए वो कितने खरे हैं, कितने जीवट हैं, जो धारा के विपरीत साथ खड़े हैं, जो अपने हैं, जो भरोसे को दरकने नहीं देते, बल्कि जो दरका है, उसे ठीक करने का जज़्बा रखते हैं, इतने प्यारे लोगों का साथ है। इन बचे लोगों से ही उम्मीद का दामन भरा हुआ है, इन्हीं से दुनिया ख़ूबसूरत है और इन्हीं के दम पर दुनिया हँसती-खिलखिलाती रहेगी। उन सभी का आभार, जो दिल में हैं, जीवन में हैं। आप सभी के साथ मैं एक भरे-पूरे संसार का हिस्सा हूँ।

तसनीम ख़ान

8 नवंबर 2025

शाम छः बजे

अनुक्रम

|

अब्दुल की मौत

अब्दुल ने आँख खुलते ही सामने पंडित को खड़े देखा और चौंकते हुए बोले- अरे पंडित, तू भी मर गया?

पंडित ने बहुत तसल्ली से जवाब दिया- 'हाँ, मैं भी मर गया।'

उनका जवाब मिलते ही अब्दुल ने डॉक्टर की ओर देखा- 'डॉक्टर तू भी?'

डॉक्टर ने पंडित की ओर देखा, उनके इशारे पर पसीना पोंछते बोले- 'हाँ, मैं भी।'

'पंडित का तो समझ आता है कि वो मेरे साथ वहीं था, लेकिन तू वहाँ क्या कर रहा था कि साथ यहाँ भी पहुँच गया।' अब्दुल ने कहा।

'वो, वो!' लाइन पूरी करने के लिए डॉक्टर ने पंडित की ओर देखा।

'ये हम दोनों का बीपी नापने ही तो आ रहे थे। तभी तो तूफ़ान आ गया।'

'ओह, मुझे क्या मालूम था डॉक्टर कि तुझे बुलाते ही यह सब हो जाएगा, नहीं तो अल्लाह कसम तुझे कभी न बुलाता। और पहले पता चलता तो फ़ोन कर तुझे आने का मना कर देता। ख़ैर, अब सिर्फ़ अफ़सोस कर सकता हूँ।'

अब्दुल साहब की यह बात सुनते-सुनते डॉक्टर ने इस माहौल में ख़ुद को एडजस्ट कर लिया था।

'अब मामला अफ़सोस तक रह ही नहीं गया।' ख़ुद डॉक्टर अफ़सोस के साथ बोला।

'कह तो सही रहे हो डॉक्टर, अब जब मर ही गए तो अफ़सोस कैसा?' अब्दुल साहब को हँसी का दौरा पड़ा।

हँसकर फ़ारिग़ हुए तो फिर चौंके- 'अरे, पंडित हम मरकर कहाँ आए हैं? यह दोज़ख़ तो नहीं लग रहा।'

'बता मुल्ले, हमने जीवन में ऐसा क्या किया है, जो नरक में जाना पड़ता।' पंडित बोला।

अब्दुल ने यहाँ-वहाँ चारों ओर निगाह दौड़ाई- 'यह तो कुछ डॉक्टर के हस्पताल जैसा ही लग रहा है।'

पंडित जी संभले- 'तूफ़ान में हस्पताल भी तो तोड़ा गया, वो भी मर गया, तो हम इसके साथ ही यहाँ पहुँचे।'

डॉक्टर ने पंडित के हाँ में हाँ मिलाई।

'अच्छा! ठीक कह रहे हो। तो क्या यह जन्नत है? हाँ, जन्नत ही होगी, कोई जलता कढ़ाव नहीं है। मुझ बीमार को इलाज के लिए बिस्तर मिला है, दोस्त साथ है, डॉक्टर साथ है, तो ये ज़रूर जन्नत ही है। हाँ, जन्नत ही है।'

‘एक बात बता पंडित, इधर तो हम तीन ही दिख रहे और भी तो लोग होंगे ना।’

‘तूफ़ान में हम तीनों एक साथ मरे तो तीनों एक साथ आ गए। अब बाकियों का तो मुझे भी पता नहीं।’

‘पता कर, क्योंकि यह तो हो नहीं सकता कि तूफ़ान में हम तीन ही मरे, आज तो जो हमने देखा उसमें तो कम से कम मैं सौ मानकर चल रहा हूँ।’

‘तू भी जाने क्या-क्या ही मान रहा है। स्वर्ग मिल गया, अब तो सुकून में आ जा। छोड़ उस दुनिया की बातें। वो जो तू आज समझ रहा है, वो चार दिन पहले की बात है।’

‘तो हमारा सोयम भी हो चुका और तुम्हारा तीया भी।’ अब्दुल ने डॉक्टर और पंडित की ओर देखा।

बहुत देर तक यहाँ ख़ामोशी रही।

बिस्तर में काफ़ी करवटें बदल चुके अब्दुल ने कहा- ‘यार, पंडित तू भी मेरे साथ आ गया, ये तो ठीक नहीं हुआ। अब दोनों घरों को कौन देखेगा। कौन उन्हें समझाएगा। इस तरह वो तो बर्बाद हो जाएँगे।’

अपने दोनों हाथ बाँधे दीवार की ओर मुँह घुमाए खड़े पंडित का चेहरा भावहीन था, बोला- ‘हम दोनों के देखते-देखते सब बर्बाद हो चुका, अब मुझे कोई उम्मीद नहीं। सो, अच्छा है कि हम दोनों यहाँ हैं।’

‘नहीं पंडित, हम समझाते रहते तो एक दिन वो ज़रूर मानते। सब ठीक होता।’

'इतना आशावादी होना भी ठीक नहीं है अब्दुल। कोई मानने वाला ही होता, तो बता तुझ पर ये वार होता? हम यहाँ होते?'

'जो भी है, वो गैर तो नहीं, हमारे अपने ही तो हैं। क्या हमें उन्हें उनकी गलतियों के साथ छोड़ देना चाहिए था? हमारा सही रास्ता चुनने को कहना ग़लत है क्या?'

'जीते तो यही सब करना हमारी मजबूरी होती। मरकर भी उनके बारे में ही सोचें, ऐसी तो कोई मजबूरी नहीं?' इस बार पंडित की आवाज़ कुछ कर्कश थी।

'तो क्या अब हमारे दिल उनके लिए नहीं तड़पेंगे? हमें अपने बच्चों के लिए अच्छा माहौल अब नहीं चाहिए?'

'जिन्हें हमने एक ही आँगन दिया खेलने को, वो बड़े होकर हमारे ख़ून से वहाँ लकीर खींच देंगे और हम उन्हीं के लिए अच्छा माहौल की सोचेंगे? बताओ अच्छा माहौल किससे माँगना था? वो तो उनका ही ख़राब किया हुआ है ना, अब वही भुगतें।'

'जन्नत में आते ही पिता इतना कठोर हो जाते हैं क्या पंडित?' अब्दुल की आह निकली।

'यहाँ भी हम ख़ुद नहीं आए, उन्हीं ने भेजा है। तुम भूल तो नहीं गए?'

'ये सब भूलने जैसा कहाँ रहा पंडित। उस दिन आरिफ़ ने कुदाल लेकर जब हमारा साझा बरामदा बीच में से खोद दिया और ईंट चुनी, तब से अब तक मैं कुछ भूल नहीं सका हूँ। देख, यहाँ दूसरी दुनिया में आकर भी सब याद है... सब याद है! दोनों घरों की औरतों ने उसे कितना मारा, कितना भला-बुरा कहा, मिन्नतें भी

की, हमने उसे कितनी बार वहाँ से धक्के दिए, लेकिन वो ईंट लगाकर ही माना।'

'उन ईंटों के नीचे हमारे पीढ़ियों के रिश्ते तो नहीं दब सके। देख, उनकी कोशिशों के बावजूद हम साथ हैं। हमारे घर की औरतों ने हमेशा उन रिश्तों का मान रखा। जब तक वो चाहेंगी, रिश्ते फलते रहेंगे। इस पीढ़ी से नहीं निभे, तो अगली पीढ़ी तो निभाएगी।'

अब्दुल का ठहाका गूँजा- 'देखा, देखा। साला मुझे आशावादी कह रहा था। ख़ुद की उम्मीदें तो देखो।'

वो ताली बजा-बजाकर पंडित पर हँसते चला गया।

हँसी बंद हुई और टीस उभरी... अब्दुल बोला- 'यह पीढ़ी हमारे देखते-देखते बर्बाद हो गई और हम कुछ न कर सके। अगली के लिए मैं सोचकर दहल उठता हूँ। अगर जन्नत में भी दुआ होती है और सुनी जाती है, तो मेरी तो यही दुआ है कि हमारे बच्चों की गोद अल्लाह सूनी ही रखे। अब कोई पीढ़ी इस तूफ़ान में आँख न खोलें।'

'तू तो यहाँ आकर बड़ा समझदार हो गया। इतने दिनों में पहली बार तूने ऐसी बात कही जो मुझे पसंद आई। मिला हाथ।'

निराशा में फिर कुछ उत्साह भरा गया, दोनों ने कसकर हाथ मिलाया। जैसा वो बचपन से करते आ रहे हैं। जब भी दोनों में से किसी को किसी की बात पसंद आती तो यही कहते, 'मिला हाथ।'

'देख तो ज़रा, मेरी आँख खुले बड़ी देर हो गई, अब तक यहाँ कोई हमारा हिसाब-किताब करने नहीं आया?'

'तू ही सारी उम्र कहता आया कि क़यामत के दिन हिसाब होगा, अभी तो जन्नत में मजे कर।'

'तो क्या ये क़यामत नहीं थी?'

पंडित ने सूते हुए चेहरे के साथ उसे देखा। 'हाँ, क़यामत से कम तो नहीं होनी चाहिए। अजय ने तुझ पर वार किया। यह देखना हम दोनों के लिए क़यामत ही तो थी। हाँ, अब हिसाब होना ही चाहिए।'

'तू भी ना पंडित, क्या बात ले आया। उसके वार पर जन्नत मिल गई, मुझे तो इस बात पर सब्र हैं। बस दुआ है कि अल्लाह उन दोनों को सब्र दे और वो हमारे रिश्तों का मान रख सकें?'

'तू झूठी उम्मीदें बांधना छोड़ दे। दोनों हमारी दी परवरिश की ओर कभी नहीं लौटेंगे। उनके मन में बाल पड़ चुका है। वो मान चुके हैं कि वो अलग-अलग हैं। इतने कि दोनों में से कोई एक ही रह सकता है। जहाँ ऐसी सोच आ जाए, वहाँ वापसी असंभव है।'

आवाज़ में इस बार बेचारगी थी। अब पंडित के लिए बोलना मुश्किल हो रहा था। अब्दुल समझ गया और करवट ले ली।

वो शायद सो गया कि कितनी देर से उसका कोई सवाल पंडित तक नहीं आया। पंडित की आँख इस तरह पथराई थी कि नींद तो दूर की बात, वो पलक झपका भी नहीं पा रहा था।

उसने अपनी हथेलियों को ग़ौर से देखा, इन्हीं हथेलियों को दोनों के सिर पर साथ रखता था। साथ खेलते-खेलते बड़े हुए। दशहरे के मेले से उनके लिए वो हर बार चमकीली पन्नियों की तलवार ले आते थे। मुहर्रम आता तो वही तलवार अब्दुल ले आता था। दोनों बच्चे इन तलवारों से लड़ते। हारते-जीतते, मरने का नाटक करते। एक की तलवार टूटती, तो दूसरा भी अपनी फेंक देता था।

'अब क्यों नहीं फेंक देते? यह वो तलवारें तो नहीं जो हम दिलवाते थे। फिर किसने दी इनके हाथ? हम कहाँ थे जब वो अपने

दिलों में दीवार बना रहे थे? पुरखों ने जो सींचा उसे रिश्ते को ख़त्म होते देख हम दोनों कुछ नहीं कर पाए? क्या भगवान ने हमे इतनी भी सूझ नहीं दी कि अपने बच्चों को नफरती होने से बचा पाते? दो घरों की हँसी, चुप्पी में बदलती रही और हम अपनी ही दोस्ती में मगन रहे। आगे वालों की दोस्ती नहीं दुश्मनी पल रही है, इस बात को हम अनदेखा क्यों करते रहे?'

'पंडित जी।' डॉक्टर ने बहुत धीमे से दरवाज़े के पर्दे में से मुँह निकालते हुए इशारा किया।

'क्या डॉक्टर, अब्दुल की रिपोर्ट ठीक तो आई है ना। ख़तरे की बात तो नहीं।'

डॉक्टर ने हैरत से पंडित की ओर देखा, उसने तो किसी ओर सवाल की उम्मीद की थी कि जैसे 'अब हालात कैसे हैं।'

'हाँ, अभी तो ठीक है। शांत हैं और धड़कनें काबू में हैं, लेकिन कोई शॉकिंग बात सामने आई तो हो सकता है, फिर से अटैक आ जाए। अभी हम बड़े अस्पताल नहीं ले जा सकते।'

'फिर, हम क्या करेंगे?'

'कुछ नहीं, अभी नींद के इंजेक्शन दे रहा हूँ। जब तक शांत रहेंगे, ठीक ही रहेगा। वैसे मुझे समझ नहीं आ रहा, हर मुकाबले में अव्वल रहने वाला अब्दुल इन लोगों की भीड़ से इतना डर गया कि दिल ने धोखा दे दिया।'

'सही कहा डॉक्टर, धोखा दिल ने ही दिया। अजय इसके दिल में ही बसा है। दिल का वो हिस्सा ख़राब हो गया तो अटैक तो आना ही था। अजय ने वार नहीं किया होता, तो यह ऐसे गश खाकर न

गिरता। वो वार से नहीं, किसी अपने की नफ़रत से सदमे में आ गया। वरना तो उसने ऐसी भीड़ वालों में से कई उठाकर पटक दिए। वो तो भीड़ को भेदने में माहिर था।'

'अजय की ही बात क्यों करें, आरिफ़ भी तो आपको देखकर आपा खो देता है। आपको कभी सदमा नहीं लगा?'

'बुरा तो तब लगता, सदमा तो तब झेलता जब मेरी कोई उम्मीद बाक़ी रह जाती। जिस दिन उसने काफिर कहते अजय पर हाथ उठाया था, उस दिन से मैं उसे दूर-दूर जाते देखता रहा। हाँ, अब्दुल और मैंने कोशिशें की, लेकिन हमारी मुहब्बत हमारे दोनों जवान बच्चों के लिए अप्रासंगिक हो चुकी थी। हम उनकी सोच में कहीं भी फिट नहीं बैठते। वो तो उन लोगों के लिए फिट हो चुके थे, जो हर कोने में ज़हर बो रहे हैं।'

'तुम्हें पता है डॉक्टर, जब बच्चों को नफ़रत उठा ले जाती है, तो आप देखते रह जाते हो, आपका कोई मंत्र, कोई वजीफा काम नहीं करता। आरिफ़ चौक में जितनी बार मार डालने की धमकी देता था, मैं उतनी ही बार सुन्न हो जाता था। लगता था कि यह सुनकर तो मर ही जाए तो अच्छा।'

'और ये मरने का नाटक कब तक करना है?'

पंडित जवाब देता तब तक डॉक्टर का साइलेंट फ़ोन जेब में वाइब्रेंट होने लगा, उसने उठाकर बात की। लौटकर आया तो साँस फूल रही थी।

'पंडित, तूफ़ान फैल गया है। दोनों ओर के लोगों ने शहर में आग लगा रखी है। आरिफ़ और अजय के गुट बवाल मचा रहे हैं।'

पंडित ने चैन से सोते हुए अब्दुल की ओर देखा और बोला- 'तेरे इस आइसीयू में एक बेड और लग सकता है?'

डॉक्टर- 'हाँ! पर क्यों?'

'तो लगा दे एक और बेड, नींद के इंजेक्शन मुझे भी दे। और जब भी होश में आने लगूँ, फिर दे देना, देते ही चले जाना। मैं अब उठना नहीं चाहता। अब्दुल को भी मत उठने देना। वो बर्दाश्त नहीं कर पाएगा।'

'बर्दाश्त तो आप भी नहीं कर पा रहे हो।'

'जिस शहर को हमारे पुरखों ने साझेपन से सींचा, उसे जलते देख कौन बर्दाश्त कर पाता है? मैं और अब्दुल मरे ही ठीक है।

■

2

पैरों में फिर पीर उठी है...

आम दिनों सी रौनक नहीं थी घर में। सब चुप-चुप सा था। कोई सुनसान-सा। एक सदमा-सा, जैसे चारों ओर फैलता जा रहा था। चौक, कमरे, बरामदा, चौका। सब पर चुप्पी थी। ऐसा नहीं था कि घर में कोई नहीं था। वही बरसों का कुटुम्ब था। चार भाई, उनकी बीवीयाँ, बच्चे और उन सभी के अब्बा-अम्मा। अब्बा-अम्मा की चारों बहुएँ भी इन दिनों एक-दूसरे की ओर हँसकर देखती। कोई बरतन नहीं टकराता था और न ही कोई आवाज़, न कोई कंधा टकराता। न अब्बा किसी को डांटते और न ही कोई उनकी आवाज़ से सहमता। कोई 83 बरस गुजार चुके थे दुनिया में। फिर भी कमर झुकी न थी। कोई 6 फ़ीट लम्बे अब्बा पैरों में दर्द के मारे चलते, तो छड़ी लेकर थे। लेकिन लम्बे-लम्बे पैरों से लम्बी फलांगे यों मारते कि साथ चलते चारों बेटे पीछे ही रह जाते। वो पलट कर मुस्कुराते तो उनका रौब ख़ूब दिखाई देता। उस वक़्त वे पैरों का दर्द भी भूल जाते।

घर भर में सबसे तेज़ आवाज़ किसी की सुनी जाती तो वो अब्बा की ही थी। सबसे तेज़ हँसी भी। खाना खाने के बाद अल्लाह का शुक्र अदा भी वे तेज़ आवाज़ में करते थे। लेकिन इन दिनों यह तेज़

आवाज़ आती ही न थी। वो ख़ामोश रहते। अक्सर धीमी आवाज़ में टीवी देखते। फिर कोई उदासी घेर लेती और वो अपनी रजाई ओढ़ सोने का जतन करते देखे जाते। सर्दी भी इस बार ख़ूब पड़ रही थी। दिसंबर बीतने जा रहा था। हमेशा सर्दी ज़्यादा ही होती, पर इस बार सितम और भी था। अम्मा उनके नींद के जतन को ख़ूब समझती। वो भी उनकी रजाई ठीक करने, कंधों तक ओढाने का जतन करती, जैसे उनकी ख़ामोशी को पढ़ रही हो। फिर वो भी अपने पानदान की डब्बियों को बेवजह बाहर निकालती और फिर उसे भर देती। चौक में लगे पलंग पर धूप सेंकती अपनी चारों बहुओं की फुसफुसाहट को ताकती और देखती सब कितना बदल गया इन दिनों। बाहर एक दीवार-सी खिंच रही थी तो घर के भीतर नाइत्तेफ़ाक़ी की दीवारें इन्हीं दिनों में गिर गई थी।

'जाहिदा...'

अब्बा ने शाम का खाना खाकर, अपने धोए हाथ तौलिए से पोंछते धीमे से अम्मा को आवाज़ दी।

'जी...'

अम्मा उसी तखत पर बैठी थी, आवाज़ देने पर पास आ गई।

'वो दोपहर को चारों भाई क्या बात कर रहे थे?'

अम्मा कुछ सकपका गई। उन्हें लगा था कि वो सो रहे हैं और वो सुन न सकें इसलिए चारों भाई बहुत धीमे ही बात कर रहे थे, फिर भी अब्बा को भनक थी कुछ।

'अअ, आँ, हाँ, कुछ नहीं, कुछ भी तो नहीं।'

'मैंने सुना फिरोज जोधपुर वाले घर के बारे में कुछ कह रहा था।'

‘अजी, नहीं जी। आपने शायद यों ही सुन लिया। आपके दिमाग़ में वही कुछ चल रहा होता है न।’ उन्होंने अब्बा के हाथ से तौलिया लेकर दरवाज़े पर फैलाते हुए कुछ अटकते हुए कहा।

अब्बा ने गहरी नज़रों से उनकी ओर देखा, वो फिर सकपका गई। बिना बात ही पान लगाने लगी।

‘फिरोज कह रहा था कि रमेश जी जोधपुर वाले घर की आधी क़ीमत भी देने को तैयार नहीं। कल तक जो मुँह मांगी क़ीमत दे रहे थे, वो आज आधी भी नहीं दे रहे। आख़िर क्या हो गया है सबको?’

‘अजी, आप क्यूँ परेशान होते हैं, चारों भाई जानें। हमारी तो उम्र हो चुकी। अब उनके नसीब में क्या है, अल्लाह बेहतर जानता है। आप आराम करो।’

‘नहीं जाहिदा, बात उनके नसीब की नहीं है। बात मेरी मेहनत की है, मेरी मेहनत की कमाई की है। मैंने उस घर की हर ईंट को सींचा। उसके लिए मीलों पैदल चला हूँ मैं। इतना कि छाले पड़ गए। लेकिन ख़ुश था कि पहली बार मैं अपनी ही ज़मीन पर अपने लिए छत डाल रहा हूँ। यहाँ यह घर तो बाउजी का है, लेकिन वो मेरा... मेरा अपना घर। हमने तो यही सोचा था ना कि उस एक घर की क़ीमत में चारों बेटों को अलग घर मिल जाएँगे। सब अपनी गृहस्थी में मजे में रहेंगे। मगर, मगर... अब लोग ऐसे जताने लगे कि वो मेरा कभी था ही नहीं। क्या वाक़ई इस ज़मीन पर मेरा कोई हक़ नहीं?’

उनके चेहरे का रौब उदासी में तब्दील हो गया था और कड़क आवाज़ भर्रा रही थी। इस उम्र में भी गठीले बदन वाले अब्बा का शरीर कम्पन कर रहा था। उन्हें दाँत भींचता देख अम्मा पान छोड़ उठी और दोनों हाथों का घेरा बनाकर उन्हें सहारा दिया।

'कुछ नहीं है, हाफ़िज़ साहब, कुछ नहीं। सब ठीक होगा।'

अचानक हाथों का घेरा समेटा और कंधों पर रख बोली। आप ये जो दिनभर टीवी देखते हो न, इसका नतीजा है कि आप दिलो-दिमाग़ को इतनी तकलीफ़ दे रहे हो। कल ही हटवाती हूँ इसे यहाँ से।'

उनकी बात में एक थपकी सी थी और दिलासा भी।

'दिलासा मत दो जाहिदा। हालत इतने भी आसान नहीं रहे। देखो शाहीन बाग को 10 दिन ही हुए और माहौल कितना ख़राब हो गया। अब मेरे पास तो न मेरे माँ-बाप के काग़ज़ हैं और न ही मेरे या तेरे यहाँ पैदा होने के। हमारे साथ, हमारे बच्चों को भी बुरे दिन न देखने पड़ जाएँ। कहाँ से लाऊँ वो काग़ज़ जो बता सकें कि यह ज़मीन, यह मिट्टी मेरी ही है।'

'फिर वही बात, आप सोचो मत, सो जाओ तो मन हल्का रहेगा।'

'हँसते-खेलते रिश्ते दिन ब दिन बिगड़ते चले जा रहे हैं, तो मैं चैन से कैसे सो सकता हूँ जाहिदा? जो रमेश जी, दिन-रात भाईजी, भाईजी कहते नहीं थकते, वो आज सब भूल गए। अपना सबकुछ हम पर न्यौछावर करने वाले रमेश जी आज मौके का फ़ायदा उठा रहे हैं।'

'फ़ायदा क्या उठा रहे, धमकी ही दे रहे हैं कि अब यहाँ वैसे भी कौन रहने देगा। कह रहे थे कि हो सकता है अपनी ज़मीनों से बेदखल कर दिए जाओ, तो बेहतर है जो दे रहे हैं, चुपचाप ले लो।'

अफ़रोज़ ने उनके सामने रखी कुर्सी पर बैठते कहा।

अम्मा ने उस पर आँख निकाली, चुप रहने का इशारा किया, लेकिन उसे अनदेखा कर दिया गया।

‘अब्बा, अभी आधी दे रहा है, वही ले लेते हैं, आगे यह भी नहीं मिलने वाला।’

‘कैसे नहीं मिलने वाला। बात क़ीमत की भी नहीं, बात रिश्तों की है, माहौल की है। क्या इन दस दिनों में इंसान ही बदल गए अफ़रोज़। ये वही तो लोग हैं, जिनके मोहल्ले में अकेला हमारा मुसलमान परिवार था, लेकिन कभी किसी ने महसूस ही नहीं होने दिया और आज वही आँख फेर रहे हैं। घर की क़ीमत आधी हो गई और हमारे रिश्तों की क़ीमत ख़त्म?’

‘अब्बा आप क्यूँ मलाल कर रहे हैं। उस घर से हमें कुछ ना मिले तो भी क्या। यह घर तो है ना। हम चारों के लिए यह एक छत बहुत है।’

सबसे बड़े बेटे फ़िरोज़ ने उन्हें लिटाते हुए कहा।

उसकी झूठी मुस्कुराहट उन्हें समझ आ रही थी।

‘जोधपुर के उस मोहल्ले की छोड़ो, हमारा यह डीडवाना का कस्बा कितना अच्छा है। अच्छा, अब्बा देखो, अगला साल 2020 ख़त्म होने से पहले ही ऊपर एक कमरा और चुनवा दूँगा। जमील की शिकायत दूर हो जाएगी कि वो छोटा है तो सबसे छोटा कमरा उसके हिस्से आया।’ फ़िरोज़ ने लेटे हुए अब्बा के पैर सहलाते कहा। वो बचपन से ही अब्बा के पैर सहलाता रहा। वो ज़रा बड़ा हुआ, तभी से अब्बा जब भी लेटते उसे आवाज़ लगा देते। वो कई देर तक अब्बा के पैर सहलाता रहता और अब्बा सुकून से सो जाते। कभी-कभार बुदबुदाते भी...

‘अब पीर ठंडी पड़ी है।’

तब वो नहीं समझता कि कौन-सी पीर ठंडी पड़ी है। उसने कभी पूछा ही नहीं। अब ब-ख़ूबी समझता है कि अब्बा की कोई भी पीर ठंडी ऐसे ही पड़ती है। उसे उनका मीलों चलने का दर्द ख़ुद में महसूस होता और वो कभी-कभार रातभर उनके पैर ही सहलाता रहता।

'पर मेरी ज़मीन का क्या फ़िरोज़? ये सब ज़मीन मेरी नहीं है क्या?' फिर उनकी आवाज़ भर्रा रही थी। अम्मा ने उनके सिर पर हाथ रखकर तसल्ली दी।

'देखो, सब हमारा ही है। चार बेटे, बहुएँ, बच्चे, ये घर, ज़मीन, आसमान सब।'

'क्यूँ दिलासे देती हो जाहिदा। तुम जानती हो, मेरे लिए ज़मीन का मतलब क्या है। यह कहते हुए उन्होंने करवट ले ली।'

उनके करवट लेने का मतलब सभी समझते। फ़िरोज़, छोटे भाई अफ़रोज़ पर आँखें तरेरते बाहर निकल गया। पीछे अफ़रोज़ भी। अम्मा कुछ देर उनके सिर पर हाथ फिराती रही, उनके चेहरे को ग़ौर से देखा। वहाँ झुर्रियों में बरसों के उतार-चढ़ाव देख वो ख़ामोश थी। कुछ न कहा। वो उनकी ख़ामोशी से घबरा जाती कि कहीं फिर दिल का दौरा न पड़ जाए, लेकिन इस वक़्त अब्बा को अकेला ख़ामोशी से लेटने देना ही उन्हें ठीक लगा। कुछ दर्द ख़ामोशी की दवा से ही ठीक होते हैं।

वैसे भी उनके ज़ख़्म उनकी यादों में भरते हैं और खुलते भी हैं, कभी जलते भी हैं।

◈◈◈

जुलाई आख़िर का कोई दिन रहा होगा, जब भारत-पाकिस्तान के अलग-अलग आज़ाद होने की सुन अफ़रा-तफ़री का माहौल-सा था। बाड़मेर सीमा के बाद का बड़ा शहर होने के चलते दोनों तरफ़ के लोगों का जमघट-सा लगा था, जोधपुर में। जाने वालों के लिए भी और आने वालों के लिए भी यह कोई आख़िर बार मिला देने वाला शहर था। यहीं आख़िरी बार उस घर में झगड़े की आवाज़ें सुनाई दी थी। जो खाट्टे वाली मस्जिद के बिल्कुल सामने था।

'हम वहाँ नहीं जाएँगे। हमारा सबकुछ यहीं है, हम कहीं नहीं जा रहे हैं।'

यह कहते मीर बक्श ने रफीका के हाथ से उसके सामान का बक्सा दालान में फेंक दिया था। वो छोटे पाँचों भाई और उनकी दो साल की बहन सहमे हुए सब देख रहे थे। यों भी बड़े भाई 20 साल के आमिर और इन पाँच भाइयों को दालान में हर दिन दोनों के झगड़े सुनने की आदत-सी थी। वो सहमकर दोनों के मारपीट तक पहुँच चुके झगड़े के ख़त्म होने का इंतज़ार करते रहते। छोटी आशिया अभी यह सब समझती न थी।

'तुम्हें अपनी जान की न पड़ी हो। मुझे तो मेरी और मेरे बच्चों की जान प्यारी है। हम जाएँगे। और हमारे सभी रिश्तेदार भी तो वहाँ जा रहे हैं। फिर हम यहाँ रहकर क्या करेंगे।' उसने आख़िरी बार समझाने का दांव खेला हो जैसे।

'कुछ भी करेंगे, लेकिन मेरी मिट्टी छोड़ नहीं जाऊँगा।'

'तो मरो इस मिट्टी में, मैं अपने भाइयों के साथ जाऊँगी।' रफीका ने बड़ा कठोर फैसला सुनाया था, इस दालान में।

‘तुम ऐसा नहीं कर सकती। और आमिर ने भरोसा दिलाया है न, कुछ न होगा। वो नायब तहसीलदार का इंस्पेक्टर है। उसके चलते कोई हमारे घर की तरफ़ देखेगा भी नहीं।’

‘मुझे नहीं चाहिए आमिर और तुम, दोनों रहो यहाँ। वो अपनी इंस्पेक्टरी नहीं छोड़ेगा और तुम यह मिट्टी। और मैं तुम सबको छोड़ दूँगी। मेरे इन बच्चों का मुस्तक़बिल यहाँ दिखाई नहीं देता मुझे। यहाँ पता नहीं कब मारे जाएँ।’

उसने अपनी दो साल की बेटी आशिया को सीने से लगा लिया। अपने सात बच्चों में से 20 साल के आमिर को लेकर उसे कोई ख़ास लगाव न था। वो हमेशा उसे अपने ख़िलाफ़ और मीर बक्श यानी उसके शौहर की ओर झुकाव लिए ही पाती। सारे रिश्तेदारों को अपने घर छोड़, पाकिस्तान जाते देख-सुन उसका दिल घबरा जाता था। वो रात-रातभर अपने बच्चों की ओर देखती। आमिर को छोड़ पाँच और बेटे और एक बेटी आशिया के लिए अनजाना ही डर सताए जाता। अब जब उसके माँ-बाप के साथ सभी भाइयों ने पाकिस्तान जाना तय किया तो उसने भी बक्सा तैयार कर लिया।

पर मीर बक्श यह जगह छोड़ने तैयार नहीं थे।

‘रफीका, हम यहीं ख़ुश रहेंगे देखना। यह दिन टल जाने दे बस।’ उन्होंने भी अकेले होने से पहले छूटती ज़िन्दगी को एक और मौक़ा दिया जैसे।

लेकिन रफीका ने पलटकर नहीं देखा। भाइयों ने सामान उठाया और उसने सबसे छोटे दोनों बच्चों को सीने से लगाया। मीर बक्श उस जिद्दी औरत को जाते हुए देर तक देखते रहे। जब तक खाष्टे के इस मोड़ से वो मुड़ न गई। छोटी आशिया अपनी माँ के कंधे से

सटी अनजाने ही अपने अब्बा को सिर पर हाथ रखे सलाम कर रही थी। पाँचों बेटों में से अकेला हाफ़िज़ उन्हें मुड़-मुड़कर देख रहा था। उसने कहा था अब्बा से कि वो कहीं नहीं जाना चाहता, लेकिन माँ ने उसे नहीं छोड़ा। वो भी खाट्टे के उस मोड़ पर बहुत कुछ छोड़े जा रहा था। उसके घर का दरवाज़ा छूट भले गया, लेकिन उसकी नज़रों के भीतर से ओझल न हो सका। अपने अब्बा की, उनके मोड़ से मुड़ आने की उम्मीद भरी नज़रें उसकी धड़कनों को तोड़ रही थीं। उसने कसकर अपने कुर्ते के ऊपर से सीने को पकड़ रखा था। दूसरे हाथ की छोटी गठरी उस पर भारी होने लगी।

अब्बा कहते, कोई बवाल न होगा। देखना सब ठीक होगा। हम हँसी-ख़ुशी अपनी ही ज़मीन पर रहेंगे। ज़मीन का मतलब उनके लिए कोई घर न था, वो दस साल का हाफ़िज़ ब-ख़ूबी समझता। फिर वो मिट्टी में खेलते-खेलते मुट्ठी भर उसकी ख़ुश्बू सूंघ लेता। गीली मिट्टी से अपने घर बनाते-बनाते वो उस घर के पास ही लेट जाता। फिर उसे मिट्टी में सना देख अम्मा उसकी तबीयत सुधार देती।

वो ख़ुशबू उसके साथ-साथ रही और अब्बा की एक जोड़ी आँखें भी।

बवाल के माहौल से ठीक पहले, वे लोग मीरपुर ख़ास पहुँच चुके थे। कुछ ट्रेन, कुछ बस और कुछ सफ़र पैदल निकला। इधर भी वही अफ़रा-तफ़री मची थी। सिंध प्रांत का यह इलाका लगभग ख़ाली हो गया था। यहाँ रहने वाले सिंधी लोग बस्ती छोड़ निकल चुके थे। बाक़ी भी अपना सामान समेट रहे थे।

आज़ादी का दिन आने से पहले, सभी को अपनी जगह नहीं, अपना देश भी बदलना था। किसी बवाल के अंदेशे में हर कोई कांपता फिर रहा था। लोग अपनी पीढ़ियों से सींचे पुश्तैनी मकान छोड़ गए थे। मकान ही क्या, भरे-पूरे घर ही थे। अनाजों के ड्रम भरे थे और कपड़ों की गठरियाँ भी गली भर में बिखरी मिली।

रफीका अपनी तेज़ तर्रार आदतों से खानदान भर में मशहूर थी और यहाँ आते ही ख़ूब होशियारी दिखाई। सिंधी बस्ती के दो घर रोके थे उसने। रोकना तो पाँच चाहती थी, अपने बेटों के लिए, लेकिन उसके भाईयों को भी तो घर चाहिए थे। वो मन मसोस कर उन दो घरों को फिर बसाने में जुट गई।

लेकिन क्या बसा था। कुछ भी तो न बसा था। बवाल बढ़ता जा रहा था और गलियों में सन्नाटा पसर रहा था। दूसरी ओर से आकर बसे इंसान भी इस बस्ती में ख़ुश दिखाई नहीं दे रहे थे। हर घर में पथराई आँखों के कुछ लोग रहा करते। बच्चों की आँखें भी तो पथरा गई थी। अपने मोड़, अपनी दहलीज़ें, खेल के दोस्त, घर के दालान, कुछ की माँ, कुछ के बाप और कुछ के बच्चे यहाँ रहने वालों की यादों में घूमते, उनके भीतर शोर मचाए रखते और बाहर कचोटने वाला सन्नाटा।

दिन में कई बार अपनी अम्मा और अब्बा को लड़ते सुनने वाले हाफ़िज़ की आँखें क्या, कान भी पथरा गए। ऐसे कि अब भी वो सुन्न होकर बस उन्हीं आवाज़ों को सुनने की कोशिश करते। आँख-कान क्यों उसकी तो नाक तक पथरा गई थी। अपने दालान की मिट्टी उसे अपने शरीर पर मली लगती और वो चौंककर अपन कुर्ते के भीतर झाँकने लगता।

इस पथराई बस्ती, जो अब सिंधी बस्ती की बजाय सैयदों की बस्ती कही जाने लगी, उसी में रह रहे पथराए लोगों की ज़िन्दगी रूकी नहीं थी। चलती जा रही थी। चली जा रही थी।

दो घरों में से एक में रफीका ने किराएदार रख लिए, तो इस बड़े परिवार को खाने की कमी न आई। उस एक घर में वो सात लोग अपनी ज़िन्दगी को सहज बनाने में जुटे थे। कोई सहज नहीं हो पा रहा था, तो वो हाफ़िज़ ही था। वो अपनी अम्मा के बताए काम ख़ामोशी से किसी बेजान मशीन की तरह किए जाता। बात तो वो किसी से नहीं करता। वो बस देखता रहता कि कैसे तीनों बड़े भाई और एक छोटा भाई यहाँ रम गए थे। दो बड़े भाई नये आए लोगों के लिए टूटे-फूटे घरों को ठीक करने की मजदूरी कर थोड़ा बहुत कमा लेते। वहीं तीसरे ने घर के बाहर ही कुछ पुराने कपड़ों की दुकान खोली थी। नये आए लोगों को कम दामों पर गली-गली की गठरियाँ जोड़ इकट्ठा किए कपड़े बेच देता। हाफ़िज़ उनके लिए कोई काम का नहीं था, तो अम्मा उससे घर के काम कराती। वो आशिया को बहलाने से लेकर कपड़े धोना, सफाई करने तक का सारा काम करता। छोटा भाई भी इसमें हाथ बंटा देता। वो मिट्टी से बर्तनों को रगड़ते हुए कई बार उसे सूंघ लेता, लेकिन कोई ऐसी ख़ुश्बू न थी, जो उसके भीतर बसी ख़ुश्बू से मेल खाती हो।

यह करता देख, कभी-कभार अम्मा की डांट, तो कभी एक थप्पड़ आ लगता गाल पर।

'ये मिट्टी खा-खाकर ही गलता जा रहा है। जितना खिलाती हूँ, अंग नहीं लगता तुझे। जाने किस पे चला गया मनहूस।'

मनहूस भी उसे यों कहा जाता कि वो अपने सात भाई-बहनों में कुछ काला था और बेहद कमज़ोर डील-डौल का।

बड़े भाई कालू कह देते, तो माँ मनहूस, बदसूरत जैसा ही कुछ। वो मीर बख़्श और बड़े बेटे आमिर को लेकर जो भी कुंठा होती, हाफ़िज़ पर ही निकालती। हालांकि अकेले में उसे इस बात पर अपराध बोध भी होता, ख़ुद को ख़ूब झिड़कती भी। उसे फिर मीर बक्श और आमिर पर गुस्सा हो आता कि वो दोनों भी साथ आते तो घर में इतनी मायूसी पसरी न होती। वो किसी कोने में ज़ार-ज़ार रोती और मीर बख्श के पाकिस्तान आ जाने की दुआएँ माँगा करती।

जब भी हिंदुस्तान का कोई जत्था आता, तो वो छत से उन जाते लोगों की भीड़ में कभी आमिर को तलाशती, तो कभी मीर बख्श को। हालांकि वो तलाशना चाहती नहीं थी, वो तो बस अपने अपराधबोध को कम करने का एक उपक्रम भर करती। शायद ऐसा कर वो अपने मन का कोई बोझ कम करने की कोशिश में लगी रहती। लेकिन कभी उसे भी नहीं लगा कि कोई राहत मिली हो।

कभी वो बड़ी परेशान हो जाती यह सोचकर कि आमिर की शादी हुई होगी, तो बहू को आमिर और उसके ससुर मीर बख्श ने सास के बारे में क्या बताया होगा? 'बताया होगा कि कोई पत्थर दिल थी। या कि उसे मीर बख्श से ज़्यादा अपने भाई प्यारे थे। अपने बड़े दालान वाले घर को छोड़, यहाँ दूसरे वतन में लोगों के मजबूरी में छोड़े गए घरों को शान से चोरी कर लेने वाली एक बदगुमान औरत है।'

उसने अपने दुपट्टे से मुँह को ढक लिया।

ऐसे ही मुँह ढकते और कभी ख़ुद को सही साबित करने वाली उहापोह में गुजरती रफीका ने यहाँ तीन साल गुजार लिए थे। सरकार ने उनके रोके घरों को उनके नाम कर दिया था। ज़िन्दगी कुछ सामान्य होने लगी थी। हिंदुस्तान से चिट्ठी-पत्री के सिलसिले भी शुरू हुए। लेकिन उनके घर न कोई ख़त आता, न ही भेजा जाता।

ना, ऐसा नहीं है कि लिखा नहीं जाता। लिखा क्या, लिखे जाते थे। रफीका लिख देती कि 'यहाँ आ जाओ, सभी हँसी-ख़ुशी साथ रहेंगे। कोई झगड़ा अब न होगा।'

हाफ़िज़ परचूनी का सामान जिस काग़ज़ में लाता। वो अपने लिए रख लेता। वो लिखता, 'अब्बा मुझे वहाँ बुला लो, यहाँ की मिट्टी मेरी अपनी नहीं।

इसी तीसरे साल में कपड़ों का व्यापार अच्छा चल निकला था। तीनों बड़े इसी काम में लग गए। उसी साल दो बड़ों का निकाह रफीका ने अपने भाइयों की बेटियों से करा दिया। वो बहुत ख़ुश थी कि अब उसकी कुछ ज़िम्मेदारियाँ पूरी होंगी, तो शायद अपराधबोध भी कम हो जाएगा। लेकिन हाफ़िज़ की पथराई आँखें इन तीन सालों में भी किसी तरह उसे नहीं जीने दे रही थी। रफीका जब भी उसकी तरफ़ देखती, एक शूल-सी लगती सीने में। लगता मीर बख्श उसे नफ़रत से देख रहा है और आमिर सवालिया नज़रों से। हाफ़िज़ को जर्द चेहरा उसे उसका माज़ी याद दिलाए रखता।

'तेरह साल के बच्चे, कमठा-मजदूरी कर घर चला लेते हैं, लेकिन यह तो भाइयों के बने बनाए कारोबार की ओर भी नहीं देखता। पता नहीं इस घर में ही गड़ा रहेगा क्या?'

अम्मा ने उसके सामने खाने की थाली लगभग पटकते हुए ही कहा।

दोनों भाभियाँ, जो उसके मामू की बेटियाँ ही थी यानी उसकी कजिन, वो भी दिन-रात उसे मनहूस कहकर ही बुलाती। अम्मा उनसे कुछ न कहती। शायद उसी अपराधबोध में कोई राहत मिलती होगी उन्हें।

बेवतनों को कहाँ राहत मिलती है। मिलती भी होगी, तो उसे न मिली।

सात साल की होते-होते आशिया एक दिन चल बसी। टीबी ने घेर रखा था अरसे थे। उसी टीबी की शिकार रफीका इस घर के बिल्कुल बाहर बरामदे के एक कोने के पलंग पर अलग-थलग पड़ी रहती। जिन घरों को उसने इस मीरपुर ख़ास में आते ही रोका था, वहाँ अब उसके लिए जगह नहीं रह गई थी।

कई बार ज़िन्दगी में किसी घर की जगह नहीं होती तो कई घरों में एक ज़िन्दगी के लिए जगह नहीं होती। उसकी ज़िन्दगी में तो यह दोनों हादसे ही हो चुके थे। वो दीवार की ओर मुँह किए अपने इन्हीं हादसों का हिसाब-किताब कर रही थी कि एक हाथ ने उसके बालों को सहलाया। वो चौंक उठी।

सामने हाफ़िज़ था, उसके लिए खाने की थाली लिए। उसने हाफ़िज़ का चेहरा हाथ में लिए कितनी ही बार देखा, लेकिन वहाँ कोई भाव न थे। न तो नफ़रत के और न किसी मोहब्बत के। उसने नीचे से ऊपर तक हाफ़िज़ को देखा। पैरों में चप्पल नहीं बिवाईयाँ थीं।

जिस हाथ से हाफ़िज़ ने अम्मा को खिलाने के लिए कोर तोड़ा था, उस हाथ को अम्मा ने कसकर पकड़ लिया।

‘कितनी टांचे पड़ी हैं इन हाथों में, क्यों करता है इतना काम। घरभर के बर्तन-कपड़े क्या तेरे लिए ही हैं। क्यों बुहारता है तू इस घर को उनके लिए।’

‘यह काम आपका ही दिया हुआ है अम्मा, अब भी वही कर रहा हूँ।’

अम्मा ने ग़ौर से देखा, वाक़ई हाफ़िज़ का चेहरा सूता हुआ था। कोई अहसास वहाँ अम्मा ने नहीं देखे थे।

‘हाफ़िज़, हाफ़िज़, देख मेरी ओर, नफ़रत से देख बेटा। मैंने दी ना तुझे ऐसी ज़िन्दगी।’

‘नहीं अम्मा, हमारा नसीब यहाँ ले आया।’

‘झूठ बोलता है तू, झूठ बोलता है। मैं लाई यहाँ पर, मैं लाई तुझे तेरी ज़िन्दगी के उस मोड़ से घसीट कर। तेरी ज़िन्दगी का कोई सिरा वहीं कहीं रह गया हाफ़िज़। जा, जा तू। फिर से पकड़ ले अपनी ज़िन्दगी का हिस्सा।’

‘मैंने कुछ छोड़ा ही कहाँ अम्मा कि पकड़ लूँ।’

‘हाँ, यही कि तू यहाँ का हो ही नहीं सका। जहाँ का है, वहाँ का मैंने नहीं होने दिया। तू ऐसा कर, तू जा, तू चला जा यहाँ से। लौट जा अपनी जड़ों की ओर। लौट जा अपनी मिट्टी में। उड़ेल लेना जीभर उसे बदन पर। शायद फल जाए तेरी ज़िन्दगी।’ यह कहते अम्मा ने उसे धक्का दे दिया। कमज़ोर देह का हाफ़िज़ गिरा और थाली दूर जा गिरी।

आवाज़ सुनते ही दरवाज़े पर दोनों बहुएँ आ गई।

‘अब तुम मनहूसों ने खाना फेंकना भी शुरू कर दिया। एक तो इतना ख़र्च कर, तुम बेकारों का पेट भरो, इस पर भी लानतें।’

हाफ़िज़ ने ख़ुद को संभाला, फिर अम्मा को।

‘अम्मा, मैं कहीं नहीं जा रहा। तुम्हें अकेले छोड़ना गुनाह होगा मेरे लिए।’

‘गुनाह, हाँ, गुनाह ही है किसी को छोड़ना। अपनी ज़मीन छोड़ना, अपने लोगों को छोड़ना। बता, बता तो, मैं इतनी बीमार होती तो तेरे अब्बा छोड़ देते क्या? कभी नहीं। आमिर किस कदर आगे-पीछे घूमता। बड़े डॉक्टर तो उसके कहने भर से मेरे पास बैठे रहते। और वो, वो हमारे रामावतार काकोसा, वो तो अपनी दुकान की हर देसी दवाई दे-देकर उकता देते मुझे।’

‘तुझे पता है, तेरा कमज़ोर बदन देख, रोज़ाना कोई न कोई दवा ले आते। जाने कितने नुस्खे आजमाए हैं, उन्होंने तेरे ऊपर। अब तक तो तुझे हट्टा-कट्टा बना देते।’

इस बात पर पहले तो वो ख़ूब हँसी और फिर रोई भी, लेकिन हाफ़िज़ बस एकटक देखे जा रहा था। उसके पास जताने को कुछ न था वहाँ।

‘तू रोता है न हँसता है, हाफ़िज़। तो क्या यह सब भी मेरे कसूर में जोड़ेगा।’

‘नहीं अम्मा, ऐसा नहीं है।’

‘ऐसा ही तो है, तू ही मुझे मेरे गुनाहों से आज़ाद कर सकता है। उस मिट्टी की ख़ुशबू में मिल जा जाकर। जा।’

इस बार हाफ़िज़ ने कोई जवाब ना दिया। मगर अम्मा जानती थी, वतन से दूरी हाफ़िज़ को जीने नहीं देगी और वो जिंदा रही तो हाफ़िज़ जा न सकेगा। अपने अपराधबोध में सोई अम्मा फिर न उठ सकी।

लेकिन बरामदे का पलंग ख़ाली नहीं था। अब दिनभर का काम कर हाफ़िज़ की थकी कमज़ोर देह सर्दियों की रात में भी इसी पलंग पर निकलती। उसके बिस्तर उसे नाकाफ़ी रहते, लेकिन वो कुछ कचरा जलाकर अपने लिए सर्दी का इंतजाम करता रहता।

उसकी ठिठुरती देह देख, वहाँ से गुज़र रहे सन्नी बाबूजी ने अपनी कंधे की चादर उस पर डाल दी। उसने देखा सन्नी बाबूजी झुके उससे कुछ पूछ रहे हैं।

सन्नी बाबूजी इस सिंधी बस्ती यानी अब सैयदों की बस्ती के सबसे आख़िरी छोर पर अपने कुछ परिवारों के साथ रहते। ये कुछ परिवार ही थे, जो सिंध प्रांत के इस कस्बे में बचे रह गए थे।

'जी, जी बाबूजी।'

'क्या हुआ बेटा, बाहर क्यों सोते हो इतनी सर्दी में।'

'इन घरों में जगह नहीं है बाबूजी, वैसे भी कौन-से मेरे हैं। मेरा घर तो वहाँ है, सरहद पार। बड़े दालान वाला।'

'कुछ यादें धुंधली नहीं पड़ती बेटा, कितनी भी कोशिश कर लो।'

'नहीं बाबूजी, मैं ऐसी कोई कोशिश नहीं करता। मैं एक दिन फिर लौट जाउँगा वहाँ।'

‘कैसे जाओगे? अब तो दोनों ओर की सरकारों ने सरहद पर सख़्ती कर दी है। ख़ूब जांच होती है। कई काग़ज़-पत्र माँगते हैं। है कुछ तुम्हारे पास।’

उसने न में गर्दन हिला दी।

‘चलो अभी सो जाओ। सुबह आकर कोई जुगत बैठाते हैं।’

हाफ़िज़ की आँखों में पहली बार कोई रोशनी उठी। एक उम्मीद की रोशनी। वो घुप्प अंधेरे में भी बाबूजी को जाते हुए देख पा रहा था।

उसने महसूस किया कि वो उनके ही परिवारों की ख़ून-पसीने की मेहनत से बनाई सपनों की दीवारों के एक क़ब्रिस्तान पर बैठा है, जिस पर उसका कोई हक़ नहीं। उसने हक़ जताया भी नहीं था कभी, लेकिन आज यहाँ बैठना उसके लिए एक बोझ की तरह था। यह चबूतरा उस ओर के कई बच्चों की यादों का क़ब्रिस्तान ही था, वो जल्दबाज़ी में उसकी सीढ़िया उतर गया और पूरी रात सड़क पर बिता दी। दूसरे दिन इस क़ब्रिस्तान रूपी बस्ती में वो कहीं नज़र नहीं आया। वो ज़िन्दगी ढूँढने निकल चुका था।

◆◆◆

मीरपुर ख़ास से निकलते ही उसके पैर जैसे हवा में उड़ने लगे थे। यहाँ तब बस्तियाँ नहीं के बराबर थी। वो इस इलाके में अपने लम्बे पैरों से डीग भरता, फ़लांगे मारता काफ़िले से बहुत आगे निकल जाता। जैसे उसे अपनी पैदाइश के पंद्रहवें साल में चलना सीखा हो। वो दूर से अपने काफ़िले को अपने पास आते देखता तो मुस्कुरा देता, कि वो ही है, जो मीलों पैदल सबसे जल्दी चल सकता है।

मुस्कुराना भी उसने इस पंद्रहवें साल में ही सीखा, ऐसा उसे महसूस हुआ। महसूस करना भी अब ही सीखा था। तभी तो उत्साहित था, अपनी ज़मीन की ओर से आते खिंचाव से सम्मोहित हो वो उस ओर चला जा रहा था। किसी टीले पर बैठ सूरज को क्षितिज में अस्त होते देखता तो लगता वहीं कहीं उसका ख़ूबसूरत शहर भी है, घर भी है, अपने भी और अपनापन भी।

कोई 30 लोगों का काफ़िले होगा यह, जिसमें हाफ़िज़ अकेला ही गैर सिंधी था। लेकिन यह फ़र्क़ न उसे महसूस हुआ और न बाकि लोगों को। कुछ दिनों तक वो उन लोग की मश्क़ से पानी पीने में झिझकता, लेकिन अब तो वो झिझक भी नहीं रही। सभी तो उसके जैसे ही थे, एक जैसे। सभी का रास्ता एक, मंज़िल भी एक।

जहाँ कहीं थकान उतारने बैठते औरतों का निशाना हाफ़िज़ ही होता।

'क्यों, मीरपुर का पानी लगा नहीं बदन को।'

'बदन को पानी नहीं मिट्टी चाहिए। घर जाकर उसी से नहाऊँगा, तब देखना पहचान नहीं सकोगी। बिल्कुल मोटा-ताजा लगूँगा।'

वो अपना मुँह फुलाकर कहता और काफ़िले में हँसी दौड़ जाती।

कोई तीन महीनों में वो उमरकोट से कुछ आगे ही निकल सके थे।

'बाबूजी, इतना धीरे चलेंगे तो बहुत वक़्त लगेगा उस पार जाने में।'

'अपनी चाह के रास्ते लम्बे ही हुआ करते हैं। और हमारे पास कोई काग़ज़ भी तो नहीं। अभी तो दोनों सरहदों पर गश्ती बहुत खड़े रहते हैं। लूट लें तो कोई बात नहीं, पर जान का ख़तरा भी तो है। बस ज़रा समझदारी से चलना पड़ेगा। नाम बदल-बदलकर और रास्ता बदल-बदलकर। अभी तो कोई तीन महीने ही और लगेंगे।'

उसने लम्बी साँस ली। फिर क्षितिज की ओर देखा। रेगिस्तानी इलाकों का क्षितिज भी कुछ ज़्यादा दूरी पर होता है। यहाँ के लोगों का सूरज दूर है, रोशनी भी।

वो उसी रोशनी का पीछा करता चलता जा रहा था। मीलों तय किए थे उसने और कई कोस चलना था। उसका कमज़ोर शरीर और कमतर होता जा रहा था, लेकिन उसके चलने में उसकी कमज़ोरी को जोर नहीं चला करता। फ़लांगे मारते-मारते ही वो इस पंद्रहवें साल में जैसे कई बरसों से चल रहा था।

कस्तूरी की तरह। जिस मिट्टी की ख़ुशबू ख़ुद उसके बदन में थी, उसी में बच्चों की तरह हाथ-पाँव मारना चाहता था। उसके मन की कस्तूरी उसी ख़ुशबू की ओर दौड़ रही थी। अपनी ज़िन्दगी के वो पाँच साल, जो उसने जिए ही नहीं, वो तो उसी क़ब्रिस्तान में छोड़ आया था।

छः महीने होने जा रहे थे जब काफिला थारपारकर पहुँचा। यहाँ कुछ गश्ती थे। उनके नाम की पूछताछ को जुटे। हाफ़िज़ पेट पकड़ देर तक हँसता रहा था, जब सभी ने अपने रटे गए मुस्लिम नाम बताए थे। वैसे भी इतने महीनों में सभी की दाढ़ी इतनी बढ़ चुकी थी कि पहचाना जाना वैसे भी मुश्किल था। थारपारकर से कुछ ही दूरी पर थी हिंदुस्तान की सरहद। वो उतावला हो उठा।

'हम उस ओर क्यों नहीं जा रहे?

'हमें सीधे रास्ते नहीं जाना है। जहाँ से ये लोग ले जाएँगे, वहाँ से जाना है। शायद 15-20 दिन और लगेंगे।'

वो बच्चों-सा रुंआसा हो गया।

‘बाबूजी बहुत दिन हो गए, वतन ढूँढते हुए। सामने है तो क्यों नहीं जा सकता।’

‘अब तुम उस वतन के नहीं हो बच्चे। जैसा कहते हैं, करो। नहीं तो सारी उम्र वतन के निशां को तरसोगे।’

उसके रोंगटे खड़े हो गए। वो वहाँ के स्थानीय लोगों के पीछे चलते अपने काफ़िले में शामिल हो गया। छाछरो के क़रीब पहुँचते ही काफ़िले में हलचल हुई। कुछ लोग उस्तरे ले आए थे। सभी मर्दों को यहाँ गंजा किया गया। उसका कुर्ता पाजामा उतारकर, धोती और कुर्ता पहनाया गया।

यों सभी एक जैसे ही दिख रहे थे। यह इसलिए भी ज़रूरी था कि गंजे सिर और सफ़ेद कपड़ों से रेगिस्तान में दूर से कोई देख नहीं पाता। फिर भी काफ़िले को छितरे हुए चलना था। यानी सात-आठ लोगों के अलग-अलग दल बना दिए गए। हाफ़िज़ पहले ही दल में था।

बाबूजी ने उसे समझाया था कि सरहद पार कोई नाम पूछे तो लाला रमानी बताना है। उसे कई बार रटाया। लेकिन वो डर रहा था, उसने बाबूजी से कहा कि वे भी साथ चले। लेकिन बाबूजी ने समझाया अभी उन्हें बाकियों को पार पहुँचाना है, अंत में जाएँगे। छाछरों के उस रेगिस्तान में वो बाबूजी को अपने पीछे, बहुत पीछे छोड़ता जा रहा था। वो लम्बी फ़लांगें नहीं मार रहा था, उसे बाबूजी से अपने पैर बंधे महसूस हो रहे थे। इस रेगिस्तान में भी वो दूर से गंजे हो चुके बाबूजी को आसानी से पहचान पा रहा था। सामने उसकी अपनी ज़मीन थी और पीछे छूटते बाबूजी का मोह भी था। अपने बचपन के उन दस सालों बाद इस पंद्रहवें साल में उसकी

आँख में फिर आँसू थे। फिर रोना अभी कुछ देर पहले ही उसने सीखा था।

हाफ़िज़ को उसका नाम रटाते हुए ले जा रहे लोग सरहद से पहले ही अलग हो गए। बाक़ी और दूसरे रास्तों से चले, लेकिन उसे चौहटन की सरहद पर छोड़ दिया गया, जहाँ कोई गश्ती नहीं दिखाई दे रही थी। बाबूजी के दिए दो रुपए उसने अपनी धोती की गांठ में बांध रखे थे। बार-बार वहाँ हाथ लगाकर तसल्ली करता कि अब भी उसके पास पैसा है। चौहटन में वो किस ओर जा रहा था, ख़ुद उसे भी नहीं मालूम, लेकिन हाँ, वो चला जा रहा था। कहीं मिट्टी कंटीली थी, तो कहीं मुलायम। यहाँ शाम होते जब कहीं दूर लालटेन जली, तो उसे दिशा मिली बस्ती की।

बस्ती से कुछ दूरी पर उसने रात काटी। सुबह बस की पौं-पौं से उसकी नींद खुली। पता चला कि वो बस के रास्ते के बीचों-बीच ही सो रहा है। खलासी ने उसे लात मारते हुए उठाया।

वो लगभग कांपते हुए उठा। उठते ही उसने हाथ जोड़ लिए थे, जैसा कि बाबूजी ने उससे कहा था।

'कांई भायो, कठै जाणो हो, के आत्महत्या करबा नै सूतो है।'

'मुझे शहर तक जाना है।'

'बाड़मेर जासी बस, चालै है कै?'

'हाँ, हाँ।'

यह कहते वो बस में चढ़ गया। मन में कोई डर था, लेकिन बरसों बाद उसे वो ज़िन्दगी मिली, जिसकी तलाश में वो आया। अपनी बोली सुनने को क्या मिली, वो तो मन ही मन बौरा गया।

मारवाड़ में जन्मे हाफ़िज़ को यह बोली कई देर तक अपने कानों में घुलती महसूस हुई। उसके आँखों के कोने भीग रहे थे। लेकिन पहली ज़रूरत सीट पर बैठ जाना था। कई महीनों से चल रहे पाँव थके से लग रहे थे। चप्पल के नाम पर पतला-सा चमड़ा बचा था। पैरों पर उसने कई जगह पट्टियाँ बांध रखी थी। उनमें कहीं टीस उठ रही थी। थके शरीर को सीट पर पसरते ही नींद आ गई।

कुछ ही घंटों के सफ़र के बाद खलासी ने झिंझोड़ दिया।

'भायो, अठै ही उतरनो है, नी तो बस पाछी वठै ही छोड़ देसी, जठै से तू आयो।'

हाफ़िज़ पीछे जाने के नाम से डर गया। अपने दो कपड़ों की गांठ जैसी गठरी को उठाया और बस से उतर गया।

वो नहीं जानता था कि किधर जाना है। जल्दबाजी में खलासी से पूछ नहीं पाया कि जोधपुर की बस कहाँ से और कब मिलती है। अब वो इस अनजान से शहर में मारा-मारा घूम रहा था। वहीं किसी रास्ते पर वो देर तक बैठा रहा, उम्मीद में कि शायद यहाँ से कोई राह मिले उसके घर तक जाने वाली।

उस विशाल बरगद के नीचे वो पालथी मारे देर तक बैठा, शाम हो गई थी और उसका पतला पेट कमर से चिपक रहा था। सुबह से कुछ घूँट पानी ही पी पाया था। थकान के मारे शरीर वहीं बरगद के गट्टे पर ही ढेर हो गया। देर रात आँख खुली, तो उसने अपने आपको एक कमरे में पाया। आसपास देखा कोई न था। उसने संभाला तो उसकी गठरी उसके पास ही थी। दरवाज़े से कोई वर्दी पहने आदमी अंदर आया और उसे खाने की थाली पकड़ा दी।

‘शायद तुम भूखे हो।’

उसने बिना कुछ बोले थाली ले ली। भूख की वजह से वो कुछ सोच नहीं पा रहा था। उसने कुछ ही पल में थाली पूरी कर ली।

वर्दी वाला हँसने लगा।

‘कई दिनों से नहीं खाया?’

‘जी।’

‘ये पैरों में इतने ज़ख़्म क्यों हैं। क्या दूर से चलकर आए हो, सरहद पार से।’

आख़िर के शब्दों पर हाफ़िज़ सहम गया। उससे ना नहीं कहा गया। वो कुछ नहीं बोला।

‘कहाँ के रहने वाले हो।’

इस सवाल पर हाफ़िज़ में कुछ हिम्मत आई।

‘जोधपुर।’

‘जोधपुर से इधर क्यों आए, कहाँ जाना है?’

‘जोधपुर ही जाना है भाई साहब।’

‘तो यहाँ कहाँ से आ रहे हो?’

बाबूजी ने कितना ही रटाया, लेकिन वो यहाँ झूठ बोलने की हिम्मत नहीं कर पाया।

‘मीरपुर ख़ास से।’

‘क्या?’

वर्दी वाले को शक तो था ही, उसके कह देने पर वो चौंकते हुए अपनी कुर्सी से उठा।

'क्या तुम जानते हो, सरहद पार से चोर रास्ते से हिंदुस्तान आने की सज़ा?'

'सज़ा, सज़ा क्यों? मैं तो अपने ही घर जाने के लिए आया हूँ। अपनी ही ज़मीन पर लौटा हूँ। मुझे क्यों सज़ा हो। लौट आना कोई गुनाह तो नहीं।'

पता नहीं कैसे उसने यह सब कहने की हिम्मत जुटा ली।

वर्दी वाले ने आसपास देखा, कोई न था। हवलदार शायद गश्त पर थे। वो उसके पास बैठ गया।

'जोधपुर में कहाँ घर है तुम्हारा?'

'खाप्टे पर।'

'वहाँ किसको जानते हो, नाम तो बताओ।'

उसे अपने बड़े भाई की याद हो आई वो नायब तहसीलदार के नीचे इंस्पेक्टर हुआ करते। कहते- 'मारवाड़ में कहीं भी रास्ता भटक जाओ तो मेरा नाम ले देना।'

'सैयद आमिर अली साहब का छोटा भाई हूँ।'

वर्दी वाला हैरानी से देखने लगा।

बोला- 'घबराओ मत, सो जाओ, सुबह घर के लिए रवाना हो जाना।'

हाफ़िज़ इत्मीनान से उस पतली सी लकड़ी की बेंच पर लेट गया। उसे यकीन था कि उसके भाई का नाम यहाँ तो चलता ही होगा।

सुबह उसकी आँख खुली तो वर्दी वाला उसके सामने ही था।

'बाहर मेरे दो हवलदार हैं, वो तुम्हें घर तक पहुँचाएँगे।'

वो जीप से रेगिस्तान के रास्ते नाप रहे थे। हालांकि पूरे रास्ते तीनों ने आपस में कोई बात न की। वो ख़ामोशी को समझ नहीं पा रहा था। कभी तो डर जाता और कभी मन ही मन ख़ुद को दिलासा देता कि भाई का नाम चल जाएगा।

जीप के हिचकोलों में उसे ऊँट की सवारी याद हो आई, जब भाई पहली बार सिवाना गए थे ऊँट पर तो उसे भी ले गए थे। ऊँट के हिचकोलों में उसे ख़ूब नींद आई थी। अभी भी आ गई। मीलों के सफ़र के बाद नींच हिचकोलों में कहाँ टूटती है। उसका पूरा बदन एक सुकून में था। उस बदन की ख़ुशबू यहाँ की हवा में मिली महसूस हो रही थी। नींद में भी उसके नथुने इस ख़ुशबू को ज़ोर-ज़ोर से खींच रहे थे।

रास्त लम्बा था और उसकी नींद भी लम्बी। यह भी पाँच साल बाद उसकी आँखों में इतनी भरी थी कि सुकून से वो सो सके। उसकी उम्र का यह पंद्रहवां साल इतना सुकून में होगा, उसने नहीं सोचा था।

हवलदार ने झिंझोड़कर उसे उठाया।

'उठो खाप्टा आ गया।'

गहरी नींद नहीं, लम्बे सपने से जागा था वो।

'खाप्टा।'

उसने जीप से सिर बाहर निकाल यहाँ-वहाँ नज़र दौड़ाई। आँखों में चमक उभरी और वो जीप से कूद पड़ा। उसे ऐसे कूदते देख, दोनों हवलदार भी हँसी नहीं रोक पाए। लेकिन आदेश के चलते वो ज़्यादा

देर नहीं रुक सकते थे। तुरंत निकलना था। इसलिए खाप्टे के कोने की परचूनी दुकान पर उसे बिना कुछ कहे ही छोड़ गए।

जीप को जाते देख हैरान था कि जिनका नाम नहीं जानता, वो यहाँ छोड़ भी गए और वो उनका शुक्रिया भी अदा न कर सका। शुक्रिया तो वो बाबूजी को भी कहना भूल गया था, जिन्होंने उसके सफ़र को दिशा दी। मंजिल तक पहुँचाने वाले इन तीन वर्दीधारियों को भी कुछ नहीं कह पाया। यह कौन थे, क्यों मदद की, यहाँ छोड़कर क्यों चले गए? वो कुछ समझ नहीं पाया।

पलट के देखा तो वही मोड़ था यह, जहाँ से सब कुछ उससे छूटा था। वो उछल पड़ा कि उसकी धोती खुल गई।

यह देख परचूनी वाले बुज़ुर्ग ने उसको डांट लगाई।

'कुण है रे? कांई करै है अठै? भाग।'

उसके दिल और दिमाग़ में बिजली कौंध गई। उसने धोती को लूँगी की तरह लपेटा और दुकान में ही घुस आया।

'काकोसा, काकोसा, मैं, मैं हाफ़िज़।'

रामावतार ने हैरानी से उसे देखा। बूढ़ी आँखें फैल गई। उन्होंने दाएँ-बाएँ देखा, दुकान पर काम करने वाले छोरे को वहाँ से भाग जाने को डांट लगाई। उसके जाते ही उन्होंने हाफ़िज़ को गले लगा लिया।

और चुप रहने का इशारा किया। ख़ामोशी से उसका हाथ पकड़ा और घर तक ले आया। घर का दरवाज़ा खोलने को हाफ़िज़ बेहद उत्सुक था, लेकिन रामावतार काकोसा ने उसका हाथ दबाया। उसने देखा कोई डर था, जो ख़ामोशी से घिरा था। उन्होंने घर के दरवाज़े

का एक पट खोल उसे हाथ पकड़ अंदर कर दिया। ख़ुद दरवाज़ा बंद कर लौट आए दुकान पर।

हाफ़िज़ घर के दालान में खड़ा उस पूरे घर को देख रहा था। कुछ भी तो नहीं बदला था यहाँ इन पाँच सालों में। कुछ भी नहीं। सीढ़ियों पर उतरती शाम उसने बरसों बाद देखी थी। वो पागलों-सा सीढ़ियों पर दौड़ने-उतरने लगा। यह शोर देख अंदर चटाई के परदों के भीतर से आवाज़ आई।

'कौन है, कौन है वहाँ?'

एक जनानी आवाज़ सुन, वो डर गया। सोचा कहीं घर किसी ओर को देकर अब्बा और भाई कहीं चले तो नहीं गए और भी जाने क्या-क्या सोचा उसने। तेज़ी से सीढ़ियाँ उतर आया।

सामने कोई चार साल का बच्चा था।

'कौन हो आप?'

'मैं, हाफ़िज़ हूँ, यह मेरा घर है।'

'हाफ़िज़।'

परदे की ओट से किसी औरत ने नाम दोहराया और दालान में आ गई।

'तुम हाफ़िज़ हो, इसके अब्बा के भाई?'

'हाँ, मैं आमिर भाई का छोटा भाई हूँ।'

'पाकिस्तान से आए हो?'

यह कहते वो पंद्रह साल के कमज़ोर शरीर वाले हाफ़िज़ का हाथ पकड़ सबसे कोने वाले कमरे में ले गई।

'तुम जानते हो, यहाँ पाकिस्तान से आने वालों पर कितनी नज़र रखी जा रही है। तुम्हें किसी ने देखा तो मुसीबत होगी। भाई सरकार के नौकर हैं, नौकरी पर बात बन आएगी'

हाफ़िज़ सहम गया। दीवार से चिपक गया जैसे। वो तो अपनी मिट्टी अपनी ज़मीन में नई ज़िन्दगी शुरू करने आया था, लेकिन यहाँ तो उसे देख हर किसी का चेहरा डर में डूबा था।

'भाभी, क्यों कोई मुसीबत खड़ी करेगा। यह तो मेरा अपना वतन है ना।'

'इस बारे में बात बाद में करेंगे। तुम्हारे भाई दौरे पर गए हैं। एक-दो दिन में लौटेंगे, तब सोचेंगे, क्या करना है।'

'और अब्बा? अब्बा कहाँ हैं?'

'वो तो तुम लोगों के जाने के सालभर में ही अल्लाह को प्यारे हुए। तबसे मैं और आमिर अकेले हैं और यह तुम्हारा भतीजा है बस।'

'हाफ़िज़ की ख़ुशी कहीं चली गई जैसे। अब्बा को उसने पाँच साल पहले आख़िरी बार देखा था उस मोड़ पर। वो तो लौट आया मोड़ से, लेकिन अब्बा नहीं लौटने वाले।'

पलंग पर बैठते वो हार मान चुका था। ज़ोर-ज़ोर से रोया।

भाभी ने प्यार से उसके कंधों पर हाथ रख दिलासा दिया।

'रोओ मत भाई, सब ठीक होगा। पानी पी लो और आराम कर लो। मैं खाना ले आती हूँ। नहीं पहले गर्म पानी लाती हूँ। देखों पैर कितने ज़ख़्मी हैं तुम्हारे।'

रोते हाफ़िज़ को नर्म लहजे ने चुप करा दिया। उसके ज़ख़्मों पर फाहे रख दिए। गर्म पानी में उसके पैरों को डूबोकर, वो घी ले आई। तौलिए से पैरों के तलवों को पौंछा और ख़ूब घी मल दिया उन पर।

'देखना ज़ख़्म जल्दी ठीक होंगे और दर्द भी जाता रहेगा।'

दर्द तो वाक़ई जाता रहा। उसे अम्मा और अब्बा दोनों के हाथ इन नर्म हाथों में महसूस हुए। खाना खाकर उसे फिर गहरी नींद आ गई।

इस घर में दूसरा दिन उसके लिए ख़ास रहा। सुबह उसे नर्म आवाज़ और नर्म हाथों ने उठाया।

'चाचा, चाचा उठो। हम बहुत सारा खेलना है। बहुत सारा।' चार साल के अतीक ने हाथ फैलाते हुए कहा।

पंद्रह सालों में इस तरह उठना भी उसके लिए पहला अहसास था। वो मुस्कुराते हुए उठा। कमज़ोर शरीर में जान न थी, लेकिन गोल-मोल अतीक को वो गोद में उठाने का मोह न छोड़ सका।

'अरे, उतारो, उतारो इसे। बदन पर ज़ोर पड़ेगा।'

जिससे पहली बार मिला, वो बड़ी ही फ़िक्रमंदी से उससे कह रही थी और वो उन्हें मना नहीं कर सकता था। एक ही दिन में वो उसे अपनी सी ही लगी। अम्मा-सी।

'भाभी, बस कुछ थकान ही तो है। उतर जाएगी एक दो दिन में।'

'थकान ही नहीं उतारनी है, कुछ बदन भी बनाना होगा। यह लो पी लो।'

भाभी ने एक काढ़े का प्याला उसके आगे कर दिया।

'यह क्या है?'

'रामावतार काकोसा ने भिजवाया है। कहा है, सुबह ख़ाली पेट यही पीना है। गोंद की रवी जैसा कुछ है।'

उसे अम्मा की बात याद हो आई कि इस घर में बीमार पड़े तो कई लोग खड़े मिलते हैं ख़याल रखने। अपनी मिट्टी नहीं, उसे तो अपने लोग भी मिल गए थे। लेकिन खड़ा वो नहीं हो पा रहा था। वो पलंग पर ही बैठा रहा। पूरा दिन उसने इसी कमरे में गुज़ारा। अतीक पूरे दिन उसके साथ यही रहा।

शाम होते घर के बाहर आहट हुई। भाभी ने पहले ही कह दिया था कि कमरे के भीतर ही रहें। वो आहट सुन भी बाहर नहीं आया। कुछ लोगों की बातचीत जरूर सुनाई दे रही थी। उन लोगों को दूसरे दिन का काम समझाकर रवाना किया गया और फिर दालान से आगे वो दो कदम बढ़े। रसोई बना रही अतीक की अम्मी को सलाम किया गया। वो सलाम का जवाब देती, उठ खड़ी हुई और पास ही के कमरे में ले गई। हाफ़िज़ का पूरा ध्यान उधर से आ रही आवाज़ों पर ही था।

भाभी ने हाफ़िज़ के मीरपुर ख़ास से यहाँ तक के सफ़र के बारे में बताया, बात पूरी होने से पहले ही वो उठ खड़े हुए और दौड़ते हुए उस कोने के कमरे तक पहुँचे। उसे पलंग पर ना देख वो पलटे तो हाफ़िज़ सहमा हुआ, सिर झुकाए दरवाज़े के पास खड़ा था।

'यहाँ आओ, आओ।'

कितनी रौबदार आवाज़ थी उनकी। उन्होंने हाथ फैला दिए थे, शायद हाफ़िज़ को डरा देख।

वो भाई से लिपट गया। रोते हाफ़िज़ को चुप कराते भाई ने उसे नई ज़िन्दगी में नया नाम दिया।

'आज से तुम्हारा नाम सैयद अली है। हाफ़िज़ को हममें से कोई नहीं जानता। ठीक।'

उसने बस गर्दन भर हिला दी।

'सालेहा, इसका ख़याल रखो और सप्ताह भर में इसका डील-डौल मेरे जैसा हो जाना चाहिए।'

'जी।'

'और हाँ, अभी घर से बाहर या लोगों के सामने आने के लिए तुम्हें कुछ महीने इंतज़ार करना होगा। तब तक यह कमरा और अतीक। यही तुम्हारी ज़िन्दगी है।'

'इससे बेहतरीन ज़िन्दगी के बारे में सोचा ही नहीं भाई। घर में ही रहना चाहता हूँ। बरसों की हूक ठंडी न पड़े तब तक घर से नहीं निकलूँगा। आप कहेंगे तो भी नहीं।'

भाई ने हाफ़िज़ को गले लगाया। चार आँखों की कोरे भीगी हुई थीं।

अतीक के साथ ने 15 साल के हाफ़िज़ के बच्चा मन को जिंदा कर दिया था। अब वो भी भाभी से अपनी पसंद का खाना बनाने की जिद करता। ख़ूब खाता, ख़ूब सोता और अतीक के साथ ख़ूब खेलता।

घर में कुछ ही लोगों का आना जाना था, लेकिन हाफ़िज़, आमिर और सालेहा का डर जाता रहा। कोई भी घर में उस नई आवाज़ की या किसी नए शख्स होने का सवाल ही नहीं करता।

पड़ोसी जानकर भी अनजान ही बने रहे। कहीं से कोई शिकायत नहीं उठी। उस खाट्टे पर सबकुछ पहले की तरह ही था। कहीं कोई भनक नहीं थी कि कोई पाकिस्तान से इस मोहल्ले तक आया। कोई ज़ख़्म ख़ामोशी से भरा जा रहा था। सामूहिक तौर पर। रामावतार काकोसा पहले की तरह ही देसी दवाई देने घर आते, लेकिन एक बार भी हाफ़िज़ के बारे में ज़िक्र नहीं छेड़ा।

हर किसी ने अपने हाथों से मरहम ही रखा था हाफ़िज़ के गहरे ज़ख़्मों पर। ज़ख़्म मरहमों की इतनी परतों में दब गया कि वो ज़ख़्म ही नहीं रहा।

कुछ हवाएँ, कुछ मिट्टी, कुछ रिश्ते ऐसे ही होते हैं, बिना कुछ कहे ही सर्द ज़िन्दगी पर सुकून की गर्माहट ओढ़ा देते हैं।

छः महीने में ही भाई का प्रमोशन हो गया। नायब तहसीलदार बन, बिलाड़ा पोस्टिंग मिल गई। और ऐसे हाफ़िज़ का वनवास भी पूरा हुआ। नए लोगों के बीच आमिर अपने छोटे भाई को बिना झिझक मिलवाता।

ज़िन्दगी का नया सिरा पुराने गलकर छूट चुके सिरे की भी भरपाई कर रहा था। कमज़ोर डील-डौल भाई आमिर की बराबरी करने लगा था। रंग रेत की तरह सुनहरा होता जा रहा था। भाई का रौब भी उसकी आवाज़ से झलकता।

लेकिन पैरों की थकान नहीं मिटी थी। वो कभी दिन में कभी सोने से पहले अतीक को पैरों पर बैठा लेता। बस यही एक पीर थी, जो दिन में कभी उठती, कभी बैठती। जो उसे उसका मीलों का सफ़र हर दिन याद दिलाती।

इन पाँच बीते सालों में हाफ़िज़ के सैयद अली के नाम से कई काग़ज़ तैयार थे। भाई ने डीडवाना की पुश्तैनी ज़मीन, जो कस्टोडियम में चली गई थी, सैयद अली के नाम पर फिर ख़रीद ली थी।

उसके आने के पाँचवें साल जोधपुर में आरएसी के लिए दौड़ हुई और आमिर अली का छोटा भाई सैयद अली भी सरकारी नौकर हुआ।

पहली पोस्टिंग असम में लगी। जब भी घर आता, अपनी महीनों की जमा तनख्वाह अपनी भाभी के उन नर्म हाथों में पकड़ा देता, जिन्होंने सबसे पहले उसके दर्द को सहलाया था। भाभी उस तनख्वाह को एक गांठ में बांध देती।

हाफ़िज़ की ज़िन्दगी को पाकिस्तान से हिंदुस्तान की साबित करने की जुगत में लगे रहे भाई-भाभी को उसकी शादी का ख़याल भी उसकी नौकरी लगने के बाद आया।

हाफ़िज़ को तो जैसे अब ज़िन्दगी से कोई शिकायत नहीं रही थी।

जाहिदा और हाफ़िज़ दोनों ही हैरान थे, जब भाभी ने गांठ में से पूरे 35 हज़ार रुपए निकाल उनके हाथ में दिए। हाफ़िज़ ने बताया कि नौकरी में उसके साथी रमेश जी के घर के पास एक ज़मीन बिकाऊ है। 30 हज़ार क़ीमत की है। भाभी ने झट 35 हज़ार धर दिए हाथ में। कहा- 'तुम्हारी अब तक की कमाई है।'

'भाभी ये तो आपके लिए थे।'

'तुम्हारे भाई जो कमाते, हम तीनों में बहुत पड़ता है। मैंने तो तुम्हारे घर के लिए ही जोड़े थे।'

हाफ़िज़ ने भाभी के हाथ ही चूम लिए।

'भाभी इन हाथों का सहारा न होता तो मैं ही न होता।'

जोधपुर के खेतानाड़ी में हाफ़िज़ और जाहिदा का अपना घर, उसमें चार बेटे और ख़ुशहाल ज़िन्दगी।

बस रात की शुरुआत हाफ़िज़ से आज भी ज़रा मुश्किल ही कटती। सबसे बड़े बेटे फ़िरोज़ को वो अपनी टांगों पर बैठा लेते, कि उनके पैर भूल सके उस लम्बे चलने को। बेटा बड़ा होने लगा तो वो कई घंटों अपने अब्बा के पैर सहलाता। अब्बा बुदबुदाते, 'बहुत पीर है इन पैरों में, ज़रा ज़ोर से सहला दे फ़िरोज़।' उस वक़्त जैसे वो अपने दर्द को दबाने की भीख माँग रहे होते। जाहिदा भी फ़िरोज़ के साथ उनके पैर दबाने और उनका दर्द हल्का करने में लग जाती।

इस पूरे खेतानाड़ी इलाके में वो अकेला परिवार था जो मुस्लिम था। लेकिन अपनी ज़मीन, अपने देश में काहे का डर, सब अपने ही हैं। खाप्टे पर हाफ़िज़ ने यही देखा और यहाँ भी। बड़े सुकून से कटती ज़िन्दगी पर वे नाज करते। जाहिदा से कहते, 'देख मैंने मेरे पंद्रहवें साल में पहली बार अपनी ज़िन्दगी के लिए फैसला किया, अपने वतन लौटने का, यहाँ के रिश्तों में जीने का। रिश्ते तो रिश्ते, दोस्त भी रमेश जी जैसे मिले जो इशारे पर जान दे दें। मोहल्ले में जो इज़्ज़त है, वो कहीं और कहाँ मिलती?'

रमेश जी और हाफ़िज़ दोनों ने साथ नौकरी की, साथ ही रिटायर हुए। दोनों के घरों की दीवार भी एक ही थी। दोनों ने रिटायरमेंट के बाद साथ घूमने के कई सपने देखे थे, लेकिन घर की ज़िम्मेदारी में सपने पूरे न हो सके।

रिटायर होते-होते चारों बेटों ने ख़ुद ही डीडवाना वाले पुश्तैनी घर में रहने का फैसला कर लिया था। चारों में से सरकारी नौकर तो कोई नहीं हुआ, लेकिन रंग-रोशन में काफ़ी नाम था फ़िरोज़, अफ़रोज़ का। धीरे-धीरे, चारों ही इस काम से जुड़े। डीडवाना के व्यापारी उन्हें काम के लिए वहाँ बुलाते रहते। रोजी-रोटी का मौक़ा वहाँ मिला तो पूरा परिवार वहीं चल दिया। हाफ़िज़ भी चाहता था कि उम्र के कुछ साल अपने बुज़ुर्गों के घर में बिता लें, जिसे बड़े भाई ने कस्टोडियम से उन्हीं के नाम ख़रीदा था। भाई की यादें लिए वो इस घर में आ गए थे।

यहीं बसने का मन जब सभी ने बना लिया तो चारों ने अब्बा से इजाज़त चाही कि जोधपुर वाले घर को बेच डीडवाना में ही चारों के लिए घर बनवा दिए जाएँ। अब्बा को परेशानी ना थी। वो तो अपनी मिट्टी में यहाँ-वहाँ रहकर ही ख़ुश थी। अपने वतन में थे, यही बहुत था। उन्हें पता था, रमेश जी को भी अपने बेटे के लिए पास ही का घर चाहिए। वो कई बार हाफ़िज़ से कह चुके थे कि क़ीमत से ज़्यादा रकम वो देने को तैयार हैं। जब हाफ़िज़ ने मन बनाया, तब तक उनकी नज़र और ज़बान दोनों में फ़र्क़ आ गया था। पिछली बार जब वो रमेश जी से बात करने गए तो उन्होंने गाली देकर निकाला था उन्हें।

हाँ, पाकिस्तानी कह देना उनके लिए गाली जैसा ही था। पाकिस्तानी क्यों, उन्हें अफ़गानिस्तानी, बांग्लादेशी या अमेरिकी भी कह देता तो उनके लिए वो भी गाली ही थी। उन्हें कोई इस मिट्टी से अलग कर देखे, यह कैसे बर्दाश्त करें, जिस मिट्टी से लिपटने वे हजारों मील पैदल चले थे।

आज वो नींद में बुदबुदाए नहीं चिल्ला रहे थे।

'फ़िरोज़, फ़िरोज़, बहुत ज़ोर की पीर उठी है।'

पास बैठी जाहिदा घबरा गई। फ़िरोज़, अफ़रोज़ भी आ गए।

वो आँखें बंद किए, पैर पटक रहे थे। लगातार चिल्ला रहे थे।

'पीर उठ रही है, दबा दो इसे, पीर उठ रही है।'

फ़िरोज़, अफ़रोज़ दोनों ही पैरों को ज़ोर-ज़ोर से दबाने लगे। जाहिदा ने सिर सहलाया। कुछ देर में चिल्लाना, बुदबुदाने में बदल गया।

'पैरों में पीर उठ रही है, दबा दो। पीर फिर उठी है।'

हाफ़िज़ ने नींद में देखा, सन्नी बाबूजी, वो वर्दी वाला, दो हवलदार, रामावतार काकोसा, भाभी के हाथ, पड़ोसियों की ख़ामोशी, न जाने कितनी ही तहों में उन ज़ख़्मों पर मरहम रखा गया था। एक बार में ही सारी तहें उधड़ गईं। इस बार पैरों में पीर इतनी उठी कि चीखें भीतर दबने लगी। साँसें भी। बुदबुदाते सोए हाफ़िज़ अली अगली सुबह ख़ामोश हो गए।

उनके पैरों की ये पीर आख़िरी थी।

■

3

राज़ीनामा

हसनपुरा-बी की इस कच्ची बस्ती में भी घर पक्के ही हैं। पक्के घर क्या, कई मंजिला इमारतें लोगों ने बना ली। छोटे-मोटे अपार्टमेंट ही थे। इन्हीं अपार्टमेंट में पूरी बस्ती में मजदूर तबके के लोग रहा करते थे। जिन लोगों के ये अपार्टमेंट थे, उनमें से कोई ना रहता यहाँ, सभी अपार्टमेंट किराएदार मजदूरों से भरे पड़े थे। सड़कें यहाँ बनी नहीं थी, पानी-बिजली का भी कोई पुख्ता इंतजाम न था, लेकिन इस बढ़ते शहर में रोजी-रोटी के लिए आए लोगों को जहाँ जगह मिली, वहीं अपने लिए गृहस्थी जमा ली। गृहस्थी भी कहाँ थी पूरी। ज़्यादातर लोग अकेले ही रहते। ताकि एक कमरे का किराया भी दो-तीन लोग मिलकर दें तो उनकी मजदूरी में कुछ बचत रहती।

इसी हसनपुरा-बी कच्ची बस्ती के शमशान के ठीक सामने यह चार मंजिला इमारत है। कोई बड़ी जगह नहीं है यह। ज़रा सी जगह पर चार मंजिल चढ़ा दी गई। कुछ आठ ही कमरे हो पाए इसमें। हर मंजिल पर दो-दो कमरे। ऊपरी 3 मंजिल के छ: कमरों में कोई अठारह मजदूर रहा करते थे। एक में तीन-तीन। ज़्यादातर बिहार के हैं। नीचली मंजिल यानी ग्राउंड फ़्लोर पर दो गृहस्थियाँ जमी थीं।

इन दोनों परिवारों के होने से यहाँ के रहने वालों कुछ सभ्य होकर रहना पड़ता। यानी दोनों औरतों के कानों तक न पहुँचे, इसके लिए एक-दूसरे को गाली देकर बातें नहीं करते। गाली-गलौच करनी भी हो तो धीमे की जाती। कपड़ों का ध्यान रखा जाता कि फटी लुँगी पहनकर नीचली मंजिल पर नहीं जाना है। और बाक़ी अपार्टमेंट से इसमें साफ़-सफाई भी ज़्यादा दिखाई देती। नीचली मंजिल दोनों गृहस्थियाँ जिनके हाथ में थी, वो दोनों औरतें ही सुबह-सुबह, अपने-अपने कमरों के साथ अपार्टमेंट की सभी सीढ़ियों से लेकर उसके सामने की कच्ची मिट्टी तक बुहार आती। दोनों की ज़िन्दगी एक-दूसरे के साथ से ख़ूब कट रही थी। दोनों एक-दूसरे की राजदार, दोस्त, बहनें और जाने क्या-क्या थे।

दोनों के बच्चे भी बराबर से ही थे। एक-एक पाँच साल के और छोटे तीन-तीन साल के बेटे। चारों ख़ूब धमाचौकड़ी मचाते। मजदूरों के काम पर जाने के बाद तो पूरा अपार्टमेंट ही उनका हुआ करता। चौथी से नीचली मंजिल, नीचे से ऊपर उनकी ट्रेन चलती ही रहती।

उधर के परिवार के बच्चों की ट्रेन कम टाइम लेती, वो कहते दो घंटे में तो साँभर आ जाता है। तो दूसरे परिवार के बच्चे विरोध करते ट्रेन के रुकने का। उनका कहना है कि सीतामढ़ी बहुत देर में आता है। इसलिए ट्रेन कई दिनों तक चलेगी। आधा दिन, फिर पूरी रात, फिर पूरा दिन, वो दूसरे परिवार का बड़ा बच्चा अपनी अंगुली पर गिन बताता। उसका छोटा भाई ना समझते हुए भी ज़ोर-ज़ोर से गर्दन हिलाता और उधर वाले परिवार के बच्चों को भी अपने साथियों के सामने हथियार डालने पड़ते। इसके बाद उनकी वो ट्रेन चलना शुरू होती तो और दो दिन तक चलती ही रहती। फिर शुरू

होती सीतामढ़ी की उनकी कच्ची बस्ती की कहानियाँ। कैसे वो वहाँ रहते। पूरे कुनबे की ख़बर दूसरे ओर के बच्चों तक को रटी थी। फिर 'सीतामढ़ी में बसेली जानकी मई' शुरू हो जाता। दोनों ओर के छोटे बच्चे डांस करते और दोनों पाँच साल के बच्चे ताली बजा-बजाकर सीता मैया की लोरी गाते। दोनों ओर की औरतें अपने कमरे से मुँह निकालकर नाचते-गाते बच्चों को देख, हँस-हँसकर लोट-पोट हो जाती।

दो दिनों की इस लम्बी यात्रा का खेल ख़त्म होता तो दो घंटे का ट्रेन का सफ़र शुरू होता। उधर का बड़ा बच्चा साँभर के अपने मोहल्ले, चचा, ताउ समेत बड़े परिवार, अपने भाई-बहनों, गली के कुत्तों से लेकर साँभर झील पर बैठे लम्बे पक्षियों की कहानियाँ सुनाते।

दूसरी ओर के बच्चे मानने से इंकार ही कर देते कि इतने लम्बे पंछी भी होते हैं, जितना वो अपने हाथ बढ़ा-बढ़ाकर बताते। इस बात पर उनका झगड़ा भी हो जाता। गवाही के लिए इस ओर के बच्चे अपनी अम्मी को आवाज़ लगा देते। वो कमरे के दरवाज़े से बाहर मुँह निकाल कहती- 'होते हैं बच्चों। इतने लम्बे भी होते हैं पंछी। अबकी तुम्हें भी साँभर ले चलूँगी तो ख़ुद ही देख लेना।'

दूसरी ओर के बच्चों की आँखें कौतूहल में चमकने लगती। वो उकड़ू बैठे अपना पूरा ध्यान उधर के बच्चों की अम्मी की बात सुनने में लगा देते। वो झील और पंछियों में खोए रहते कई दिनों।

अपनी माई से पूछते- 'हमका ले जई ना साँभर।'

'हो, अम्मी आँटी ले जईये हम सबका।'

बच्चे उछलते-कूदते अम्मी आँटी के कमरे में घुस आते। आरी-तारी का काम उसे बीच में ही रोकना पड़ जाता। वो झट सितारे समेट अढ़ान खड़ी कर देती कि बच्चों ने कपड़े पर कुछ गिरा दिया तो उसकी मजदूरी मिलनी छोड़ो, कपड़े का पैसा और देना पड़ जाएगा।

दूसरी ओर के उस कमरे में किसी फ़ोटो के आगे चिराग़ जलता। उधर के बच्चे शुरू-शुरू में बहुत दिमाग़ लगाते कि यह फ़ोटो किसकी। एक दिन माँई आँटी से पूछ लिया- 'ये दादी है।'

वो ख़ूब हँसी। बोली- 'ये हमरी सीता मैया है, इनके शहर में ही जन्में हम।'

इस फ़ोटो वाली बात पर अम्मी आँटी और माँई आँटी के साथ दोनों ओर के अंकल भी ख़ूब हँसे थे।

दोनों ओर के अंकल शाम को मजदूरी से लौटते, तो खाना खाकर बस्ती का चक्कर काट लेते। दोनों अपनी दिहाड़ी की कमी और परिवार की मुश्किलों पर बात कर दिल हल्का कर लेते। इसके बाद उधर के अंकल कमरे में जाकर दरवाज़ा बंद कर लेते।

क्यों?

तीन सालों से यहाँ रहते हुए एक-दूसरे की आदतों के साथ जीने के आदी हो गए थे सब। दस बजते ही ऊपरी मंजिल के सारे मजदूरों के साथ दूसरी ओर के अंकल भी छत पर बैठ ख़ूब पीते। यह पीकर ही उनकी थकान कुछ उतरती।

उधर का परिवार चुपचाप अपने दोनों बच्चों को सुलाने की जुगत कर, पीकर मस्त हो चुके मजदूरों के हुड़दंग को अनदेखा करते। अनदेखा कुछ न होता तो वो ये कि दूसरी ओर के अंकल सीढ़ियों से लड़खड़ाते नीचे उतरते ही दरवाज़े पर खड़ी पत्नी को लात

मारकर गिरा देते। वो चिल्लाती। फिर शुरू होता गालियाँ निकालने का उपक्रम। उसे वो चुपचाप सुन लेती, तो अंकल को उसका चुप रहना भी कतई न सुहाता।

वो चाहता कि बहस बराबर हो। एक ओर से चुप्पी पर तो बहस ही ख़त्म हो जाती। ऐसे में एक ही उपाय सूझता, वो सीता मैया की तस्वीर लेकर पटक देता। माँई आँटी उस तस्वीर को सीने से लगा लेती और ख़ूब उलाहना देती सीता मैया के अपमान पर। रामजी कठोर सज़ा देंगे- यह कहते ही वो जाने कहाँ-कहाँ उसे मारता, ख़ुद ही होश न रहता।

सुबह उठता तो बड़े प्रेम से उस माँई आँटी के सामने हाथ जोड़ माफी माँगता नज़र आता। और वो बड़े ही प्रेम से उसे माफ़ भी कर देती।

उधर के परिवार की दंपत्ति रोज़ाना का यह हंगामा, अनदेखा करती। साझा ज़िन्दगी जीने वाले ऐसे ही ख़ामोशी से एक-दूसरे का किया-धरा अनदेखा करते हैं। ढेरों, मनों समझौतों के बीच ही साथ के रिश्ते चला करते।

ये रिश्ते भी यों ही चल रहे थे। फिर एक दिन उधर की अम्मी आँटी ने माँई आँटी से कहा- 'इन झगड़ों का, पीने-पिलाने का बच्चों पर असर नहीं होना चाहिए। भाईसाहब की आदत ख़राब है तो बच्चों का क्या गुनाह? क्यों पीसती हो इन्हें अपने साथ।'

'कोउन ये सब चाहता है बहन, मैं तो यही कोशिश करती कि इन दोउनों मर्दों के बाहर घूम आने से पहले ही बच्चों को सुला दूँ। पर ये मरे कहाँ सोते हैं।' यह कहते माँई आँटी ने अपने दोनों बच्चों को एक-एक थप्पड़ दे मारा।

'क्या करती हो। बच्चों को नींद आएगी, तब ही सोएँगे ना।' अम्मी आँटी ने दोनों बच्चों को खींचकर ख़ुद से सटा लिया।

'तुम्हारे भाईसाहब कल बोल रहे थे कि बच्चों को रात में इधर ही सुला लूँ।'

उसने बच्चों के सिर पर हाथ फेरा। बच्चों ने ख़ुश होते अम्मी आँटी का चेहरा देखा।

बस फिर क्या था। रात को इस अपार्टमेंट में दारु पीने के बाद की गालियों से ज़्यादा इन चारों बच्चे के उस एक कमरे में मची धमाचौकड़ी की आवाज़ें आया करती। कौन पिटता, कौन गालियाँ खाता, इस सबसे अनजाना बना रहता यह कमरा ताकि सब अपनी तरह से ज़िन्दगी जीने के लिए आजाद रहे और साझापन बना रहे।

सुबह उठते ही सभी के सिर से दारु का नशा उतरता। सभी जाने से पहले एक-दूसरे से सलाम भी कर लेते और नमस्ते भी। दरअसल, इन दोनों शब्दों में कोई भेद, कोई ना जानता यहाँ। एक-सा ही लगता। और साझेपन में ही तीन साल बीत गए। अपार्टमेंट दिन में बच्चों से खिलखिलाता और रात में भी। उन चार की आवाज़ें और दोनों ओर की अम्मी आँटी, माँई आँटी की मुस्कुराहटें, सुख-दुःख में साथ खड़े रहना इस कच्ची बस्ती के पक्के अपार्टमेंट के ख़ुशहाल जीवन की नींव रहे।

ख़ैर, जीवन इतना सरल और सहज भी नहीं होता। इन महीनों में पूरे अपार्टमेंट के साझापन में कोई खिंचाव-सा था।

आपसी खिंचाव की बात करें, उससे पहले बता दूँ कि इस चार मंजिला इमारत के किसी कमरे में टीवी न था और न ही इन गरीबों

के घर कोई ज़रा भी पढ़ा था कि अख़बार आता। वरना तो इस खिंचाव की वजह ये दोनों पक्के तौर पर माने जा सकते थे।

इधर के अंकल घर आते ही बच्चों को गुस्से में आवाज़ लगाते, इस पर भी वो न सुनते तो घसीटते हुए उधर के कमरे से अपने कमरे में लाए जाते। माँई आँटी जो कहती- 'बच्चों में क्या फरक करते हो, खेलन देओ।'

इस पर वो बिना नशे के ही उसको तमाचा जड़ देता। वो अपना गाल सहलाती कमरे का दरवाज़ा बंद कर लेती।

उधर वाली अम्मी आँटी अब शाम को मजदूरों के आने से पहले ही बच्चों को उनके कमरे में भेज देती और अपने दोनों बच्चों को बहलाने की कोशिश करती। ताकि वो सवाल न करें कि उन चारों को आजकल साथ खेलने क्यों नहीं दिया जाता? साथ सोने क्यों नहीं दिया जाता?

वो सवाल सुन इनके जवाब देने से ही डर जाती।

अब शाम को यहाँ से दो मजदूर घूमने नहीं जाते और ना ही सुख-दु:ख बांटा जाता। दोनों आँटी भी इन मजदूरों के आते ही एक-दूसरे की ओर देखती ही नहीं। वैसे भी पूरे दिन वो एक-दूसरे के कमरे में ही बिताती। पहले की तरह ही दिन का खाना साथ खाती। दिन में बच्चें वैसे ही धमाचौकड़ी मचाते, लेकिन रातें यहाँ ज़रा डरावनी होने लगी थी।

अब दारु पीकर चिल्लाने और गालियाँ देने वाले मजदूरों की आवाज़ें ही गूँजती। बच्चों का हुड़दंग ख़ामोश हो गया था। उधर के परिवार की अम्मी आँटी और मजदूर भाईसाहब सोने की बजाय छत ताकते रहते। एक दिन उन्होंने बताया भी अम्मी आँटी को-

'कई बस्तियों में देखे, पर अभी कहीं भी किराए पर कमरा नहीं मिल रहा। कुछ महीने ऐसे ही खींचतान कर काटने होंगे यहाँ।'

बच्चे कुछ भी नहीं समझते, बस इतना कि शाम को मजदूरों के आने के बाद, एक-दूसरे से अनजान बन जाना है, वरना दूसरी ओर के बच्चों की पिटाई निश्चित थी।

अब इधर की माँई आँटी सलवार-कमीज ना पहनती। दो जोड़ी ही थी, जिसे पति ने फाड़ दिया। अब वो बस धोती-ब्लाउज ही पहनती।

उधर की अम्मी आँटी ने बदलते इस वक़्त में मुर्गा पकाने का वक़्त ही बदल दिया था। यों तो वहाँ सभी, कभी-कभार माँस पकाकर खाते थे, लेकिन इधर के बच्चों को अम्मी आँटी के हाथ का ही खाना होता था। जब भी शाम को मुर्गा बनता, चारों बच्चे साथ में दबाकर खाना खाते। तो वक़्त बदल चुका था। अब मुर्गा सुबह ही पका लिया जाता, ताकि दिन में चारों बच्चे वैसे ही दबाकर खाएँ।

इस साथ पर वक़्त हावी होने लगा था। खिंचाव ना बढ़े इसकी कोशिशें, अम्मी आँटी और माँई आँटी करती रहती, लेकिन बात न बन सकी। होली आने को थी और दोनों ही जानती थी कि बच्चों को रोकना मुश्किल होगा और उन्हें रोकने वाले मजदूर यहाँ ज़्यादा हैं। बवाल का हल दोनों ने मिलकर निकाल लिया। उधर वाले मजदूर अंकल को भी अम्मी आँटी की बात ठीक लगी। वैसे भी तीन दिन छुट्टियाँ थी। साँभर के लिए बैग तैयार करती अम्मी आँटी चारों को ही बुरी लग रही थी। इधर के दोनों बच्चों ने कहा- 'आपने कहा था, साँभर के लम्बे वाले पंछी दिखाओगे, अब ले चलो। रंग वहीं खेल लेंगे।'

उधर के दोनों बच्चे भी इस बात के जवाब का इंतज़ार करने लगे, लेकिन अम्मी आँटी ने मना कर दिया था। कहा- 'बच्चों के दादा बीमार न होते तो सभी को ज़रूर ले जाती।'

दोनों ओर के बच्चे उदास थे। इस होली के रंग दोनों ओर के लिए साझा न हो पाएँगे, इसका मलाल तो अम्मी आँटी और माँई आँटी का कम ना था। माँई आँटी ने ज़रा सी गुझिया चुपचाप उसकी बैग में रख दी थी। शायद मिठास बनी रहे, इस दुआ के साथ।

इस बार साँभर में यह तीन दिन दोनों बच्चों से ही ना कटे। मोहल्ले भर में गुलाल उड़ रहा था, लेकिन वो तो अपनी बस्ती में अपने दोनों दोस्तों के साथ होली के भाड़ू ना बन सकने पर उदास थे। ट्रेन में लौटने लगे तो वो दो घंटे उन्होंने ख़ुशी और उम्मीद में गुजारे कि इधर के बच्चे रंग लिए इंतज़ार ही कर रहे होंगे। रात को नौ बजे ट्रेन पहुँची जयपुर और बस्ती तक वो पहुँचे तब तक साढ़े नौ बज चुके थे।

देखा कि अपार्टमेंट के बाहर ही सभी मजदूर बैठे हैं। कुछ तेज़ आवाज़ें आने लगी। उनके वहाँ नज़दीक पहुँचते ही सभी ने 'जय श्री राम' के नारे लगाने शुरू कर दिए। इधर वाले मजदूर अंकल सबसे तेज़ आवाज़ में 'जय श्री राम' बोल रहे थे, जो अक्सर दारु पीकर सीता मैया की तस्वीर और माँई आँटी दोनों को पटक देते थे।

एक मजदूर आगे आया, उसने उधर वाले परिवार के मजदूर अंकल को धक्का दिया।

'चल-चल अब कहीं और जाकर देख कमरा। यहाँ बस एक ही धरम के लोग रहेंगे।'

अम्मी आँटी और बच्चों ने गिरते हुए मजदूर अंकल को उठाया।

'क्यों नहीं रह सकते हम, जितना तुम चुकाते हो, उतना किराया हम भी देते हैं। ज़्यादा परेशानी है तो मालिक से बात कर आओ।'

'अब तुम मुल्ले हमें सिखाओगे कि हमें किससे बात करनी है, किससे नहीं। जो भी हो, तुम हमारे साथ नहीं रह सकते।'

'हम सब तो मजदूर हैं ना। हममें कोई न मुल्ला है और न ही किसी और धरम का।'

'ऐ ज़्यादा होशियार मत बन। निकल ले यहाँ से।'

'अभी इस वक़्त हम बच्चों को लेकर कहाँ जाएँगे? और वैसे भी हमारे बीच कोई झगड़ा नहीं है।' इस बार अम्मी आँटी बोली थी।

'ए तू औरत जात ज़्यादा ज्ञान मत बांट, ज़रा-सी देर लगेगी इस बुर्के की इज़्ज़त उतारने में।'

इधर वाले मजदूर अंकल यह बोलते आगे बढ़े, उससे पहले ही छुरा लिए माँई आँटी भीड़ को चीरती वहाँ आई।

'कोउन बोला रे, कोउन बोला। बता तो, अभी काट दूँगी हरामियों को।'

इधर के अंकल की आँखों से ख़ून टपकने लगा, वो माँई आँटी की ओर बढ़े ही थे कि उसने छुरा चला दिया। हाथ से ख़ून बह निकला। बाक़ी मजदूरों में हंगामा मच गया।

इस हंगामे के बीच ही पुलिस आई। पुलिस देख ऊपरी मंजिलों वाले मजदूर अपने-अपने कमरों की ओर दौड़े। पुलिस ने इधर वाले मजदूर अंकल के हाथ से ख़ून बहते देख, बोला किसने किया यह सब।

उधर वाले मजदूर अंकल बोले- 'साहब, मुझसे भूल हुई। ज़रा सी बात पर हम दोनों झगड़ पड़े और चाकू से चोट लग गई। मेरी ग़लती है साहब।'

'ग़लती..., अभी बताता हूँ। चलो थाने।'

'नहीं, नहीं। भाई साहब की कोउनो ग़लती नहीं। यह वार हम ही किए।' माँई आँटी ने पुलिस के आगे हाथ जोड़े।

चारों बच्चे एक-दूसरे का हाथ पकड़े कोने में सहमे थे, जैसे एक-दूसरे का सहारा हो। माँई आँटी के पास अम्मी आँटी खड़ी थी।

बस वो दोनों अलग-अलग हो गए थे।

कुछ ऐसा ही समझ आया, इधर वाले मजदूर अंकल को।

वो तुरंत बीच में कूद पड़े।

'नहीं साहब, दोनों झूठ बोल रहे। यह हमारी अपनी ग़लती से घाव लगा।'

'वाह, सभी मिलकर पुलिस को ही बेवकूफ समझ रहे। सभी चलो थाने।'

'साहब सुनो, ज़रा हमारी ही ग़लती रही। अभी सब ठीक है। आप चाहो तो ले देकर मामला शांत करो।' इधर वाले अंकल ने कहा।

'कुछ लेना-देना नहीं है हमको। बस ऐसा करो, दोनों पक्ष राज़ीनामा कर लो। इसमें दो हज़ार रुपए लगेंगे। बोलो कौन देगा?'

'हमरी ग़लती हम ही देंगे। जा वो गाँव भेजने को पैसा जमा किया, ले आ।' इधर वाले मजदूर अंकल के इशारे पर माँई आँटी

कमरे से दो हज़ार रुपए गांठ में बंधे ले आई और पुलिस के हाथ सौंपे।

इधर वाले मजदूर अंकल ने पैसा देते ही पूछा- 'हमरा राज़ीनामा हो गया? कहीं अंगूठा भी लगाना होता है क्या?'

'बिना अंगूठा ही हो गया राज़ीनामा। चलो, अपने-अपने घर। यहाँ भीड़ जुटाई तो सभी को अंदर कर दूँगा।'

बहुत महीनों से जमा किए दो हज़ार जाने का ग़म न था माँई आँटी को। अगली सुबह पहले जैसी हो और पिछला खिंचाव बुरे सपने सा गुज़र जाए, तो दो हज़ार का राज़ीनामा बुरा नहीं होता।

■

4

भाईसाब

रविवार के दिन भी इस गली में सन्नाटा पसरा रहता। गर्मी की भरी दोपहर में निकलता भी कौन, जब सूरज यूँ तपता कि सावन में अकेला मन। अभी भी सन्नाटा ही था, इतना कि कुत्ते भी गली के बीचों-बीच से अंदर जाने के रास्ते पर बनी पोल के नीचे की ठंडी मिट्टी पर चुपचाप लेटे थे। इन कुत्तों के पास ही कुछ खाटें भी लगी थीं, जिन पर कुछ बुज़ुर्ग आँखें मूंदे करवट ले रहे थे।

पोल की ठंडी रेत और इसके गुम्बद की आड़ में सोने के लिए न तो कुत्तों को फुर्सत थी कि उन बुज़ुर्गों पर भोंकते और न ही उन बुज़ुर्गों को कोई मतलब कि उन्हें वहाँ से दुत्कारते। दोनों ही एक-दूसरे को बिना परेशान किए, कुदरत का कहना मान रहे थे, जैसे दोनों के पास और कोई विकल्प ही न हो। यह भी अच्छा ही है कि कोई विकल्प नहीं था, वरना तो दोनों एक ज़मीन के टुकड़े पर एक साथ न होते।

उन दिनों इस मोहल्ले के घरों में दिन में आठ-दस घंटे बिजली न रहना आम बात थी। और बिजली भी ऐन उसी वक़्त जाती,

जब सूरज अपना ताव दिखा रहा होता और लोग टेबल पंखे के आसपास अपने लिए जगह खोज रहे होते। उनका आराम करने का मन बनाना बिजलीघर वालों को इतना नागवार गुज़रता कि ठीक उसी समय वो अघोषित बिजली कटौती शुरू कर देते।

तो पूरी गली में सन्नाटा पसरा था। किसी पंखे की आवाज़ तक न आ रही थी और न ही किसी मिनख के बोलने की। बोलते भी क्या, गर्मी से बचने का जतन करें कि बात में अपनी उर्जा गंवाएँ।

जब गली सुनसान थी, उसी समय वो दोनों मोड़ से गली के अंदर दाखिल हुए। अपनी एक आँख से वो साथ चल रही बीवी को तिरछी नज़र से देख रहा था। चेहरे से पसीना टपक रहा था कि ललाट पर लगा लाल तिलक भी धुलने लगा, पसीना टपके भी क्यूँ न चार किलोमीटर पैदल चलकर यहाँ आया था। साथ लगभग भागते हुए चल रही बीवी जो थी, लम्बा पेट तक का घूँघट निकाल, अपनी सीधे पल्लू की साड़ी की आगे की सलवटें पकड़ कभी उठाती, कभी गिराती।

गली के मोड़ तक पहुँचते-पहुँचते पेंटर चचा ने आँखें फाड़ ली। एक पत्थर की आँख और एक ठीक आँख। जो ठीक थी, वो अभी और लाल करने की फ़िराक़ में थे, ताकि उनका गुस्सा साफ़ दिखाई दे सके। बीवी भी कहाँ पीछे रहने वाली थी, कुछ-कुछ सुबकना शुरू कर दिया घूँघट में।

तो पेंटर चचा अपनी एक आँख लाल करते और उनकी बीवी यानी चाची अपने घूँघट को ठीक करते सुबकते हुए घर की फाटक पर पहुँच गई। फाटक का एक पल्ला हमेशा बंद ही रहता और जो खुलता, उससे चिपककर खड़ी चाची को पेंटर चचा ने कोहनी से दूर

करने की कोशिश की और आगे होकर ख़ुद अंदर चले। कसमसाती हुई चाची उनके पीछे चल दी। फाटक खुलने की आवाज़ से ही चौक में पलंग पर बैठ पंखा झल रही भाभी ने जाली के दरवाज़े से बाहर झाँका। जौहर की नमाज पढ़ पलंग पर आ बैठे बड़े भाईसाहब ने जवाब के इंतज़ार में उनकी ओर देखा।

'पेंटर भाईसाब हैं। हाँ, बहू भी है साथ।'

यह कहते भाभी पलंग से उठ गई और जाकर जाली का दरवाज़ा खोल दिया। पेंटर चचा ने हमेशा की तरह दूर से ही नमस्ते किया और चाची नीचे बैठ पंजे से लेकर घुटने तक के पैर दबाने लगी। उनका सुबकना भी धीरे-धीरे चल रहा था। उन्हें पता था कि धीरे-धीरे सुबकने पर भी भाभी सुन लेती और कारण ज़रूर पूछती।

'अरे, उठो। कितनी बार कहा है, यह पैर दबाना छोड़ दो। लम्बा घूँघट छोड़ दो, पर तुम तो इतने सालों में ज़रा भी नहीं बदली।'

'रे बा दयो भाभी, बड़ां की इज़्ज़त करबा भूल जायली।'

पेंटर चचा का तंज सुन चाची झल्ला गई। भाभी हमेशा की तरह बिना कुछ बोले चौक की ओर चल दी। और पीछे-पीछे दोनों।

'बड़ा भाईसाब न ढोक।'

पेंटर चचा ने पलंग पर बैठे बड़े भाईसाब के पैर पर हाथ लगाया।

'बैठ, बड़े दिन बाद आया।'

'बहू भी आपको ढोक दे रही है।' भाभी ने कहा तो बड़े भाईसाब ने बिना देखे हाथ से आशीर्वाद का इशारा कर दिया।

दोनों कमरे में जा बैठी। हमेशा की तरह भाभी पलंग पर थीं तो चाची उनके कदमों में नीचे बैठी थी। भाभी का ध्यान खींचने के लिए वो लगातार सुबके जा रही थी। भाभी समझ चुकी थी कि आज फिर कोई जूतम-पैजार का किस्सा है। उन्होंने कहा तो कुछ नहीं बस चाची के कंधे पर थपकी दी। पलंग के साथ वाली कमरे की खिड़की चौक में लगे बड़े भाईसाब के पलंग पर खुलती। वहीं एक ओर भाभी थीं तो दूसरी ओर बड़े भाई साब।

'हाँ, भई, अब फूटी आँख ही तरेरता रहेगा कि कुछ कहेगा भी। देख कैसे गुस्से में नथूने फुला रहा है बैठा-बैठा।'

'ई नौटंकीबाज लुगाई न समझा ल्यो भाईसाब। नी तो की बुरा हो जावेलो तो मने दोस मत दीजो।'

यह सुनते ही झुक कर बैठे बड़े भाई साब कुछ सीधे हुए और आँखें फाड़ ली।

'अरे ओ पेंटर, ये तेरी गालियाँ और तैश मेरी फाटक से बाहर छोड़ आया कर। समझा।'

पेंटर चचा को डोज मिल गया। आधा-अधूरा लगा टीका भी पसीना पोंछने में उतर चुका था और आँखों का गुस्सा जाता रहा। अकड़कर बैठे पेंटर चचा पर बड़े भाई साब के शब्दों ने ऐसे असर किया कि वो झुक कर बैठ गए।

'और की करूँ भाई साब। बताओ। पतो है क म्ह सुबह पाँच बज्या ही पूजा कर चाय पीउ हूँ, तो बो आ छ: बजे सक लावे। खाणो के टैम होवे जद तो या चूल्हो सिलगावणे बैठे है। साग बनावे जिको लूण घणो कर देवे और म्हे कुछ केवूं तो आपरी रीस टाबरा पर निकाले है। म्ह तो परेशान हो ग्यो ई से।'

भीतर से सुबकने की आवाज़ तेज़ हो गई। बड़े भाई साब ने खिड़की पर तिरछी नज़र डाली और पेंटर चचा की ओर रुख़ किया।

'तो क्या करेगा। मशीन समझ रखी है उसे। वो चाहे तब काम करे, ना मन तो ना भी करे। और चूल्हा कब तक सुलगवाएगा। गैस लाकर दे इसे।'

'हाँ, गैस दिलाद्यो इनै। जणा सगला ने सुलगा देवेगी।' पेंटर चचा ने मुँह बिगाड़ा।

बीच में ही भाभी ने खिड़की में से बड़े भाई साब को इशारा किया।

'बहू कह रही है कि इन्हें आज भी मारा।'

यह कहते सुनते ही चाची की सुबकियाँ रोने में बदल गई थी। कभी पैर आगे करती तो कभी बाजू आगे करती भाभी को अपने ज़ख़्म बता रही थी। जबकि पैर और बाजू दोनों ही कपड़ों से ढके पड़े थे। ज़ख़्म कहीं दिखाई नहीं दे रहे थे, फिर भी वो दिखाने की पूरी कोशिश कर रही थीं।

बड़े भाई साब ने बस गुस्से में पेंटर चचा को देखा। उन्होंने अपने एक सही आँख उनसे बचाने की कोशिश की और दूसरी ओर ताकने लगे।

'कई करूँ भाईसाब। ओ ही मजबूर करे है। ज़बान ना चलावे तो क्यूँ मारू म्ह।'

'देख भई, मैं पहले ही कह चुका हूँ। औरत पर हाथ उठाए तो मेरे घर आने की ज़रूरत नहीं। इसके बाद भी सोच रहा कि मैं तेरा कुछ पक्ष लूँगा तो तू गलत है।'

'थै लियो कद हो म्हारो पक्ष। रोजीना ही थे तो इकी ही सुणो हो। जियाणे सारो कसूर तो म्हारौ ही रे ग्यो। म्ह ही पागल हूँ, जीको हाथ उठाउँ।'

इस बार नौटंकी की बारी पेंटर चचा ने लपक ली और बड़े भाई साब को सोचने पर मजबूर कर दिया। वो कुछ सोचते, इससे पहले ही अंदर सुबकते हुए धीरे-धीरे चाची भाभी से अपना दुखड़ा कहने लगी। चाची इतनी आवाज़ में बोलती कि भाभी कान में सुन बड़े भाई साब से कह दें। वो बड़े भाई साब के सामने न बोलती। उनके यहाँ जेठ से आवाज़ का भी परदा था। यानी आवाज़ भी जेठ के पास नहीं पहुँचनी चाहिए।

भाभी बोली- 'बहू कह रही है कि यह वक़्त पर सब बना देती है, पर भाई साब बात-बात पर ग़लती निकालते हैं और पीहर भेज देने की धमकी दी।'

'क्यूँ तेरे घर में बहू के रहने की जगह नहीं है क्या? इतना बड़ा घर किस काम का। इसीलिए ब्याह कर लाया कि बात-बात में पीहर भेजने की धमकी दे रहा है। वैसे भी तुझ काणा को दे कौन रहा था बेटी। अहसान मान बहू का कि तुझे इतने नाज-नखरो से रख रही है। ऐसे तो नहीं कटने वाली। और ऐसे तो तेरी-मेरी भी नहीं कटने वाली।' बड़े भाई साब ने पेंटर चचा के आगे हथेली लहराते हुए कहा।

'बस म्नै गाल्यां काढ ल्यो थे। इकी छाती भी ठंडी पड़ जासी। म्ह ते यूँ आवू हूँ कि थे कि समझाओ इन्नै। म्हारा जीणा हराम कर रख्यो ह।'

और कमरे से फिर सुबकियाँ विलाप में बदल गई। चाची के रोने वाले टेप रिकॉर्ड को मालूम है कि कब बेस बढ़ाना है और कब घटाना है। और यह रोना जेठ की हमदर्दी में बदलकर उसके पास वापस लौटता।

'चल अब गुस्सा छोड़। बहू तू भी रोना बंद कर। यूँ लड़ते रहोगे तो बच्चों को क्या अच्छा माहौल दोगे तुम लोग। यह छोटी-छोटी बातें छोड़ो और हँसते-खेलते रहो।' बड़े भाई साब ने अपना आख़िरी हथियार डाला।

'भाई साब म्ह तो यही चाउ हूँ क सुख साँति बनी रे। पण ओ ही ताव दिलावे है।'

'ये क्यूँ दिलाएगी ताव। तेरा ही दिमाग़ ख़राब है, पल-पल में गुस्सा फूट पड़ता है। देख, उस दिन भी तू तौकीर पर कैसा पिल पड़ा था।'

'तो, कईं करतो। म्हारे बड़े भाई साब ने कोई की कैवे और म्ह बर्दाश्त कर ल्यूं की। नी, म्ह तो कौन करूँ।'

बड़े भाई साब हँस दिए। हाथ की थपकी पेंटर चचा की जांघ पर मारी।

फैसला कुल मिलाकर चाची के पक्ष में हुआ था, सो वो घूँघट में हाथ डाले अपनी आँखें पोंछने का आख़िरी वाला उपक्रम करने लगी।

बड़े भाईसाब को सभी बड़े भाईसाब ही कहा करते। अपने परिवार में सबसे बड़े बेटे थे। मोहल्ले में भी। यह मोहल्ला आधा तो काजियों का था और आधा जोशियों की गली के नाम से जाना

जाता। पर पूरा ही मोहल्ला काजियों से लेकर जोशियों तक के घरों के लोग उन्हें बड़े भाई साब ही कहते। कस्बे में बड़ी इज़्ज़त थी। कभी बरामदे में बैठ जाते तो नमस्ते करने वालों से लेकर सलाम करने वालों तक की लाइन लग जाती। वो सिर पर टोपी लगाए, तसबीह फिराते इशारे में ही सभी का जवाब दे देते।

पेंटर चचा से भाई साब का बचपन का याराना था। दोनों पाँचवीं तक पीलती स्कूल में पढ़ा करते। पीलती स्कूल उनके बचपन में कस्बे में एक ही स्कूल था। जो कस्बे की आबादी से कुछ दूर था। स्कूल का नाम क्या था, यह तो किसी ने नहीं देखा, पर उसकी दीवारें पीली मिट्टी को घोल को पोती गई थीं, सो वो इस कस्बे वालों के लिए पीलती स्कूल था। पेंटर चचा ने तो पाँचवीं पढ़ पढ़ाई से इतिश्री कर ली और अपने पुश्तैनी काम दरवाज़ों, दीवारों पर रंग करने में लग गए।

बड़े भाईसाब का रौब पेंटर चचा पर ऐसा रहा कि वो हर काम उनसे पूछ कर करते। वैसे भी बड़े भाईसाब ज़्यादा पढ़ लिए वो ज़्यादा समझदार हैं, यही बात उसके मन में रम गई।

घर में रसोई बनवानी हो, घर की मरम्मत कराने, माँ-बापू को इलाज के लिए कौनसे शहर ले जाना है, से लेकर बच्चों को कौन-से स्कूल में पढ़ाना है और बच्चों की सालगिरह पर कितना खर्च करना है, सवामणी के चूरमे में क्या-क्या डलेगा, तक की राय बड़े भाई साब के घर के चौक में बैठकर ही ली जाती।

उनका ईद मिलन और दिवाली का स्नेह मिलन भी बड़े भाई साब के इसी चौक में निपट जाया करता। सबसे बड़ी बात कि पेंटर चचा और चाची की लड़ाई भी इस चौक में आकर ही ख़त्म हुआ

करती। जब तक बड़े भाई साब से लानतें-मलानतें न खा लेते, पेंटर चचा के दिमाग़ को सुकून न मिलता।

अब लोग इसे गंगा-जमनी तहजीब कह लेते हैं, पर यह मारवाड़ी, उर्दू, हिंदी तहजीब थी। एक ओर से पूरी मारवाड़ी तो दूसरी ओर उर्दू, हिंदी के शब्दों के साथ मारवाड़ी टोन हुआ करता। मारवाड़ की हवा-पानी की तासीर ही ऐसी है कि उर्दू, हिंदी क्या, अंग्रेजी बोल लो, पर वो मारवाड़ी टोन न जाया करता। यहाँ की बोलियाँ ऐसी ही हैं, जैसे एक ही राग पर कई सारे गीत गाए जा रहे हों।

तो, बड़े भाई साब से लानतें-मलानतें खाकर पेंटर चचा के दिमाग़ को सुकून मिल जाता तो बड़े भाई साब के साथ चौक से बाहर फ़ाटक से पहले बने बगीचे में चक्कर लगा लेते।

'देख ल्यो भाई साब। म्ह कीयो हो नी, इ जगा चायना गुलाब घणो ही उपजसी।' पेंटर चचा ने कुछ अकड़ते हुए गुलाब पर हाथ फिराया और अपनी एक आँख की भौहें चढ़ाकर बड़े भाईसाब की ओर देखा।

'अरे भई, पेंटर। तेरी पारखी नज़र का ही मुरीद हूँ मैं। एक से एक दरख़्त लगाकर चमका दिया, इस छोटे से बगीचे को।'

बड़े भाई साब ने उसके कंधे पर हाथ मारा। घमंड में पेंटर चचा ने सीने में हाथ बांध लिए और मुस्काने लगे।

'अबके नयो रातरानी लगा देउ। देख जो, कियाँ महकसी पूरो घर। पूरो घर कांई पूरो महल्लो महक सी।'

'रातरानी देख, वो फैल रही तेरी लगाई हुई। रातभर महकती है।'

अपनी याददाश्त कम जान पेंटर चचा थोड़े सकपकाए। सीने पर बंधे हाथ नीचे हो गए।

'मतलब अबकी नयी आई है रातरानी। बी की खुसबू घणी तेज़ है।' उन्होंने अपने आपको सही करने की कोशिश की।

बगीचा बड़े भाई साब के घर में ज़रूर था। पर देखभाल सारी पेंटर चचा ही किया करते। नए पौधे लगाने, पुराने पौधे हटाने, दूब काटने, दूब के किनारे मेड़ बनाने का काम वो ही सप्ताह में एक बार आकर कर देते। महीने में एक बार घर के आँगन में बकरियों की मींगनियों से सुखाई खाद भी पीसकर पौधों में डाल जाते।

बगीचा हरा होता रहा, महकता रहा और दोस्ती फलती रही।

बच्चे बड़े हुए पेंटर चचा और चाची का झगड़ा ख़त्म तो नहीं हुआ पर कम हो गया था। पर बड़े बेटे की शादी होते ही फिर नया कलेश घर में था। अब बहू की लड़ाई भी काजियों के मोहल्ले के इस चौक में आ जाया करती।

'भाभी आज तो गजब ही कर दीयो तारो, बहू की बात में आ हिस्सो माँग लियो। काल सूं बाप को कालजो खा रयो। थांको देवर कीसो है, थै जाणो हो वां को गुस्सैल सभाव। वा भी ठान लिया कि तारो नै घर के बारे काढ़ ही दम लेसी। म्ह कांई करूँ, कठै जाउँ। दोनों बातां म म्हारो तो घर बिगड़सी।'

चौक में पलंग पर बैठी भाभी के कदमों में घूँघट कर बैठी चाची आज अकेली आई थी। भाभी से कही तो खिड़की के उस ओर कमरे में बैठे बड़े भाई साब ने भी कान लगाके सुन ली। भाभी के कुछ कहने से पहले ही पेंटर चचा के घर फ़ोन लगा दिया।

'तारो, अभी के अभी घर आओ।'

'जी ताउ जी।' बस इतना भर जवाब आया

कुछ ही देर में हाथ जोड़े तारो बड़े भाई साब के कदमों में बैठा था।

'क्या है यह सब। माँ-बाप इसीलिए पालते हैं कि तुम उनसे हिस्सा माँगों। क्या हिस्सा है तेरा। कुछ नहीं मिलेगा तुझे। जाना है तो अपने दम पर जा।'

'ताउजी, म्ह कांई करूँ बताओ। माँ और आपरी बीनणी रोजीना की लड़े। म्ह काम करबा न जाउ क आँकी लड़ाइयाँ सुलटातो रहूँ। म्ह परेशान हो ग्यो। मने कौन चाहिजे हिस्सो। म्हा तो आने और थांकी बीनणी, सब ने छोड़ जांसू।'

तारो रुंआसा हो गया।

'हूँ। तो यह है बात। बहू यह तो ठीक नहीं। छोटी बहू तो अभी नई है। उम्र में भी छोटी है। लड़ने से काम थोड़े ही चलेगा। तू तो बड़प्पन रख। उसे भी समझा। बेटी बनाकर बात कर। बात मानेगी। यूँ तारो को परेशान करोगे, कल के दिन यह छोड़ जाएगा, तब क्या कर लोगे तुम लोग। भलाई यही है कि समझदारी दिखाओ।'

सालों में पहली बार बहू को बड़े भाई साब से कुछ सुनने को मिला। हमेशा उनका पक्ष लेने वाले बड़े भाईसाब आज उसे समझा रहे थे। वो घूँघट की ओट में शर्मिंदा हो गई।

'भाभी, भाई साब ने कै द्यो। जियाँ कहसी, बो ही करसू। आगै सूं कोई शिकायत न आवेगी।'

चौक की यह बैठकी कभी ख़त्म न होती।

अक्टूबर में फिर इसी चौक में बैठकी लगी। इस बार लड़ाई नहीं, अपने चार बेटों में से सबसे छोटे बेटे की शादी पर राय लेने आ पहुँचे पेंटर चचा और चाची।

'भाई साब बे कैवे है कि नौम्बर क सावा में शादी कर ल्यो। अब कियाँ करूँ। नौम्बर में तो आ ग्या मुर्रम। म्है और भाईसाब मुर्रम क जलूस की तैयारयाँ करसी क शादी की।'

'हाँ, तो मोहर्रम कौनसा हमारा रास्ता रोक रहा है। एक बार तू शामिल नहीं होगा तो क्या हो जाएगा। तू तो भगवान का नाम लेकर हाँ कर दे।'

'बहू कह रही है कि इसके बाद सावे अगले साल मार्च में आएँगे। तब तक लड़की वाले नहीं रुक सकते। तब उनके बेटे की शादी करनी है उन्हें।' भाभी ने हमेशा की तरह खिड़की से बहू की बात रखी।

'हाँ, तो कोई परेशानी नहीं है। छः नवंबर का कह रहे हैं ना। कर लेंगे शादी। बोल देना समधी को।'

'अब थै ही देख ल्यो। मनै तो जंचे कौने। मोहर्रम का ढोल मा आपणे घरै डीजे बाजे जणा चोखा कौने लागे।'

'फालतू बातों से काम नहीं चलता पेंटर। अच्छे काम जब हो, तब कर ही लेना चाहिए। मोहर्रम तो वैसे भी चार तारीख को ही हो जाएगा। अपनी शादी तो छः को है ना। कर ले।'

और यूँ शादी की तारीख भी यहाँ तय हो गई।

चाँद की एक तारीख़ से मुहर्रम के मातमी ढोलों की आवाज़ चारों ओर से सुनाई देने लगी। बड़े भाई साब के पैर में अब दिक़्क़त होने लगी थी, सो छड़ी लिए चारों मोहल्लों के एक चौक में बज रहे ढोलों को देखने चल पड़े। ढोल तो क्या देखने थे, वहाँ हथाई पर उनके हमउम्र मिल जाया करते तो, ढोलों की तेज़ आवाज़ के बीच भी चिल्ला-चिल्लाकर बातें कर लिया करते।

ठीक इसके दूसरे दिन पेंटर चचा गणेश मंदिर जाकर शादी का कार्ड चढ़ाकर गणेश जी को न्यौता भी दे आए। पेंटर चचा शादी में व्यस्त हो चले तो, बड़े भाई साब और भाभी मुहर्रम में।

चाँद की नौ तारीख़ को शाम को कस्बे भर के ताजियों का मुकाम तक पहुँचने का जुलूस निकला। ढोलों की आवाज़ पर पेंटर चचा बार-बार उठ खड़े होते, ताजियों को कंधा देने की चाह में, पर बाई यानी उनकी माँ पकड़ बिठा लेती।

'सगणा के टैम कठै जासी मोहर्रम म।'

वो बेमन से बैठ गए। बचपन से अब तक हर साल ताजियों को कंधा देते आए हैं और आज घर में बैठना उन्हें नागवार गुज़र रहा था। अभी कुछ ही देर में बेटे के तेल बान की रस्म थी।

उनका मन ऐसा ख़राब हुआ कि तेल बान तो होता रहा, वो तो अपने कमरे में चादर ओढ़ सो गए।

इधर भाई साब ताजियों पर चढ़ने वाले सेहरों के जुलूस में वो छड़ी के सहारे चारों मोहल्लों के चौक में पहुँच गए। आधी रात तक ताजियों के सामने दुआएँ माँगते रहे कि हरेंद्र की शादी ठीक से निपट जाए। बिना पेंटर के उठाए किसी झगड़े के। वो जानते थे कि पेंटर घर का कोई काम लड़े बिना पूरा न करता।

पर पेंटर चचा तेल बान तक तो किसी से भी नहीं लड़े। कमरे की चारपाई पर गहरी नींद सोए रहे। सुबह तारो ने झिंझोड़ उठाया तो चौंक गए।

'कंई हुयो तारो।'

'पापाजी, ताउजी चालता रया।'

'हैं, कई कैवे है। होश में कौने के। उन्होंने तारो को झिंझोड़ा।'

'हाँ, पापाजी, ताउ जी नै दिल को दोरों पड़ ग्यो।' यह कहते हुए तारो फूट-फूटकर रोने लगा।

पेंटर चचा वहीं चारपाई पर ढह गए। कई देर तक तो ज़ुबान ही नहीं खुली। घूँघट काढे रोती चाची भी उनके कदमों में बैठ गई।

'ई तो नी हो सकै है। ई तो नी हो सकै है। बड़े भाई साब इयाँ कियाँ चालता रै सके। घर तो काम पड्यो है।' वो अचानक उठे और दौड़ पड़े दरवाज़े की ओर। बाई ने हाथ पकड़ रोक लिया।

'कांई गजब करै है, पेंटरया। गणेशजी नै नौत दीयो, घर में थाम रोप दीयो। अब न जा सकै है तू बठै।'

पेंटर चचा बिफर पड़े।

'कीयाँ कौन जा सकूं हूँ। म्हारा बड़ा भाई साब चालता रिया और म्ह अठे बैठ शादी माँडू। ओ नी हो सके है।'

'तू कांई समझै है, आ सुन म्हारो कलैजा ठंडों है। आग बाल री है। पर कांई करा, छोरा आपाँ तो कौन जा सकां। समझले, अपसगुन कौन करणो।'

चाची भी पेंटर चचा को हाथ जोड़ समझाने लगी। भाइयो ने पकड़कर उन्हें बैठा लिया और कहा कि वो बड़े भाई साब को कंधा देने नहीं जा सकते। वो ख़ामोश बैठे रहे। बिल्कुल नहीं लड़े। उनकी एक आँख रोए जा रही थी।

घर में मेहंदी, हल्दी की ख़ुशबू और गीतों की आवाज़ों के बीच मातमी धुनें पेंटर चचा को सुनाई दे रही थी। याद आया। आज ही है मुहर्रम। आज तो ताजिए दफनाए जाएँगे और बड़े भाई साब भी। वो अपने कमरे से बाहर ही न निकले।

और मुहर्रम की इस दस तारीख़ को बड़े भाई साब ताजियों की मातमी धुन में दफनाए गए।

रातीजगा की रात इस घर के कच्चे आँगन में डीजे लग गया। परिवार के जवान लड़का-लड़की अपने मारवाड़ी गीत तय कर रहे थे कि किस-किस पर डांस करना है। डीजे जैसे ही शुरू हुआ और पहले गीत की तेज़ आवाज़ के साथ ही पेंटर चचा अपने कमरे से बाहर निकले और कच्चे आँगन में आकर बड़ा स्पीकर उठाया और उसे फेंक दिया। अचानक कच्चे चौक में बैठी औरतों और जवानों में सन्नाटा छा गया। पेंटर चचा चिल्ला रहे थे।

'बेसर्मो, म्हारो भाई मर ग्यो और था नै नाचबा की सूझ री। भागो, भागो अठै सूं। कोई नी नाचसी, कोई शादी कौन होसी अठै।'

पेंटर चचा के भाइयो और चाची समेत रिश्तेदारों ने गुस्से में कांप रहे पेंटर चचा को पकड़ा। किसी तरह कमरे में ले जाकर समझाया और इस बात पर राजी हुए कि यहाँ डीजे नहीं बजेगा, पर सगणा के गीत औरतें गा लेंगी।

दूसरे दिन सुबह फेरे होते ही पेंटर चचा चुपचाप वहाँ से निकल गए। आशीर्वाद समारोह में सब उन्हें ढूँढते रहे। पर वो तो अपने बड़े भाई साब के चौक में बैठे थे।

'बंट्या, कठै छोड़ आयो रै म्हारा भाई नै। ले चल मनै भी। माफी माँग ल्यूं। सारी उमर म्ह परेशान करता रया वा नै। और आख़िरी टैम पर कांधों भी कौन दे सक्यो।'

वो बंट्या के साथ अब इस क़ब्रिस्तान में थे और बड़े भाई साब की क़ब्र से लिपट कर रो रहे थे। रोकर जैसे ही दिल हल्का हुआ कुछ याद आया उन्हें। क़ब्र के सिरहाने की मिट्टी को अपने हाथ से

हटाकर गड्ढा किया। साथ लाए थैले से छोटा-सा पौधा निकाला और वहाँ मिट्टी से ढक दिया। थैले में पड़ी पानी की बोतल निकाली और पौधे को सींच दिया।

'ओ रातरानी है भाई साब। नई वाली। ई की ख़ुशबू तेज़ आसी।'

यह कहते वो तेज़ी से क़ब्रिस्तान से निकल गए।

■

5

ख़ामोशियों का रंग नीला

'लो साब, आपकी चॉकलेट।'

'अरे कुटियाल साहब आईए, क्या लाए हैं? आज बड़ी देर लगा दी।'

प्रभात की बात पूरी होने से पहले ही उसने दोनों चॉकलेट उस पर फेंक दी।

'एक तो आप ये मुझे कुटियाल साब मत कहा करो।'

उसने होंठों को बाहर निकालते हुए मुँह बना लिया।

प्रभात ने उसका हाथ पकड़ खींचते हुए पास बैठाया। कंधे पर हाथ रख अपने से सटाते हुए कहा- 'तो क्या कहूँ कुटियाल साहब। हाहाहा।'

प्रभात का हँसना उसे और भी नाराज़ कर गया।

'अच्छा, तो अब नहीं कहूँगा, पक्का। लेकिन फिर तुम मुझे साब क्यों कहते हो?'

उसके चेहरे पर मुस्कुराहट दौड़ गई, फिर भी उसने अपने आपको गंभीर दिखाने के अंदाज में कहा- 'आप तो हो ही साब।'

'क्यों ये साब की ज़िन्दगी तुम्हें इतनी अच्छी लगती है।'

इस बार उसने हाँ में बस गर्दन हिला दी।

प्रभात का फौजी होना उसे ख़ूब आकर्षित करता। एक तो उसके चेहरे का रौब, दूसरा उसके लम्बे कद और गठीले शरीर पर फौजी वर्दी, ख़ूब फबती। चेहरा रेगिस्तान के धोरों से ज़्यादा सुनहरा और उस पर सूरज सा तेज़। वो उसे देर तक देखा करता और कहता- 'आप हीरो क्यूँ नहीं बन जाते।'

इस पर प्रभात बस हँस देता।

रोशन क़रीब आठ साल का होगा। रंग भूरा और बाल भी। उसके गालों पर लाल निशान हमेशा पड़े रहते। कभी-कभी तो इतने फट जाते कि ख़ून साफ़ दिखाई देने लगता लेकिन वो इन सबसे बेफ़िक्र अपने छोटे भालू से दिखाई देने वाले झबरे बालों वाले कुत्ते को चिपकाए घूमता रहता। इसे वो अपनी भाषा में कुकर कहता।

वो कहीं भी रहे लेकिन दिन के 11 बजते-बजते काली नदी के किनारे आ जाता।

उसे पता होता कि प्रभात यहीं उसका इंतज़ार कर रहा होगा। एक 25-26 साल के युवा और 8 साल के बच्चे की दोस्ती थी भी इतनी गहरी कि वे सारा काम छोड़ इस समय एक-दूसरे से बातें करने आते।

उम्र की तरह दोनों की बातें भी जुदा होती, लगभग अलग-अलग दुनिया की।

रोशन की बातें पर्वत के नीचे की ज़िन्दगी से इस ऊँची बर्फ़ की चोटी तक होती तो प्रभात के ख़याल थार के रेगिस्तान से इस बर्फ़ की ऊँचाई तक का सफ़र किया करते।

प्रभात ने एक चॉकलेट उसके हाथ में थमा दी। अब दोनों ख़ामोश थे और चॉकलेट खाने में मगन। बस नदी की कलकल लगातार उनकी ख़ामोशियों को तोड़ रही थी।

प्रभात के दिल में फिर हूक सी उठी- 'ये नदी ना होती तो शायद यह द्वीप सी लगने वाली बर्फ़ की चोटी भी अकेली ही होती। कोई आवाज़ नहीं, बस ख़ामोशी ही ख़ामोशी पसरी होती, पर प्रकृति ने इसके साथ नाइंसाफी नहीं की और इसे आवाज़ से गुलजार रखा। तभी तो गूँजी के दोनों ओर नदियाँ बह रही हैं। काली और कुट्टी।'

'ये भी तो रेगिस्तान ही है, बर्फ़ का, उसने मन ही मन कहा। 'दूर-दूर तक कोई हरियाली नहीं। बस बर्फ़ के बीच से झाँकती इक्की-दुक्की सी झाड़ी। वैसे ही जैसे औसियाँ के मिट्टी के टीले। जहाँ बमुश्किल ही कोई कंटीला पौधा भी मिला करता। होता तो भी मिट्टी के कई फीट ऊँचे टीलों में से उसका ऊपरी सिर झाँकता मिलता।'

'अपनी ज़िन्दगी भी तो रेगिस्तान होती जा रही है। रेत की तरह तपता मन और सर्द बर्फ़ की तरह जमती रिश्तों की गरमाहट।'

प्रभात ने एक लंबी साँस ली और अपनी चॉकलेट ख़त्म करते कहा- 'जानता है आज किस ख़ुशी में चॉकलेट खा रहे हैं?'

'हाँ, होगा आज पत्नीजी का जन्मदिन या चेली का या ईजा का या फिर बाज्यू का- रोशन ने कई सारे नाम गिना दिए।'

'नहीं, इससे भी बड़ी बात कि आज मैं चाचू बन गया।'

‘वो तो पहले ही थे, चीनू के।’

‘हाँ, यही तो ना, चीनू का छोटा भाई हुआ है। तुम क्या कहते हो उसे...हाँ- दाज्यू हुआ है।’

‘अरे साब, छोटा भाई हुआ ना। उसे दाज्यू नहीं कहते। बड़ा होता है उसको बोलते हैं दाज्यू।’ उसने लगभग सिर पीटते हुए प्रभात को सीख दे डाली।

‘अच्छा ठीक है, छोटा भाई बस।’

‘किसने बताया?’ उसने चौंककर पूछा।

‘आज सुबह ही सेटेलाइट फ़ोन पर कविता से बात हुई। उसी ने बताया। पता है मैं तो ख़ुशी के मारे उछल पड़ा। इसके बाद से तो मन ही नहीं लगा। बस सोच ही रहा था कि कब तुम आओ और तुमसे ख़ुशी बाँटू।’

‘अच्छा बस पत्नीजी से बात की। ईजा (माँ) और बाज्यू (पिता) से नहीं।’

‘तुझे बताया तो था ना कि वो भी यूएस गए हैं। भैया-भाभी के पास। अब तो उनसे भी बात नहीं कर सकता।’ उसने फिर एक लंबी साँस ली।

गूँजी वैसे भी समुद्रतल से 10550 फीट ऊँचाई पर है। हाई एल्टीट्यूड की वजह से यहाँ ऑक्सीजन कम होता है, इसीलिए लम्बी साँस लेना यहाँ के लोगों के जीवन के लिए ज़रूरी है। प्रभात और उसके जैसे लोगों के लिए भी, जो यहाँ के जीवन के अभ्यस्त नहीं होते।

‘पता है, यह बर्फ़ीली चोटियाँ जितनी ख़ूबसूरत हैं ना, उससे ज़्यादा मुश्किल, यहाँ की ज़िंदगियाँ।’ प्रभात ने रोशन से कहा।

‘अच्छा, तो आपके रेगिस्तान में कौन-सी अच्छी बीतती होंगी ज़िंदगियाँ। पता नहीं कैसे रहते हैं वहाँ लोग। बाज्यू एक दिन बता रहा था कि कैलाश मानसरोवर यात्रा के लिए राजस्थान से लोग आए थे, वे तो जैसे पगला गए बर्फ़ देखकर।’

प्रभात हँस दिया, कहा- ‘कुटियाल साहब आप तो बुरा मान गए। मैं गूँजी की बुराई नहीं कर रहा। बस इतना जानता हूँ कि यहाँ की ज़िन्दगी मुझ पर बहुत भारी है।’

‘अरे, इतने जवान हो, इस पर फौज में साब, फिर भी मुश्किल कहते हो, आपसे तो अच्छा मैं ही। देखना अगले महीने जब हम नीचे जाएँगे तब मैं बाज्यू और ईजा से आगे रहूँगा। पैदल रास्ता मैं ही पहले पार करता हूँ। पूरा 60 कोस पड़ता होगा कोई। देखा है ना कितना कठिन रास्ता होता है। छोटी-बड़ी पहाड़ियों से रास्ता कभी ऐसे जाता है, कभी ऐसे। उसने हाथों को लहराते हुए बताया।

‘अब बताओ क्या मुश्किल है?’ उसने फिर सवाल किया।

‘मुश्किल तो है। यहाँ आने के बाद मैं तो ज़िन्दगी से कट सा गया। ना कोई रिश्ता और ना कोई दोस्त। अब देख ना, घर में नया मेहमान आया है तो भी मैं भैया-भाभी, मम्मी-पापा को मुबारकबाद तक नहीं दे पाया।’

‘अरे साब, इतूक मोट-मोट फ़ोन किले धन छा (फिर इतना मोटा-मोटा फ़ोन क्यों रखते हो) बात करो ना उनसे।’ उसने पास पड़े वॉकी-टॉकी 6 वॉट के वीएचएफ मोटोरोला सेट की ओर इशारा किया।

‘कुटियाल साहब कितनी बार कह चुका कि इस फ़ोन से आवाज़ मेरे अपनों तक नहीं पहुँच पाती।’

‘यहाँ बस एक सेटेलाइट फ़ोन है, जिससे घर बात हो जाती है, लेकिन विदेश बात नहीं हो सकती। फौज में नौकरी की अपनी सीमाएँ हैं। इस पर गूँजी में मोबाइल या दूसरी फ़ोन सेवा भी तो नहीं है। इंटरनेट के बारे में तो यहाँ सोचा भी नहीं जा सकता। नहीं तो कितने ऑप्शन हैं विदेश बात करने के। सोच रहा हूँ कि अपना ये बेकार पड़ा मोबाइल बर्फ़ के नीचे ही कहीं दफन कर दूँ।’

रोशन बोला- ‘इतनी बुरी लगती है यह जगह।’

प्रभात ने कहा- ‘जगह नहीं, यहाँ का अकेलापन बुरा है। यहाँ आकर मम्मी-पापा का स्नेह, पत्नी का सत्कार, बिटिया रानी के कोमल हाथों का स्पर्श, भाई-भाभी का प्यार, दोस्तों की टोली और उनकी गालियाँ, सब छूट गया। बहुत अकेला हूँ यहाँ।’

‘अकेले कैसे हुए? आपके पास तो इतने सारे फौजी घूमते रहते हैं। जी साब, जी साब करते हुए। कोई पचास तो होंगे ही ना।’ उसने अंगुलियों पर जैसे गिनते हुए कहा।

‘और देखो हमारे घर में तो हम तीन ही हैं। मैं, बाज्यू और ईजा। फिर भी मैं कभी नहीं कहता कि मैं अकेला हूँ।’

‘जानते हो रोशन, जब इंसान भीड़ से घिरा हो तो वो सबसे ज़्यादा अकेला होता है। रही फौज की बात तो तुम साहब बनोगे तो समझोगे कि फौज में डेकोरम बनाए रखना भी अपने साथ क्रूरता बरतना है। अफ़सर को जवानों से एक दूरी बनाए रखनी होती है, रौब दिखाना ज़रूरी सा होता है। चाहकर भी उनसे ज़्यादा घुलमिल

नहीं सकता। उनसे अपने दिल की बात नहीं कर सकता, दोस्ती नहीं कर सकता। और ऐसे तो बिल्कुल नहीं बात कर सकता जैसे मैं तुमसे बात करता हूँ। उनसे कभी नहीं कह सकता कि मुझे परिवार की याद आती है।'

इस बार प्रभात को लगा कि उसकी आवाज़ कुछ भर्रा गई, वो चुप हो गया। दाएँ ओर मुँह फेर लिया। सामने ही ओम पर्वत की ऊँची-ऊँची बर्फ़ की चोटियाँ दिखाई दे रही थीं। जो नीले आसमान को चूम रही थीं। धूप जैसे-जैसे उन पर तेज़ पड़ती, वो सफ़ेद से नीली पड़ती जाती। आभासी नीली। वो जितनी चमकती उतना ही आसमान का नीला रंग उनमें उतरता जाता। जैसे शिव विष पीकर नीले पड़ रहे हों। उसने सोचा- 'भगवान शिव ने भी तो यहीं तपस्या की थी, तभी से शायद यह हर किसी के लिए तप स्थल हो गया होगा। जो हमेशा ख़ामोशियों से घिरा रहता है।'

'ओम परबत तो आप रोज ही देखते हैं, आज ऐसा क्या है कि देखे जा रहे हैं। भगवान शिव दिखे क्या?' रोशन ने ठिठोली की।

प्रभात भी हँस दिया, भर्राता हुआ गला इस हँसी से खुल गया।

'रोशन... इसे देख पहली बार जाना है कि ख़ामोशियाँ नीले रंग की होती हैं।

'अच्छा। ऐसा भी होता है क्या?'

'अब सोच रहा हूँ कि इस पर संन्यास की तैयारी कर लूँ।'

रोशन ने प्रभात को नीचे से ऊपर तक घूरा- 'आप कैसे बनोगे संन्यासी। वो ऐसे नहीं होते। वो तो कपड़े भी इतने नहीं पहनते। ना ही जूते।' रोशन ने उसके स्नो बूट पर नज़र डालते हुए कहा।

प्रभात की हँसी वादियों में गूँजने लगी। कहा- 'यही तो, मैं वर्दी वाला संन्यासी बनूँगा। अब देख ना यह संन्यास ही तो है। अपने गृहस्थ जीवन से तो निकल ही आया। कोई ज़िम्मेदारी नहीं निभा सकता। अपनों के क़रीब नहीं रह सकता। और तो और कहीं किसी को देख आहें नहीं भर सकता, तो क्यों ना धर्म ही निभा लूँ। हाँ, यह सही रहेगा। ओम पर्वत की ओर चल देता हूँ।'

'अरे नहीं नहीं, वहाँ बर्फ़ पिघलती है। बाज्यू कहता है, वहाँ बहुत ख़तरा है।' रोशन ने डरते हुए प्रभात का हाथ पकड़ते हुए कहा।

'ख़तरा तो यहाँ भी है रोशन। एसएसबी कैम्पस के चारों ओर घिरी बर्फ़ की पहाड़ियों से ग्लेशियर पिघलने का ख़तरा हर वक़्त हम पर मंडरा रहा होता है। इस पर बैरक इतनी दूर-दूर हैं कि कभी किसी को कुछ हो जाए तो आवाज़ भी नहीं दी जा सके। और सबसे बड़ी बात कि यहाँ कोई देखने को भी नहीं मिलता। यानी कोई हरियाली।'

रोशन ने बाल खुजलाते हुए कहा- 'हरियाली????'

'हाँ हरियाली। तुम नहीं समझोगे। लेकिन कहीं देखने को ही मिल जाए तो हमारा मन तो लगा रहे ना। और कहीं पोस्टिंग होती तो बाज़ार ही निकल जाते, वहाँ तो इतनी सारी हरियाली देखने को मिलती कि आँखें तृप्त हो ही जाती। जीवन जीने के लिए उमंगे ज़रूरी हैं और उमंगों के लिए हरियाली।'

'आप ये उलझी-उलझी बातें मुझसे मत किया करो। बाल खुजलाते-खुजलाते परेशान हो जाता हूँ।' रोशन ने कहा।

'सच कहता हूँ रोशन, हरियाली के बिना तो हम नीरस हैं। तुझे पता है, हम रेगिस्तान वाले तो जवानी में बर्फ़ पर फिसलने के ही ख्वाब देखा करते हैं।

मैंने भी यही सोचा था कि कभी बर्फ़ की हसीं वादियों में घूमने जाऊँगा और अपनी प्रेमिका या पत्नी के हाथ में हाथ डाले कोई गीत गा रहा होऊँगा। नदी के कलकल करते पानी में दोनों नंगे पैर बैठे होंगे और वादियों में खो जाएँगे।'

'अब देख ना मैं इन ख़ूबसूरत वादियों में बैठा भी हूँ, तो अकेला। और तो और यहाँ आने के बाद दोस्त भी एक ही बचा है और वो तुम हो।'

रोशन की ख़ुशी होंठों से होती हुई गालों की ऊँचाई तक जा पहुँची। फटे गालों का खिंचाव बढ़ गया।

बोला- 'सच्ची?'

'सच रोशन। यहाँ आने के बाद तो बचपन के दोस्त पीछे छूट गए। वो समझते हैं कि असिसटेंट कमाँडेंट बनकर मैं अपने आपको ऊँचा समझने लगा हूँ, इसीलिए उनसे बातचीत नहीं रखता।'

'उन्हें कौन समझाए कि ऊँचाई पर इंसान हमेशा अकेला होता है, जैसे मैं।'

'लाख कोशिश कर भी उन्हें समझा नहीं पाता कि मेरी ज़िन्दगी में वो कितने अहम हैं। उनकी भी कविता की तरह एक ही शिकायत कि मैं उन्हें फ़ोन या मैसेज नहीं करता। इसी का मतलब निकाल लेते हैं कि उन्हें प्यार नहीं करता।' प्रभात का दिल जम सा गया।

उसने घड़ी की ओर देखा, दोपहर के 1 बजा रही थी। बटमैन दूर से ही आवाज़ लगाता आ रहा था। प्रभात समझ गया कि दोपहर के खाने का वक़्त हो चला है।

उसने रोशन की ओर देखा- वो तो पहले ही अपनी जगह से उठ चुका था।

प्रभात पास गया और उसके हाथ में 20 रुपए रख दिए।

रोशन 20 रुपए लेते हुए बोला- 'मेरा ख़र्चा क्यों करते हो। मैं तो वैसे भी बाज्यू को पगलाकर उनकी दुकान से रोज़ाना दो चॉकलेट तो खा ही लेता हूँ।' वह आँख मारते हुए बोला।

'बस इस बहाने तुमसे कुछ देर बातें हो जाती हैं।'

'अरे वाह। मेरा बाज्यू दस रुपए छोड़ो मुझ पर एक भी ख़र्च न करे। दस-दस रुपए बचाकर वे जाने कौन-सा परबत ख़रीद लेंगे।'

'वो परबत ख़रीद लेंगे तो भी देखना, वहाँ जीना मुश्किल होगा। पाँव बार-बार नीचे की ज़मीन ही तलाशेंगे।'

यह कहते हुए प्रभात एसएसबी कैम्पस की ओर चल दिया।

रात 9 बजते-बजते ठंडी हवाएँ और तेज़ हो गई। बरसात के बाद बर्फ़बारी शुरू हो गई। अपने इस लकड़ी के बने ऑफ़िसर्स मैस के कमरे में प्रभात बिस्तर में अपने आप को समेटे बैठा रहा। एक ओर बनी मिट्टी के तेल की सिगरी में आग जल रही थी। ये ठंडे इलाकों के हर घर में हुआ करती है, जिसे स्थानीय भाषा में तंदूर या भुखारी कहा जाता। उसी के सहारे मौसम इतना ख़राब होने के बाद भी सर्दी में कुछ कमी थी।

गूँजी उत्तराखंड के कुमाऊँ क्षेत्र में पिथौरागढ़ जिले की एक ऊँची चोटी पर स्थित गाँव है। जो चीन के शासित तिब्बत, नेपाल व भारत की त्रिकोणीय सीमा पर मौजूद है। पूरे साल यहाँ बर्फ़ रहती है, ऐसे में आम लोगों का यहाँ रहना मुश्किलों से भरा है। तभी तो सीमा पर चौकसी के लिए तैनात सशस्त्र सीमा बल व इंडो-तिब्बत बॉर्डर पुलिस के जवानों के अलावा आम जन-जीवन नहीं के बराबर है। हैं भी तो बस कैलाश मानसरोवर यात्रा के दौरान यहाँ आने वाले यात्री व आसपास से आजीविका कमाने के लिए आने वाले। वे भी बर्फ़ गिरने के समय अक्टूबर आख़िर तक निचले इलाकों में लौट जाते। एक स्टेट बैंक का छोटा सा ऑफ़िस और एक पुलिस चौकी। वो हर साल एक नवंबर से यहाँ बंद हो जाती। फिर अगले साल मई तक यहाँ सिर्फ़ खमोशियाँ ही बसती।

प्रभात को गूँजी आए दो महीने से ज़्यादा समय बीत चुका था। बड़े दिनों बाद उसने अपनी डायरी खोली और उसमें अपना सफ़र दर्ज करना शुरू कर दिया। अपने दिल की बातें डायरी को बताने लगा।

'धारचूला से गूँजी तक यों तो दो दिनों में 55 किमी की यात्रा हर किसी को पैदल ही पार करनी होती, लेकिन ख़ुशनसीबी से चम्पावत से एकल रोटर हैलीकॉप्टर एमआई-26 में आने का इंतजाम हो गया। यह अद्भुत और विशालकाय हैलीकॉप्टर था। अद्भुत यह भी है कि इसके सहारे ही ट्रक भी आसमान की उड़ान भर रहा था। और मात्र 30 मिनट में ही मैं गूँजी पहुँच गया। हैलीपेड पर उतरते ही बर्फ़ पर पड़ती धूप में आँखें चुंधियाने लगी। पहली बार बर्फ़ पर कदम जो रखा था। ऊँचे-ऊँचे बर्फ़ से ढके पहाड़, दो ओर से बहती नदियाँ स्वर्ग का सा अहसास कराने लगी। लेकिन शाम तक पता

चल गया कि स्वर्ग पा लेना इतना आसान नहीं। तप करना होता है। ना यहाँ मोबाइल नेटवर्क, ना बिजली, ना पर्याप्त पानी, इस पर हाई एल्टीट्यूड और शाम होते ही चलने वाली बर्फ़ानी हवाएँ। ऐसे में अपने आपको जिंदा रख लेना ही काफ़ी था।'

डायरी लिखते-लिखते कब उसकी आँख लगी पता नहीं चला।

सुबह के आठ बजे संतरी ने दरवाज़ा खटखटाया तो प्रभात की आँख खुली। अभी उजाला होना बाक़ी था। तैयार होकर बाहर पहुँचा तो सूरज निकल गया था। गुनगुनी धूप में बर्फ़ से ढकी पहाड़ियों के बीच झाँकते ओम पर्वत की ओर कुछ देर शून्य में ताकते रहना उसका रुटीन का हिस्सा बन चुका था।

वह मैदान में सिर से पैर तक अपने को गर्म कपड़ों में ढके कम्पनी के जवानों के सामने खड़ा था। सभी के साथ सुबह की दौड़ और व्यायाम के बाद उसने ज़रूरी आदेश सुनाए (सैनिकों को दी जाने वाली ड्यूटी)। इसके बाद पैदल ही बॉर्डर तक चल दिया। लौटा तो साढ़े ग्यारह बज रहे थे। वो सीधा काली नदी पहुँचा।

वो हाथ बाँधे नदी किनारे कुछ देर खड़ा रहा लेकिन दूर तक ना रोशन था और ना ही उसका कुत्ता।

वॉकी-टॉकी बज उठा- 'माइटी कॉलिंग, माइटी कॉलिंग...।'

'या कॉलिंग'

'साब दंडपाल साहब का हैली पहुँचने वाला ही है। आप कहाँ हैं?'

'आई विल बी देयर इन टेन मिनट।'

'यह कहते हुए प्रभात ने वॉकी-टॉकी अपनी बेल्ट पर टांग लिया और दौड़ते हुए एसएसबी कैम्पस का रास्ता पकड़ा।'

शाम को कैम्प फायर में पीने-पिलाने का दौरा चल रहा था। आग के चारों ओर बैठे सैनिक गीत गा रहे थे। दंडपाल महोदय दिनभर के गूँजी दौरे की थकान के बाद पैग ले रहे थे। सैनिकों के नाच-गाने में उनका साथ दे रहे थे, लेकिन प्रभात का मन वहाँ नहीं था। उस भीड़ के बीच का अकेलापन उसे साल रहा था। उसकी आँखें इस भीड़ में किसी अपने को ढूँढने की नाकाम कोशिश करने लगी।

'इतने दिन कहाँ थे साब, रोशन हाथ में छड़ी लिए ज़मीन में कुछ टटोलते हुए बोला।'

'यार, दंडपाल आए थे दौरा करने। ज़रूरी था उनके साथ रहना। नाराज़ होकर जाते तो मुसीबत हो जाती।'

'डरते हो क्या उनसे?'

'नहीं, डरता तो बस अपनों से हूँ।'

'आप इतना उदास क्यूँ हो, वो दंडपाल डांटा?'

'नहीं।'

'फिर पत्नी।'

'हाँ, सप्ताहभर में कल ही समय मिला तो सेटेलाइट फ़ोन से कविता के मोबाइल पर बात करने की कोशिश। उसने बात नहीं की। फ़ोन काट दिया। वो इस बात से नाराज़ है कि मुझे उसकी याद नहीं आती इसीलिए फ़ोन नहीं करता। रोने लगी कि पहले तो दिन में दो बार उससे बात करता था। अब मेरा प्यार कम हो गया, तो उससे दूरी बना रहा हूँ। तू ही बता सरकारी फ़ोन से पूरे दिन अपने परिवार से कैसे बात की जा सकती है। लेकिन वो मेरी मजबूरियाँ नहीं समझती। समझती है कि मैं बहाने बना रहा हूँ।'

रोशन ने किसी बराबरी के दोस्त की तरह उसके कंधे पर हाथ रख दिया। कहा- 'मेरी बात कराना मैं बताऊँगा कि उनकी और हर्षिता की आपको कितनी याद आती है। फिर वो ख़ुश हो जाएँगी।'

'हाँ, रोशन- हर्षिता अब तीन साल की है, लेकिन पैदा होने से अब तक उसके साथ कोई छः महीने ही बिताए होंगे। उसे बस खयालों में ही बड़े होते देखता हूँ। उसकी खिलखिलाती हँसी मेरी बर्फ़-सी सफ़ेद ज़िन्दगी में भी रंग भर देती है। उसके छोटे-छोटे पैरों में पहने पायलों का छनकना अपने आसपास सुना करता हूँ। खयालों में ही सही उसके नर्म हाथ मेरे गालों को छू लेते हैं तो सारी थकन उतर जाती है।'

प्रभात की आँखों में बर्फ़ जमने सी लगी।

'आप भी रोते हैं, लेकिन आँसू तो अंदर ही रह गए।' रोशन ने भाँप लिया शायद।

अपने नन्हे दोस्त का ये स्पर्श प्रभात को भीतर तक तर कर गया।

रोशन को अपने से सटा लिया और कहा- 'पता है रोशन इतने अकेलेपन में माँ की याद हो आती है। वो मेरे हर हाल को बिन कहे समझ जाती हैं। उन्हें कभी कहना नहीं पड़ा कि मैं परेशान हूँ। बस वही हैं जो कभी नाराज़ नहीं होती।'

'अच्छा, मुझे तो अच्छा लगे कि ईज्या से दूर रहना पड़े।' रोशन ने अपने हाथों की मुट्ठी पर गालों को सटाते हुए कहा।

'चल अब बाक़ी बातें फिर कभी। परसों कुछ मेहमान आ रहे हैं, वहाँ से फ़्री हो जाऊँ फिर आता हूँ।'

'ठीक है, साब।'

सातवें वेतन आयोग के अध्यक्ष, उनकी पत्नी और सदस्यों की खातिरदारी में उसका पूरा दिन बीत जाता और रात को भी आराम नहीं। ऑफ़िसर्स मैस में उसकी जगह मेहमानों ने ले रखी थी और अब वो एक जवान के कमरे में उसके साथ था। इस थोड़ी-सी जगह में सोने की आदत नहीं थी।

ऑफ़िस में अपनी कुर्सी से टेका लगाए प्रभात के ख़याल फिर गूँजी से नीचे धारचूला जा पहुँचे।

'वहाँ तो कितना अच्छा था। इंटरनेट भी चलता था और फ़ोन भी। दिन में कई बार कविता से वाट्सअप पर चेटिंग हो जाती तो हर्षिता भी स्काईपी पर दिखाई दे जाती। मन भर जाता था। माँ सुबह-शाम टोह ले लेती। भाई-भाभी भी यूएस में होकर दूर नहीं लगते थे।

कविता, हर्षिता, माँ, भाई और मैं... हम सभी तो ख़ुश थे। टेक्नोलॉजी ने दूरियाँ मिटा दी थीं। अब तो अरसा बीता भाई और माँ से बात किए।'

यह सोचते-सोचते उसने अपने हाथ में पकड़े कार्यालय आदेश के पन्ने को मुट्ठी में भींच लिया। छुट्टी की अर्जी फिर कमाँडेंट ने ख़ारिज कर दी थी।

पाँच महीनों में चार बार छुट्टी की अर्जी दे चुका था, लेकिन एक भी स्वीकार नहीं हुई। वो जानता था कि अब छुट्टी नहीं मिली तो अगले चार महीने और वह अपने घर की ओर जाने की नहीं सोच सकता। नवंबर से फरवरी तक इस चोटी पर बर्फ़बारी इतनी होती है कि यहाँ से नीचे उतरना ख़तरे से ख़ाली नहीं होता। मूवमेंट पूरी तरह बंद रहता है।

क़रीब पंद्रह दिनों बाद वह काली नदी के किनारे बैठा था। नदी अपनी लय में बह रही थी और उसके ख़याल भी। अक्टूबर आधा बीत चुका था और सर्दी बढ़ गई थी। कई सारे गर्म कपड़े पहने, दोपहर की धूप में भी शरीर काँपने लगा। दोस्त का इंतज़ार करते-करते दोपहर के 12 बज गए।

'साब, साब...'

दूर से हाथ हिलाते, चिल्लाते हुए रोशन आ रहा था।

बड़े दिनों बाद प्रभात दिल से मुस्कुराया, जैसे कोई अपना उसके क़रीब आ रहा हो।

'कब से इंतज़ार कर रहा हूँ, कहाँ थे?'

'मैं तो यहाँ रोज़ाना इंतज़ार करके जाता। मुझे तो लगा कि अब नहीं मिल पाएँगे।'

'क्यों?'

'पता है ना कुछ दिनों में बर्फ़ आने वाली है। इसीलिए हमने सामान समेट लिया। मैं, बाज्यू और ईजा आज नीचे जा रहे हैं।'

प्रभात जानता था कि अक्टूबर आख़िर में रोशन को जाना है, फिर भी ना जाने क्यों चौंक गया।

वो नदी किनारे से उठकर अपने दोस्त के सामने घुटने टेककर बैठ गया।

'तुम भी चले जाओगे।'

'हाँ साब, अभी ही जाते हैं हम।'

'अच्छा... कुछ देर बात भी नहीं करोगे।'

'साब, ईज्या ने कुछ देर के लिए ही भेजा है। वो पहाड़ी के छोर पर मेरा इंतज़ार करेंगे।' यह कहते उसने एक कपड़े का छोटा-सा थैला प्रभात के आगे कर दिया।

'इसमें क्या है?'

'बाल मिठाई, ईज्या ने रास्ते के लिए बनाई। आपके लिए दी है। वो कहती है कि लौटते समय किसी को मिठाई दें तो वो हमेशा याद रखता है।'

'हाँ, दोस्त। लेकिन पहले ही मेरे अपनों की यादें क्या कम थी कि तुम भी उनमें शामिल हो गए।'

'अच्छा, अपना ख़याल रखना।' इतना कहते हुए रोशन ने कदम बढ़ा दिए।

कुछ सोचकर फिर पलटा- 'और हाँ, संन्यासी बन परबत नहीं जाना, बाज्यू कहता है, वहाँ बहुत ख़तरा है।'

प्रभात ने रोशन को गले लगा लिया।

फिर उसे दूर तक जाते देखता रहा। शायद बर्फ़ जमने लगी थी, उसके पैरों को बर्फ़ ने वहीं जकड़ लिया। रोशन नज़रों से ओझल हुआ तो पलटकर देखा, ओम पर्वत उसके साथ वहीं खड़ा था, उसी की तरह ख़ामोश, अकेला। धूप के साथ-साथ उसका रंग नीला, और नीला पड़ गया।

प्रभात ने अपने आप से कहा- ख़ामोशियों का रंग नीला ही होता है।

■

6

नफ़ा-नुकसान

इस कफ़्र्यू को अभी पाँच दिन ही बीते थे। पूरा शहर थम-सा गया। मेट्रो सिटी की मेट्रो सन्नाटे में कहीं बंद थी। 24 घंटे चहल-पहल वाले बाजार बंद थे। जौहरी बाजार से बापू बाजार तक तो पहले ही सन्नाटा पसरा था। जबसे विदेशियों पर रोक लगाई है, तबसे यहाँ की रौनक फ़ीकी थी और अब पहली बार हुआ होगा कि दुकानें सप्ताह के पहले दिनों भी बंद थी। कुछ ने सरकार के डर से कुछ ने महामारी के डर से ख़ुद ही दुकानें बंद कर दी थी। इस साँगानेरी गेट के तिराहे पर कोई पंद्रह-बीस से ज़्यादा वाहनों की आवाजाही नहीं थी आज, जहाँ दिन के हर पहर सैकड़ों वाहन गुज़रते, आज यहाँ सन्नाटा पसरा था। जो कोई भी देखता उसे यह कचोटता ही। रेलमपेल के बीच रहने वालों को यह सन्नाटा मारे दे रहा था।

यह सन्नाटा विपुल में बैचेनी को भरे जा रहा था। वो बीएमबी के सामने बने चौके पर इधर-उधर चक्कर काट रहा था। पुलिस वाला उसे देखे जा रहा था और वो चोर आँखों से उसे अनदेखा कर बस चक्कर काट रहा था। इस आधे घंटे में उसने कई सिगरेटें फूंक दी थी। पुलिस वाला उससे कोई पूछताछ करने आए या डंडा मार भगाने

आए, उसके लिए उसने पहले ही जवाब ढूँढ लिया था। यही कि सुबह 9 बजे तक बाज़ार से सामान ले सकते हैं, लेकिन वो यह भी जानता था कि जवाब काम नहीं आएगा। यहाँ एक भी दुकान का ताला तक न खुला था पाँच दिनों से। वो बीएमबी के कोने तक चक्कर काटता और रुककर उसके पास के मोड़ से जाती सड़क को देखता, जो एमडी रोड की ओर जा रही थी। वहाँ भी कोई न था दूर तक मोड़ साफ़ नज़र आ रहे थे।

वहाँ से कोई आता न देख वो कुछेक गालियाँ निकालता और फिर दूसरी ओर घूमकर सिगरेट के कश लेता। वो दूसरी ओर खड़ा सोच ही रहा था कि पीछे से कंधे पर उसने दे मारा।

'टाइम देखा है क्या हुआ है? कब से इंतज़ार कर रहा हूँ।'

'तो ऐसे टाइम में और करेगा भी क्या? देख मैंने तेरे दिन के 24 घंटों में से आधा घंटा तो पास करवा दिया। बाक़ी भी हो जाएगा।'

'बकवास मत कर। अब बस सवा घंटा और यहाँ खड़े रह सकते हैं हम। जल्दी बता यह जनता कर्फ़्यू से कैसे निपटते हो तुम लोग।'

'हाहाहाहा, ओह्हो, यह पूछने का कैसे सूझा तुम्हें आज?'

'तुम लोगों को आदत है ना, तो पूछ लिया।'

'आदत, तो तुम भी डाल लो। तुम तो ऐसी ज़िन्दगी को सही ठहराते थे।' उसने विपुल पर तिरछी नज़र डाली।

'ज़्यादा भाव मत खा। तीन दिनों में घर में गदर मचा हुआ है। समझ नहीं आ रहा, किसे क्या करना है। इसीलिए तुझे यहाँ बुलाया है। कम से कम पता तो चले कि इस कर्फ़्यू में ज़िन्दगी चलती कैसे हैं।'

‘कैसे चलती है? कुछ भी नहीं करना, बस जैसे चलती है, वैसे ही चलती है।’

‘पहेलियाँ मत बुझा। तरीका बता जीने का।’

‘तुम लोग तो बड़े तरीके बता रहे थे, मुझे। हमारा बंद रहना सही। हमारा कर्फ़्यू सही। सरकार ने हमारे साथ जो किया सही किया। हम बैठे-बैठे मजे करते हैं, आराम ही आराम है, ज़िन्दगी में और क्या चाहिए। यही कहा था ना। अब तुम भी आराम करो, और क्या?’

उसने उस चबूतरे पर पसरते हुए बीड़ी सुलगा ली।

‘देख बहुत हुआ। मैं वैसे ही तनाव में हूँ। घर पर सभी तनाव में हैं। घर में रहकर भी लग रहा है, पता नहीं कब मर जाएँगे। और नहीं भी मरे तो व्यापार का नुकसान मार देगा। क्या करें, कैसे करें कुछ समझ नहीं आ रहा। इस तनाव को तू ही कम कर सकता है। तू ही सूझा दे कुछ।’

उसकी आवाज़ कुछ नर्म पड़ गई या वो कुछ हारा हुआ नज़र आया।

‘तनाव, मतलब टेंशन ना? इसको सबसे पहले ज़िन्दगी से निकाल दे।’

‘इतना आसान नहीं, जिस तरह तू कह रहा है।’

‘मेरी राय जब तुझे लेनी ही नहीं तो क्यों बुलाया? कर ले जो करना है।’

वो बीड़ी का आख़िरी छोर नाली में फेंकते हुए उठने लगा।

विपुल ने कंधा पकड़कर उसको धक्का दिया।

'ठीक है, बता। तू इतना ही बता दें कि तुम वहाँ कैसे जीते हो?'

'चलो, यह पूछ लेने का ख़याल तो आया। ख़ैर, देर आए, दुरुस्त आए।'

'देख, अब तू ज़्यादा भाव खा रहा है। यहाँ कर्फ़्यू का मतलब अलग है, तुम्हारे इधर अलग।'

'हाँ, यह तो सही कहा। हमारे यहाँ इसका मतलब सिविल कर्फ़्यू है और तुम्हारे यहाँ जनता कर्फ़्यू। हमारे यहाँ मर्द लोग तुम्हारी तरह ऐसे चौराहे पर किसी भी दोस्त से मिल नहीं सकते। इतने में तो उठा लिए जाते हैं। फिर कहाँ गए, कब लौट आएँगे, कुछ पता नहीं चलता। घर वाले अनजाने इंतज़ार में बरसों गुजार देते हैं।'

उसने परकोटे के इस साँगानेरी गेट के ठीक ऊपर उठते सूरज में शून्य खोज लिया था, लम्बी आह भरी और एकटक वहाँ देखने लगा।

दूसरी ओर भी आह थी और नज़रें झुकी थी। वो जानता था कि धारा 370 हटाए जाने के बाद उठाए गए बच्चों में एक उसके इस दोस्त का भी 15 साल का बेटा था। कौनसी जेल में कहाँ है, कोई नहीं जानता। उसे किसी दिन बताया था उसने, लेकिन विपुल ने यही कहा, 'यों ही थोड़ी उठा लिया गया होगा, कुछ तो उसने भी किया होगा।'

और आज अचानक विपुल की आँख में पानी भर आया। उसने अपने उस दोस्त की ओर देखा, वहाँ आँखों से लेकर चेहरे के भाव तक सूखे हुए से थे। जैसे झेलम का पानी उसके चेहरे पर बड़े अरसा हुआ जमा है। कोई गर्मी उसे नहीं पिघलाती।

विपुल ने उसके चेहरे पर नज़रें गड़ा दी। वाक़ई कई सूख चुकी उम्मीदें उसके चेहरे पर चस्पा थी। बिल्कुल सूखी कि कोई हाथ लगा झाड़ दे तो शायद चेहरे की गर्द निकल जाए।

कितने महीनों से वो दोनों हर दिन मिलते थे, लेकिन विपुल को यह गर्द कभी दिखाई ही न दी, या उसने अपनेपन से कभी देखा ही नहीं। वो मन ही मन ख़ुद के रूखे व्यवहार या औपचारिक दोस्ती पर दिल को खुरचने लगा। उसके कंधे पर हाथ रख, ख़ुद को पहले की तरह ही कुछ नॉर्मल करने की कोशिश की।

'क्या देख रहा वहाँ पर? वहाँ कोई मुश्किल का हल नहीं लिखा कि वहाँ से पढ़ तू मुझे बता देगा।'

'हाहाहा। पता है मुझे। आसमानों मे कुछ लिखा नहीं होता, सब यहीं लिखा जाता है। छोटी चींटियाँ इस ज़मीन पर ही हम ताकतवरों के नीचे कुचली जाती हैं। तानाशाह हमें कुचल देते हैं। हम इन चींटियों की मानिंद ही रेंगते हुए जीते हैं। दीवार से नीचे गिरा दिए जाते हैं और हम अमरबेल की तरह, फिर उगने की कोशिश में ही ज़िन्दगी बसर कर देते हैं। पता है तमाम उम्र हमारी दुआएँ क्या होती हैं?'

विपुल ने इस बार कुछ हैरानी से उसकी ओर देखा।

'हम चाहते हैं कि बस पूरे कुनबे से कोई जिंदा रहे जो बच्चों को पाल ले। बच्चे होते हैं, तो बस खाने लायक हमें मिल जाए या जो ज़मीन में उग आता है, उसे ही खा लेते हैं। कोई शौक नहीं, कोई और दुआ नहीं। डर भी नहीं। मरने से भी नहीं डरते। आज मैं दो दिन घर फ़ोन नहीं करूँगा तो घरवाली कुछ देर रोकर, अपने घर में उग आई सब्जियाँ तोड़ती ज़िन्दगी गुजार देगी, सब्र के साथ। बेटे का तो अब वो सवाल भी नहीं करती।'

'मौत वाक़ई नहीं डराती तुम्हें?' इस बार विपुल ने उससे बिल्कुल सटकर आँखों में आँखें डालकर पूछा। वो आँखों में देखना चाहता था कि यह सच ना हो। लेकिन वहाँ आँखों का सूखापन उसे डरा रहा था।

'मौत से.... हाहाहा। तुम्हें पता है इस मुल्क में एक तबका ऐसा भी है, जिसे ज़िन्दगी डराती है। लेकिन तुम लोग उस तबके का नहीं सोचते, जो बस थोड़ा बहुत खाने को मिल जाने को ज़िन्दगी मान लेते हैं। हम जैसे लोग ज़िन्दगी मिल रही है, इसी में शुक्र मना लेते हैं। किसी कमी से डर नहीं लगता और तुम लोग एक वायरस से डर रहे हो? हद ही है यार? ये परिवार से किसी को अचानक उठा ले जाने से तो ज़्यादा डरावना नहीं होगा। जिसकी ज़िन्दगी का पता है ना मौत का। जिसके हक़ में तुम बोल भी नहीं सकते। वायरस के लिए दवाइयाँ हैं, हमारी इस ज़िन्दगी के लिए है?'

'ठीक है, मैं तेरी सारी बात मानता हूँ, बस इतना जानना चाहता हूँ कि इस बंद में जीएँ कैसे? दुकानें बंद हैं, इक्कीस दिन बंद रहने का मतलब जानता है? लाखों का नुकसान हो जाएगा।'

' इक्कीस दिन... हाहाहा। ऐसे इक्कीस दिन इन पैंतालीस साल की ज़िन्दगी में कितनी बार गुजारे, गिनती भी नहीं लगा पाओगे।'

'मेरी बात घुमा मत। व्यापार में फिर भरपाई कैसे करते हो? इतना ही बता दे यार।'

इस बार विपुल बुरी तरह से झल्ला गया।

'व्यापार का नुकसान, हमारी जिंदगियों में नुकसान माना ही नहीं जाता। बस खाने को मिल रहा हो, उसे ही हम नेअमत मानते हैं खुदा की।' उसने आसमान की ओर हाथ उठा दिए।

'माना तुम्हारी आदत है, पर हमारी नहीं। हमें तो कोई रास्ता ढूँढना ही होगा।'

'चल बता, क्या रास्ता ढूँढेगा।' इस बारे उसने विपुल से सवाल किया।

'नौकरों की तनख्वाह काटकर शायद कुछ भरपाई हो। या फिर टैक्स में सरकार ही रियायत दे देगी। लेकिन अभी कुछ महीने विदेशी नहीं आएँगे तो लगता नहीं कि कुछ कमा पाएँगे।'

'नौकरों की तनख्वाह काट देगा... वाह रे भाई वाह। तू तो इन इक्कीस दिन तेरी जमा पूंजी ही खाएगा ना। उसके बाद दो महीने और दुकान न चली तो जमा पूंजी ही ख़र्च होगी। मतलब देखा जाए तो कोई बड़ा नुकसान नहीं होगा। फिर ज़रा सी तनख्वाह में रोजी रोटी करने वाले नौकरों की तनख्वाह रखकर क्या करेगा। उनके पास तो जमा पूंजी भी नहीं होगी कि वो खा सकें।'

'सब झूठ है, जो जितना काम करेगा उतना ही मिलेगा ना। अब घर में काम वाली नहीं आएगी तो उसे क्यों देंगे कुछ?'

'ज़रूरतमंद समझकर और क्यों।'

'काहे के ज़रूरतमंद। तू बता, तू मेरी जगह होता तो देता क्या।'

'हाहाहा। तू भी किससे कैसे सवाल करने हैं, नहीं जानता। व्यापार के सिवा भी बहुत कुछ है, दुनिया में करने को। हम लोग तो सभी बराबर ही हैं। एक के घर में जितना बनता है, नौकर चाकर, बाक़ी भूखे लोग सब एक सा ही खाते हैं।'

'क्या बकवास है। कमाओ कुछ मत और लोगों को खुले हाथों बांट दो। यह बात बेवक़ूफ़ी नहीं लगती।'

'मुझे तो तेरी हर बात बेवक़ूफ़ी भरी लगती है। तू पूछ रहा था ना कि बंद में ज़िन्दगी कैसे जीते हैं, यही बता देता हूँ।'

विपुल ने उसकी ओर ग़ौर से देखा, जैसे कोई बड़ा जीवन मंत्र यहाँ से मिलने जा रहा है।

'पता है, हमारे यहाँ कब बंद हो जाए। उसके लिए पहले घोषणा नहीं होती। ज़िन्दगी और सरकार दोनों इतना मौक़ा नहीं देती कि हम बंद के लिए तैयार हो जाएँ। लेकिन अब आदत ऐसी है कि हम हर वक़्त यह तय कर चलते हैं कि अगले ही पल बंद हो जाएगा सब।'

'मतलब हर वक़्त अपने साथ डर लिए चलते हो।'

'डर नहीं, यह हमारे लिए आदत की तरह है। जैसे खाना, पीना, सोना, वैसे ही हम कश्मीरियों की ज़िन्दगी में बंद आदत की तरह जी जाती है। अनचाही आदत। कोई गुटखा, पान, तम्बाकू हो तो ख़ुद पिंड छुड़ा लें, लेकिन दूसरों की थोपी बुरी आदतों को हमने ज़िन्दगी में शामिल कर लिया।'

'फिर क्या करते हो?'

'ये सन्नाटा देख रहा है।'

'हाँ, कितना डरावना सा है ना।'

'कहाँ डरावना है? डरावना तो वो होता है, जब ढील में तू बाहर निकले और यह सामने खड़ा सिपाही उस वक़्त तेरा कॉलर पकड़कर तुझे गाड़ी में डाल ले जाए। देख इसके सामने मैं और तू कितने आराम से बात कर रहे हैं। यही कश्मीर में होता तो अब तक हम दोनों साजिश रचते पकड़े जाते।'

विपुल ने फिर उस पुलिसवाले पर नज़रें डाली। वो अपना डंडा लिए बैरिकेड के सहारा लिए आराम से खड़ा था।

'तो यह सन्नाटा कुछ भी नहीं, जो हमारी सड़कों पर होता है। और घर के भीतर एक ही परिवार के बीस लोग मिलकर हँसे तो भी उस सन्नाटे को चीरा नहीं जा सकता। वो दहशत का सन्नाटा होता है। लेकिन भीतर पूरी ज़िन्दगी तो होती है। भरी पूरी ज़िन्दगी। अब तेरा घर देख, 8 कमरों का महल जैसा घर भी तुझे कम पड़ता है। हमारे लिए इतना बड़ा प्लॉट ही हमारी अमीरियत होती है। आलीशान घर वाली अमीरियत नहीं, बल्कि जहाँ ज़िन्दगी का पूरा सामान हो, वो वाली।'

'वो कैसे?'

'मेरे भाई और मेरा परिवार एक ही घर में रहते हैं। हमारे माँ-बाप और बच्चों समेत पंद्रह लोगों का परिवार है। लेकिन बंद में बाहर नहीं जाना पड़ता। पता है क्यों, क्योंकि हम पंद्रह लोग एक या दो कमरों में गुज़ारा कर लेते हैं, जबकि हमारा प्लॉट कोई तीन सौं गज का होगा।'

विपुल की आँखें फैल गई।

'इतने में तो हमारे यहाँ कई मंजिला महल चुन लें। और तुम बेवकूफ दो कमरों में रह लेते हो, इतनी ज़मीन होते हुए भी।'

'बेवक़ूफ़ी नहीं है यह। यह ज़रूरत है। तू बता तुझे दो ही चीजों में से एक को चुनना है, महल और ज़िन्दगी।'

'हाँ, तो कोई भी महल और ज़िन्दगी में से ज़िन्दगी ही चुनता है। मैं भी वही करूँगा।'

'बस तो, हम वही करते हैं। पता है दो बड़े हॉल में हमारा सालभर का राशन होता है। एक कमरे में हमारे पालतुओं का चारा। बाक़ी पूरा कच्चा आँगन है, हरा-भरा, जिसमें हम सब्जियाँ उगाते हैं। बकरा-बकरी, भेड़ें भी वहीं पालते हैं।'

'मतलब इंसानों से ज़्यादा जगह राशन और जानवरों को जगह देते हो।'

'कितनी बार बताया कि हम उन घरों में ज़िन्दगी को जगह देते हैं। बता सात महीने क्या करोगे। व्यापार करने जा नहीं सकते। दुकानें, मीलें सब बंद। खाने को कहाँ से आएगा। तो हम ख़ुद ही उगाते हैं।'

'ख़ुद ही?'

'हाँ, हमारे यहाँ ज़मीन पर कमरे कम और बागीचा ज़्यादा दिखेगा। जानवरों का बाड़ा भी।'

'अच्छा तो सालभर के राशन में पैसा तो बहुत ही ख़र्च होता होगा।'

'तूने पुराने जमाने के किस्से सुने हैं। जिसमें कपड़े के बदले भी अनाज मिल जाता, कौड़ियों से भी या किसी अनाज वाले के यहाँ काम कर दो, तो भी अनाज मिल जाता।'

विपुल ने बड़ी हैरानी से उसकी ओर देखा, जैसे वो कुछ अजीब बात बताने जा रहा हो।

'दीदे मत फाड़, बाहर आ जाएँगे। ख़ैर, बंद गरीबों के लिए ही नहीं होता, उन राशन वालों के लिए भी तो होता है। जब भी मौक़ा मिलता है, हम सालभर का राशन लेते हैं, फिर सर्दियों में यहाँ-वहाँ

जाकर जो कमाते हैं, उनमें से उनका चुका देते हैं। कुछ हम जो काम करते हैं, दरियों का, कपड़ों की कशीदाकारी का, वो उन्हें देकर चुका देते हैं। कभी कोई बकरा देकर, या फिर कभी हरी सब्ज़ी देकर, उधारियाँ चुक जाती हैं। वैसे भी राशन में आता क्या है। सालभर का मैदा, चावल, सभी मसाले, चीनी बस।'

'बस???'

वो हैरानी से उसके क़रीब आ गया।

'तो और क्या। इतने में खाना हो जाता है। सब्ज़ी जो उगाते हैं, वो हो जाती है और मैदा की रोटी बन जाती है, चावल खा लेते हैं। कहवा तो हर घर में मिल ही जाता है। सप्ताह में किसी दिन जानवर हलाल करते हैं तो मोहल्ले भर में बंट जाता है। ऐसे कभी कोई घर हलाल करता है, तो कभी कोई। एक पर भार नहीं आता, पूरी कॉलोनी बांट लेती है। आलू कम पड़ जाए तो पड़ोसी की ज़मीन से ले लेते हैं। इतने सन्नाटे में भी ख़बर होती है हमें कि मोहल्ले में किसके घर खाने को नहीं है। वहाँ कई घरों से इतना पहुँच जाता है कि वो लोग कई दिनों तक कुछ माँगते ही नहीं। ऐसा नहीं कि कहीं बहुत अच्छा खाया जा रहा है और कहीं कोई भूखा सोया। तुम तो कश्मीर की ख़बरों पर टकटकी लगाए रहते हो ना, कभी सुना कि बंद में कोई भूखा मर गया। हम नहीं मरने देते। हमारे लिए ज़िन्दगी पेटभर लेने जितनी ही है। उससे ज़्यादा की भूख नहीं लगती हमें।'

'सच में?? क्या बस इतना ही रखते हो खाने को।'

'हाँ, और चाहिए भी क्या जीने को। घर में सुकून से बैठो और जितना ज़रूरी है, उतना सामान रखो। शौक भी बस जीने भर का है। ज़रूरतें भारी नहीं होती, शौक और दिखावा इसे भारी कर देते हैं।

पता है, ज़िन्दगी जब औकात दिखाने आएगी, तो वो नफ़ा-नुकसान देखने का मौक़ा तक न देगी।'

इस बार उसने तिरछी नज़रों से विपुल की ओर देखा।

विपुल समझ गया जैसे।

'ठीक है, ठीक है। इस वायरस से बच लें, यह ज़्यादा ज़रूरी है। व्यापार के नफे-नुकसान की सोच ही कहाँ रहा था कि तूने इतनी बड़ी रामायण कह दी। और हाँ, यह मत सोचना कि तूने कोई बड़ी बात कह कोई मदद की हो मेरी। तेरी बातों में इत्ती सी भी बात न थी, जो फायदेमंद हो।'

'साला, तू रहेगा व्यापारी का व्यापारी। अब वायरस कुछ इंसान बनने का मौक़ा दे तो छोड़ना मत। चल अब, सिपाही आकर लाल कर दे, उससे पहले निकल ले।'

नौ बजने में अभी समय बाक़ी था। वो सिपाही को अपनी ओर आता देख, वहाँ से चल दिया। कुछ दूरी पर रुक कर पलटा और दुकान की ओर देखा। जैसे नई ज़िन्दगी में कदम रखने जा रहा हो।

वो घर लौटा तो बाइक पर कई सारे थैले टंगे थे। उसने हॉर्न बजाया तो पिताजी और दोनों भाई बाहर आए। इतना सामान देख चौंके।

'इतने सामान का क्या करेगा? अब बंद के दिनों में राशन बेचेगा।' पिताजी ने अचरज से पूछा।

'नहीं, इन बंद के दिनों में ज़रूरत जितनी ज़िन्दगी खरीदूँगा।'

सभी उसे हैरानी से देख रहे थे।

आदर्श नगर के उसके बंगले से कुछ दूरी पर उसने एक दिन पहले ही मजदूरों का जमावड़ा देखा था, वहीं पर झुग्गियाँ भी थी। जिन झुग्गियों को वो हिकारत से देखा करता, कई बार उन्हें वहाँ से खदेड़ने के लिए अपनी अप्रोच भी काम में ली, वहीं अब सुबह-शाम वहाँ खाना ख़ुद पहुँचाता। हर कटोरी उन भूखों को हाथ में देते, वो उन्हें उम्मीद से देखता, कि वे ऐसी कोई दुआ करें कि वो हर हाल में खुशियाँ ढूँढने का माहिर हो जाए।

इस शहर के कई लोग वायरस से लड़ रहे थे, और वो ख़ुद से। ज़रा-सी ज़रूरतों तक ज़िन्दगी को समेटता, नफ़ा-नुकसान को ज़िन्दगी से बाहर का रास्ता दिखाने में जुटा था। फिर भी उसे अपनी सारी कोशिशें, उस दोस्त की ज़िन्दगी से कमतर ही लगी। कभी-कभी महामारियाँ इंसानों के भीतर के मैल को धोने के लिए आ जाती हैं। वो मैल जो इंसान की प्रकृति से मेल नहीं खाता।

■

7

बवालिस्तान

यह वो समय था जब टीवी स्टूडियो उर्फ़ अखाड़े इसी ज़मीन पर मौजूद थे। तो साहेबान, उसी दौर की यह सुबह कुछ अलग थी, बहुत अलग। किस तरह? अब यह पूछ कर क्या ही करेंगे, बस, मान लीजिए कि एक पूरे तबके के लिए यह अलग ही नहीं, इतनी भयावह कि उनका सबकुछ छीन लेने जैसी ही थी।

इतनी हैरतअंगेज़ भी थी कि हर कोई हैरानी से कुछ ढूंढने में लगा था।

अरे नही, नहीं। आप भी क्या सोचने लगे? ज़मीन के नीचे नहीं, नक़्शे के ऊपर। हाँ, आप यह सवाल कर सकते हैं कि उस ज़माने में जब कुछ चुनिंदा इमारतों के नीचे खोद-खोदकर ही सबकुछ ढूँढा जा रहा था, ठीक उसी समय बाहर ऐसा क्या गायब था, जिसके न मिलने से कई लोग मानसिक संतुलन खो बैठने के डर में जी रहे थे।

ख़ैर!

यह सुबह के 5 बजे का ही समय था, जब सुमित का मोबाइल घनघनाने लगा। दूसरी ओर अंदाज के मुताबिक चैनल हैड ही थे। इतनी सुबह वे ही फोन कर सकते हैं।

क्यों?

क्योंकि वो टीवी, यूट्यूब पर एक के बाद एक चल रहे सभी शोज का धड़ाधड़ उठता-गिरता ग्राफ़ दिन-रात देखा करते। पागलपन की हद तक। इतना कि वे 24 में से मुश्किल 2-3 घंटे ही ठीक से सो पाते। उस दौर में, जबकि वे जिनके लिए काम कर रहे थे, वे भी सिर्फ़ 6 घंटे ऑफ़िशियल तौर पर आराम के लेते। अगर उन्हें पता चल जाए कि एक अदना-सा टीवी चैनल हैड, उनसे ज़्यादा समय काम को दे रहा है, तो शायद उन पर कयामत बरपा हो जाए। चलिए जाने दीजिए। यह दिन भी किसी क़यामत से कम तो नहीं होने वाला था। उनींदा सुमित चौंककर उठा। जो सुना वो ऐसा था कि आँख मले बिना ही नींद गायब हो गई। आँखें फटी की फटी रह गईं।

'ककक... क्या, क्या कह रहे हैं आप? ऐसा कैसे हो सकता है?'

उसकी आँखें इस हद तक फट गईं कि जैसे कहीं इतना बड़ा हादसा हुआ हो कि उसका दिल भी फट सकता था, लेकिन शुक्र है कि वो फटा नहीं।

वो फ़ोन रख शॉक्ड सा बैठा रहा, लुटा-पिटा सा। पत्नी हाथ में पानी का गिलास पकड़ा चुकी थी और कंधे पर हाथ रखे इंतज़ार कर रही थी कि वो किसी तरह अपना खुला मुँह बंद कर पाए और उसे बता सके कि आख़िर हुआ क्या है?

वो पीठ सहलाने लगती है। सुमित अचानक ख़ुद को बेड पर पाता है और याद आता है कि पानी पी सकता है। वो पानी पीते ही पत्नी की ओर देखता है, ऐसे कि रो पड़ेगा।

'सुमित, क्या कुछ बुरा हुआ है?'

'बुरा नहीं, बहुत-बहुत बुरा हुआ है।'

'क्या, बोलो तो, मुझे तो पता चले कि क्या हो गया?'

'वो खो गया।'

'वो? वो कौन?'

'अरे वो, वो ही, जिसके पीछे हम दिनभर के हिट शो करते हैं।'

'आपका कैमरामैन?'

'नहीं, वो ठीक है।'

'फिर? हैड साहब को कुछ हुआ है?'

'नहीं, लेकिन हो सकता है कि शाम तक कुछ हो जाए, अगर यह नहीं मिला तो।'

'कौन खो गया? किसकी बात कर रहे हैं?'

'वही तो, वो खो गया है, इसीलिए तुम्हें बता नहीं पा रहा।'

'रिपोर्टर?'

'नहीं'

'कोई दोस्त, कोई वीडियो एडिटर, कोई दूसरा एंकर या...'

'अरे वो ही जिसका नाम दिन में सबसे ज़्यादा लेता हूँ।'

पत्नी ने फिर दिमाग लगाया- 'भगवान, या बेटा अक्षु?'

'अरे इनसे ज़्यादा जिसका नाम हर कोई लेता है।'

'इनसे ज़्यादा तो शायद आका का नाम ही...'

'अरेरेरेरे.... आका भी जिसका सबसे ज़्यादा जिक्र करते हैं।'

'पहले वाले प्रधान???'

'तुम चुप करो यार। सोचने दो।'

सुमित चिल्लाया और दूसरे ही पल बालों को उँगलियों से खींचा। ख़ुद को शांत कर अपने क्लीन शेव्ड चेहरे पर हाथ फिराया।

'पता नहीं अब क्या होगा?'

वो सुमित जो रोजाना शाम 4 बजे ऑफ़िस पहुँचता है, आज सुबह 8 बजे ही अपने फ़्लोर पर था। वो क्या सभी पाँच शो के एंकर, प्रोड्यूसर, पीसीआर-एमसीआर संभालने वाले, वॉइस ओवर आर्टिस्ट, कैमरामैन सभी एक-एक कर पहुँच गए। सभी के चेहरे कटहल से लटके हुए हैं। ऐसा भी नहीं कि आज नींद कम लेने की कोई शिकन चेहरे पर हो, छुट्टी न मिलने का गुस्सा हो। यह वाला जो ग़म है, वो तो इन सबसे कहीं ज़्यादा बड़ा था। चैनल हैड हाथ फैला-फैलाकर चिल्ला रहे थे। घबराहट में उनके होंठों के एक ओर से राल तक बहने लगी थी।

'यह आख़िर किया किसने। ऐसे तो हमारी इंडस्ट्री बर्बाद हो जाएगी। हम बर्बाद हो जाएँगे। हमारे चैनलों पर ताले लग जाएँगे और हम... हम कहाँ जाएँगे?' उसने घबराकर सीने पर हाथ लगाया और पानी का गिलास उठा लिया।

फिर उनका मोबाइल घनघनाने लगा। पूरे ऑफ़िस में बस फोन बजने की आवाज़ के सिवा कोई साँस की चूँ भी न थी।

यह सूनापन भी नहीं था, सन्नाटा था। उसे बस मोबाइल की रिंग टोन चीर रही थी। 'हाँ, अरे यार। हम यही कह रहे। मंत्रालय से फोन आया है, वहाँ से भी ग़ायब है।'

'ठीक है, लेकिन हमारे भविष्य का क्या होगा? इंडस्ट्री के लाखों कर्मचारी! मेरा मतलब हज़ारों या सैकड़ों ही मान लिया, लेकिन वो कर्मचारी कहाँ जाएँगे। कुछ करो।'

'हम भी मंत्रालय से यही कहे थे कि इसके लिए तुरंत सारी एजेंसीज लगा दी जाए। वो भी यही बता रहे कि सुबह चार बजे से

ही ख़ुफ़िया एजेंसीज काम पर लग गई हैं, और तो और स्पेस एजेंसी के सारे वैज्ञानिक तक इसी खोज में लगा दिए गए हैं।'

'पता नहीं, दिमाग़ ख़राब हो गया है। एंकर सारे डिप्रेशन में हैं और मेरा क्या ही कहूँ।'

'बस, बस यही, जो आप कह रहे हैं न कि आज ही मौत आ जाएगी, यही हमको लग रहा।'

मोबाइल बंद करते ही फिर बज उठा।

'अभी चौधरी जी से ही बात हो रही थी। पांडे जी भी यही कह रहे।'

हैड साहब- कुर्सी पर ऐसे बिखरे पड़े हैं कि घुटने तक ज़मीन के क़रीब आ रहे। कोई हारे हुए से वे एक के बाद एक आ रहे कॉल का जवाब दे रहे थे। कई कॉल के बाद फ़ोन काटते हुए बड़बड़ा रहे थे- 'इतनी मेहनत से हमने जो खड़ा किया, बर्बाद होते नहीं देख सकता। सुमित तुम कुछ करो।'

उन्होंने कुर्सी से खड़े होते हुए सुमित के दोनों हाथ पकड़ लिए। प्रांजल, सरवत, मित्रा, और अयूब ने लगभग घूरते हुए हैड साहब को देखा। वो तुरंत समझ गए और उनके सामने भी हाथ जोड़ लिए।

'तुम लोग ही कुछ कर सकते हो। इतना घुमाया तुम लोग को हम। रूस, यूक्रेन, इज़रायल सब घुमा दिए। तुम्हारी किस्मत चमकाने में कोई कसर नहीं रखी, लेकिन अब जो क़िस्मत बुरे की ओर घूमने जा रही, उसे रोक लो।'

चारों को उनका हाथ जोड़ना भला भले ही लगा हो, लेकिन दहशत में तो वे भी थे। जिसकी बदौलत उन पाँचों के शो ऑनलाइन

के ग्राफ़ पर केंचुए से धड़ाधड़ उठते थे, आज वही ग़ायब था। दिमाग़ के घोड़े दौड़ा रहे थे, लेकिन वो निराश ही लौट रहे थे। सिर्फ़ दिल्ली के ही नहीं देशभर के मीडिया हाउसेस में यही नज़ारा था, बिल्कुल यही।

इधर मंत्रालय के कार्यालय में कर्मचारी कम, वैज्ञानिक ज़्यादा दिखाई दे रहे थे। पूरा मंत्रालय सरहद दिखाई देने लगा। कई लोग यहाँ वहाँ भाग रहे हैं। कुछ चिल्ला रहे हैं। मोटे चश्मों वाले वैज्ञानिक और वैज्ञानिक टाइप लोग कम्प्यूटर स्क्रीन पर टकटकी लगाए हुए हैं। सभी की उँगलियाँ की-बोर्ड पर बराबर चल रही हैं। जिनके पास कम्प्यूटर नहीं हैं, वो लैपटॉप में बिल्कुल वैसे ही काम कर रहे हैं। तूफ़ान आ चुका हो, जैसे हालात हैं। अभी सुबह के नौ भी नहीं बजे और काम करने का लेवल ऐसा लग रहा था कि 'करो या मरो।' मुख्य अधिकारी बराबर फ़ोन पर ही जवाब दिए जा रहे हैं। सभी के लिए एक ही जवाब है।

'कोशिश जारी है साहब।'

डरते हुए बोलते और पसीना पोंछते। कई रूमालों और नैपकीनों का ढेर उनके सामने लग चुका है, लेकिन ऐसा कोई फ़्री प्यून तक यहाँ नहीं बचा, जो इस ढेर को उठाकर फेंक दे या अधिकारी जी को पानी ही पिला दे।

छोटे अधिकारी उनके सामने सिर झुकाए खड़े हैं।

'क्या कर रहे हैं तुम्हारे निकम्मे अफ़सर और ख़ुफ़िया एजेंसियाँ। गृहमंत्री जी को क्या जवाब दूँ? कहाँ चला गया वो?'

वो चिल्लाने की हद से ज़्यादा तक चिल्ला रहे हैं, लेकिन कोई इस चिल्लाने पर आतंकित नहीं है। सिर्फ़ एक ही बात पर ध्यान

है, जो ग़ायब है, उसे ज़ाहिर करना है। हर क़ीमत पर। किसी भी क़ीमत पर।

वे अपने पीछे की स्क्रीन पर चमक रहे दुनिया के नक़्शे की ओर शायद हज़ारवीं बार से भी ज़्यादा देखने उठे। चश्मे साफ़ कर, छड़ी को बार-बार नक़्शे में उस ओर लगाने की कोशिश की, जहाँ वो सदियों से था। वहाँ छड़ी लगाते ही, वो रोज़ उभर आता। आज तो वहाँ कुछ भी न था। अब वो बेहद तल्लीनता से देश की ख़त्म होती सरहद और उससे आगे देख रहे हैं। सरहद की लाल लाइन के आगे-पीछे, ऊपर-नीचे, बेहद क़रीब जाकर लेंस से देखा। थोड़ा पीछे होकर देखा, लेकिन कुछ न मिला।

मोबाइल पर गृहमंत्री जी के सचिव का नंबर चमक रहा है। ख़ुद को संयमित करते उन्होंने फ़ोन उठाया।

'सर, काम बिल्कुल युद्ध स्तर पर चल रहा है।'

'जी, बिल्कुल, यह मीडिया नहीं, पूरे देश के लिए ज़रूरी है।'

'जी, जी सर। हम राष्ट्रवादी लोग इसे ऐसे कैसे जाने देंगे।'

आख़िरी लाइन बोलते वो अटेंशन की मुद्रा में आ गए।

'कामचोरों, कुछ देर में अगर वो नहीं मिला, तो समझो सबकी सरकारी नौकरी गई।'

उनका गला रूँध गया। यह सोच कि वो ख़ुद भी तो इसी दायरे में आ रहे हैं।

आप इनको छोड़ो, फिर चलो टीवी इंडस्ट्री की ओर।

तो भाई लोगों, सुबह हुई ना हुई, नौकरी जाने की तलवार टीवी पत्रकारों पर लटक गई है। चैनलों पर ताला लग जाने के ख़याल भर

से हैड साहबों की साँसें रुक रही हैं। एक पूरी इंडस्ट्री एक ही दिन में गर्त में जा सकती है, इसे लेकर इनमें से कोई ऐसा नहीं, जिसे शक ना हो।

सुमित दस बजे तक टाई कोट पहन खड़ा हो गया। आदेश है कि अब ऑफ़िस आ ही गया है तो दिन का पहला शो वो ही कर ले। हालांकि उसने कई बहाने किए, लेकिन सरवत, प्रांजल, मित्रा, अयूब इस पहले शो का रायता उसके पक्ष में ढुलवा चुके हैं। उन्हें अभी भी उम्मीद है कि उनके शो तक 'वो' किसी तरह मिल जाएगा और वो पूरी ऊर्जा यानी अपने चिल्लाने के साथ ख़ुशख़बरी लोगों तक लाइव पहुँचाएँगे। बात यहाँ पर जाकर बनी कि सुमित लाइव नहीं जाएगा और रिकॉर्डेड शो ही करेगा। तो लाइट, कैमरा, एक्शन स्टूडियो में शुरू हो चुका है। चिल्लाते हुए- 'पहली ख़बर का रुख़ करते हैं। बंगाल के खाली-खाली में दंगा भड़क गया है। जीज्जी किसी तरह सीबीआई को जांच नहीं करने दे रही हैं। ख़बर में ख़ास एंगल यह है कि जिन लोगों ने दंगा किया, उनके पीछे .... हाथ है।

बोलते-बोलते वो सोच में पड़ गया। कैमरामैन से पूछा, 'किसका हाथ है? क्या कहना था मुझे।'

कैमरामैन- 'सर, वही तो खोया है।'

'ख़ैर, हम लिए चलते हैं आपको दूसरी ख़बर की ओर। स्क्रीन पर आप देख रहे हैं, कश्मीर घाटी का वो इलाका, जहाँ पर घुसपैठ की कोशिश हुई है। आज़ादी के बाद से आज तक कश्मीरी लोगों को इस घुसपैठ से निजात नहीं मिल पाई है। हालांकि आका के आने के बाद से .... के मंसूबे कमज़ोर हुए हैं।'

उसने सिर खुजाया, 'किसके मंसूबे?'

कैमरामैन ने इस बार कुछ बोलने की बजाय मायूसी से गर्दन हिलाई।

सुमित ने हार नहीं मानी- 'आप जानते हैं कि यह कोशिश करने वाला कोई और नहीं .... है।'

'कौन है?' इस बार कैमरामैन को देखने की बजाय वो ख़ुद से सवाल कर रहा है।

हलक से थूक निगला। पेशानी से पसीना पोंछ उसने फिर ख़ुद को तैयार किया।

'आपको दिखाते हैं वो ख़ास रिपोर्ट, जो ग्राउंड से हमारे पास आई है। एक कबूतर उड़ता मिला है, जिस पर ... लिखा है।'

इस बार वो झल्लाते हुए चिल्लाया।

'इसे एडिट करना मत भूलना।' वो माइक से पीसीआर को आदेश देते हुए अगली ख़बर पर बढ़ता है।

'देखिए, देखिए दिल्ली के बॉर्डर का हाल। यहाँ पर किसानों ने जो आतंक मचाया है, उसके पीछे... की नाकाम कोशिश है।'

उसने अपना सिर पकड़ लिया।

ज़बरदस्ती ख़ुद में भरी गई ऊर्जा बिल्कुल ख़त्म हो चुकी है। फिर भी उसने कोशिश की।

'कल रात उस लड़की से जब बलात्कार हो रहा था, ठीक उसी समय में नया ड्रामा रिलीज कर दिया गया।'

अबकी बार वो कोट पर लगा माइक निकालकर फेंकते हुए सीधा स्टूडियो से बाहर आ गया।

'मैं नहीं कर सकता। मैं नहीं कर सकता। मैं नहीं कर पाऊँगा।'

यह बात वो इतना चिल्लाकर कहना चाहता था कि बिल्डिंग पार तक आवाज़ पहुँच जाए, लेकिन गला रूँध गया। इतनी बेचारगी उसने इन 11 सालों में कभी महसूस नहीं की थी।

बाकी चारों स्टार एंकर ख़ुश नहीं हैं, उसके हाल पर, बल्कि अपना हाल सोचकर ही उनकी रूह लरज़ रही है।

'कुछ तो करना होगा। बिना लाइव या नए प्रोग्राम के हम आज क्या दिखाएँगे दर्शकों को।' चैनल हैड फिर झल्ला रहे हैं।

'दर्शक??? आपको इस वक़्त दर्शकों की पड़ी है? और आका का क्या? चार बजे रैली है उनकी। उससे पहले दो-तीन शो में माहौल नहीं बनाया, तो चैनल वैसे भी बंद ही है।' हैड के सामने सुमित ने बात रखी।

'बस, एक इस बात की ही फ़िक्र नहीं है आज। क्योंकि जब तक उसका पता नहीं चल जाता, आका रैली नहीं कर पाएँगे। एक हज़ार फीसदी रैली कैंसिल।' चैनल हैड ने इस बार आँखें नचाते हुए बेहद ख़ुशी और दावे के साथ कहा।

आज के दिन की पहली मुस्कुराहट चेहरों पर दौड़ पड़ी।

सुमित ने रिलेक्स होते हुए कहा- 'सही कह रहे हैं, ग्यारह सालों में ऐसी कौन-सी स्पीच है, जो उन्होंने उसके बिना दी हो। आज तो रैली कैंसिल। लेकिन फिर टीवी पर जाएगा क्या?'

फिर सोच में डूबे ही थे कि हैड साहब ने नज़र संपादक जी की ओर घुमाई, जो किसी तरह अपनी नौकरी बचाने के लिए तमाम ख़बरों से मुँह मोड़कर, पत्रकार कहलाने का मोह छोड़कर, कंटेंट राइटर बनकर गुज़ारा करने लगे थे।

'संपादक जी, आप सुझाइए। तुरंत कौन-सी ख़बरें चलाई जाएँ, जिसमें उसका ज़िक्र भी न करना पड़े और चैनल के दर्शक चिपके रहें।'

तो साहेबान लोग, बरसों से जंग खा रहे दिमाग़ में कुछ रोशनी की किरणें पडीं कि संपादक जी पहले ख़ुश हुए फिर बोले- 'सर, बरसों से चैनल पर कोई ह्यूमन एंगल स्टोरी नहीं चल पड़ी है। आज वो चला सकते हैं। दर्शकों के इमोशन भी जुड़े रहेंगे और बिना 'उसके' मिले दिन कट ही जाएगा।'

तुरंत रिपोर्टर हाज़िर हो गया। 'हुकुम सर।'

'सुनो, संपादक जी एक ह्यूमन एंगल स्टोरी बता रहे हैं, जल्दी से वहाँ चले जाओ और लाइव कर लो। और सुनो, दो घंटे कम से कम खींचना। चाहे तो दो, तीन रिपोर्टर और ले जाओ।'

'ह्यूमन एंगल???' रिपोर्टर हैरानी से सभी के चेहरे देखने लगा। 'सर, मैंने तो ऐसी स्टोरी कभी की ही नहीं, मैं तो इसका मतलब भी नहीं जानता।'

'किसने बना दिया तुम्हें रिपोर्टर?' चैनल हैड का दिमाग़ फिर तमतमाया।

कंट्रोल करते हुए हैड साहब ने संपादक जी को इशारा किया, वो उठकर रिपोर्टर के साथ चले गए। आख़िर अरसे बाद उन्हें कोई मिला, जिसे वो अपने अंदर घुमड़ रहे स्टोरी आइडियाज समझाएँगे, पत्रकारिता की एबीसीडी सिखाएँगे और बढ़िया पैकेज टीवी पर चलवा पाएँगे।

ख़ुद को 'ठंड' में लगाने की टीस, अब संपादक जी इसी संजीवनी से ठीक करेंगे।

उन्होंने रिपोर्टर की, ख़ुद की रिपोर्टिंग से लेकर पत्रकारिता के एथिक्स, ह्यूमन एंगल, तथ्यपरक स्टोरीज, सभी पर क्लास ले ली। आज उनके पेट का आफ़रा शांति की ओर जा रहा है।

'नहीं, नहीं सर, कुछ भी कहो। ये रिपोर्टर इस क़ाबिल है ही नहीं। अभी बताइयेगा तो पाँच महीने पहले यह स्टोरी नहीं लाने वाला।'

आज संपादक जी को रिपोर्टर की क़ाबिलियत बताते वो दिन याद हो आए, जब उनका पूरा ग्रुप चैनल हावी था और रिपोर्टर को पत्रकारिता की हर क़ाबिलियत पर खरा पाने पर ही वे नौकरी के लिए चैनल हैड से सिफारिश करते।

'हूँ। फिर क्या करें। एक घंटे में मुझे स्टोरी और पैकेज चाहिए। ऐसा करो मनोज साहब को फ़ोन करो। वो ऐसी स्टोरीज में एक्सपर्ट हैं। आधा घंटे में कर देंगे।'

यह कहते हैड साहब ने एचआर में फ़ोन किया और मनोज का जॉइनिंग लैटर तुरंत उसे वॉट्सअप करने और बुलाने का आदेश दिया। 'सर, सर वो, आरिफ़ साहब और कंचन मैम भी आ जाते तो, आप इस ओर से बेफ़िक्र हो जाते।' संपादक जी ने धीरे से अपने ग्रुप के और नाम जोड़ दिए।

हैड साहब ने गर्दन हिलाई और तुरंत एचआर को दो नामों का और आदेश दे दिया।

संपादक जी ने गहरी साँस ली। अपनी सीट पर बैठते हुए सामने की तीनों खाली सीट्स की ओर देखा।

'तो आज ही के शुभ दिन यह चौरस फिर पूरा होगा। भगवान भला करे उसका, जो खो गया।'

उनका अफ़सोस काफ़ूर हुआ कि जनता के हक़ का ना लिख पाने, फाईटी सेल का कॉपी पेस्ट ना कर पाने, जो 'खोया है' उस पर कंटेंट ना लिख पाने और इन सबसे समझौता न करने के कारण तीनों को नौकरी छोड़नी पड़ी थी। बेरोज़गार हो गए थे। हालांकि ख़ुद संपादक जी ने समझौता कर नौकरी बचाना चुना था।

और तुरत-फुरत इन तीन घंटों को चारों ने मिलकर संभाल लिया।

मगर ये ह्यूमन एंगल ख़बरों का गोल्डन पीरियड कुछ ही घंटों तक टिक सका। तभी आका के कार्यालय से आपदा में अवसर की तरह वीडियो जारी हो चुका था और लाइव प्रसारण शुरू हुआ।

'रैली के लिए निकलने लगा तो, कुछ पल के लिए मेरी झपकी ही लगी थी। दरअसल, मैं 36 घंटे पूरे कर फ़ारिग़ ही हुआ था। वैसे 36 घंटे काम करने में एक बार आँख लग ही जाती है। इस एक झपकी के दौरान ही अम्मा सपने में आईं और बोलीं कि देश की सेवा करते हुए मैं उन्हें याद नहीं कर पा रहा हूँ (आँखों से आए आँसू पोंछते उन्होंने पोज लिया)। अम्मा की इस शिकायत के बाद से, मैं उनके लिए जाप करने का मन बनाकर पर्वतधाम के लिए निकल चुका हूँ। जब तक अम्मा फिर सपने में आकर नहीं कह देती कि वे जाप से ख़ुश हैं, तब तक मैं किसी रैली, समारोह का हिस्सा नहीं बनूँगा।'

और लूप में चैनलों पर यही जा रहा है। लेकिन हैड साहब को चैन नहीं।

यूट्यूब और अन्य सोशल मीडिया पर चैनल ग्राफ़ में ज़मीन चाट रहा है। देख रहे हैं कि कुछ देर पहले गए ह्यूमन एंगल पैकेजेज पर

ग्राफ़ ऊँचा था। 'संपादक जी, ऐसा करो, आज आप चारों स्टूडियो में बैठो। राजनीति का बढ़िया विश्लेषण करो, तो स्क्रीन पर कुछ जान आ जाए।' चैनल हैड ने मित्रा को शो एंकर करने का इशारा किया।

मनोज जी बोले- 'अरे नहीं सर, हम कैसे स्क्रीन पर नज़र आ सकते हैं, मेरे मुँह से कितने लफ़्ज़ उर्दू के ही निकलते हैं। फिर आपके ऑनस्क्रीन 'उर्दू शब्दों का इस्तेमाल' बंद वाले सर्कुलर का क्या होगा? मैंने आते हुए देखा, नोटिस बोर्ड पर वो आज भी चस्पाँ है।'

'आप भी ना मनोज जी, कब की बात लिए बैठे हो। अब इंसान की ज़ुबान को बदला तो नहीं जा सकता। आप ठहरे लखनवी, उस नफ़ासत को हम बदलने वाले कौन होते हैं? आप तो अपने रंग में काम कीजिए। सर्कुलर तो अभी उतर जाएगा।' उर्दू की सारी नफ़ासत आज हैड साहब के मुँह से राल के साथ टपकने लगी।

चारों, अरसे बाद टीवी स्क्रीन की चार विंडोज़ में राजनीतिक विशेषज्ञों के टाइटल के साथ चमक रहे थे। नौकरी तो लौटी ही, पत्रकारिता की लज़्ज़त भी लौटती नज़र आई। संपादक जी, मनोज, आरिफ़ साहब और कंचन मैम अपनी मर्जी की पत्रकारिता में लौटने पर ख़ुश थे, कितनी देर या कितने दिन की यह नौकरी है, यह तो सिर्फ़ 'ग़ायब' हो जाने वाले के भरोसे ही है।

ख़ैर, चैनल ग्राफ़ में फिर ऊपर चढ़ने लगा। चारों चेहरे आज खिले हुए हैं, कोई लंबे अरसे की नाउम्मीदी के बाद बहार आई है। आरिफ़ साहब शान से स्टूडियो के बाहर निकले, ऐसी कोई उम्र नहीं थी, लेकिन 50 पार तो कर ही लिया था। राजनीति के धुरंधर माने जाते रहे, लेकिन अब राजनीति का विश्लेषण करने वालों की और

सरकार के बारे में सुई की नोंक बराबर भी बोलना छोड़ो, चेहरे पर भाव लाने भर पर ही नौकरियाँ जा रही थी। और वे इसमें एडजस्ट नहीं हो सके।

उन्हीं के साथी त्रिदेव जी हर बात पर उन्हें वहाँ जाने की सलाह देते या लगभग भेज ही देते थे, जो फ़िलहाल नक़्शे में नहीं था। उनकी सीट के पास से गुज़रे तो दुआ-सलाम हुई।

'क्यों भैया त्रिदेव कैसे हो?' आरिफ़ साहब के तेवर सालभर घर बैठ भी कम न हुए थे। अपनी शर्तों पर नौकरी छोड़ी और ख़ुद चैनल हैड का बुलावा तो हाल-फ़िलहाल के लिए तो उन्हीं की शर्तों को मंज़ूरी देने जैसा ही था। सो त्रिदेव जी पान मुँह में घुमाते हुए बस गर्दन ही हिला पाए।

'अरे नहीं, सिर्फ़ गर्दन हिलाने से कैसे काम चलेगा, आप तो डिटेंशन से छुड़ाने आने वाले थे, लेकिन ये हो न सका तो कैसा लग रहा।'

'अरे आप भी ना भाईसाहब, कैसी बातें लेकर बैठे हैं। डिटेंशन आपके दुश्मन जाएँ।'

'भई, ऐसा कहोगे तो आपको ही जाना पड़ेगा।' संपादक जी अपनी चौकड़ी के साथ रंग में हैं। महीनों बाद त्रिदेव को छेड़ा। आख़िर तो आज पलड़ा भारी रहा।

कंचन मैम हाथ बाँधे, त्रिदेव जी एंड पार्टी को तिरछी नज़रों से देख रही हैं। दोनों समझ गए कि ग़ायब होने वाले ने इनके दिन फेर दिए हैं और उनके दिन फ़िलहाल ज़िल्लत में गुज़रने वाले हैं।

'वैसे उसका नाम तो बताओ, जहाँ तुम हम चारों को भेज रहे थे, बिना पासपोर्ट।' मनोज सर ने त्रिदेव जी के कंधे पर हाथ रखते हुए पूछा।

'आप भी क्या मज़ाक़ कर रहे हैं। वो तो बीते ज़माने की बातें हैं। नासमझी की बातें थीं, भूल जाइए।'

'अरे नहीं, ऐसे कैसे भूल जाएँ। मैं तो तब से सामान बाँधे बैठी हूँ कि बिना किसी परेशानी के सीधे उसकी राजधानी पहुँचूँगी और कोई बड़ी स्टोरी लेकर ही लौटूँगी। आप अपनी बात से मुकर रहे हैं।' कंचन मैम ने कहा।

त्रिदेव एंड पार्टी दाँत निपोरती रही।

चारों के जाते ही त्रिदेव जी ने प्रकाश को चपत लगाई- 'जल्दी पता कर, वो कब तक मिलेगा। जिन्हें बहस में हमेशा हराया, आज वही आँख दिखा रहे हैं। एक बार उसे मिल जाने दो, फिर देखता हूँ कि इनकी पत्रकारिता कितनी देर चलती है।'

और उधर।

'हाँ, बोलो। यही चलेगा चैनल पर। क्या कर लोगे? वो तुम्हारी फ़ाईटी सेल है न, उनके लफ़ंगे क्या कर रहे हैं। सारी उम्र गालियाँ देकर ही गुज़ारेंगे या उसे ढूँढेंगे भी। लफ़ंगों की सेना को काम पर लगाओ। जब वो मिल जाए, तब ही बात करना।'

चैनल हैड ने फ़ोन रखा ही कि सुमित ने चेताया।

'क्या कर रहे हो सर। अगर बड़े मालिक तक बात पहुँच गई कि आप फ़ाईटी सेल वाले से ऐसे बात कर रहे थे, तो क्या होगा?'

'डरो मत। इतनी राजनीति तो मुझे भी आ गई। पहले ही मेल चलाकर बता दिया कि 'उसके' खो जाने के बाद से फ़ाईटी सेल हमें ख़बरों के लिए रॉ मटीरियल नहीं दे रहा। देखो, सुबह से एक पोस्ट तक नहीं चलाई उन्होंने, हम चैनल कैसे चलाएँ?' उन्होंने मोबाइल फ़ोन पर खुला 'एक्स' सुमित को दिखाते हुए बोला।

दिन में पहली बार दोनों ओर से ठहाका गूँजा। और पहला कप चाय का पिया गया।

इधर, मंत्रालय कार्यालय में युद्ध ख़त्म नहीं हुआ। स्पेस एजेंसी से लेकर ख़ुफ़िया एजेंसियों के सारे दिमाग़ी ड्रोन लौट आए, लेकिन उसका पता न लगा सके। ढूँढने जुटे लोगों का 12 घंटे से रोज़ा चल रहा है और इफ़्तार का टाइम किसी को पता नहीं। इतना लंबा रोज़ा अधिकारी साहब कहाँ झेल पाते, अस्पताल में बेहोश पड़े हैं। उनकी ख़ाली पड़ी सीट के पीछे स्क्रीन पर दुनिया का नक़्शा चमक रहा है।

सुमित ने सोचना बंद कर दिया है। मित्रा, सरवत, प्रांजल, अयूब अपने शो की तैयारी किए बिना यहाँ से वहाँ चक्कर काट रहे हैं। चैनल हैड भी समझ रहे हैं कि 'उसके' बिना ह्यूमन एंगल स्टोरीज के पीछे ही चलना है।

अब भी सभी की नज़र चैनल हैड के मोबाइल पर ही थी। वहाँ कोई ख़ुशख़बरी आए तो दिनभर से चुप रहकर जो गला बैठा जा रहा है, वो कुछ रवानी में आए। इस तरह तो उन पाँचों सेलिब्रिटी एँकरों के गले को जंग लग जाने का ख़तरा भी था।

इधर,

डाक साब सिर खुजला रहे हैं कि आज इंस्टा पर एक भी रील उनके मुताबिक़ नहीं आ रही।

एक ख़बर यह भी है कि यूनिवर्सिटी के सामने की चाय की टपरी पर रेहान और रवि ने पवन के नाक में दम कर रखा है। शर्त लगवाई है कि एक घंटे में 'उसका' नाम न ले सका तो दोस्तों के सामने कभी आका का पक्ष न लेगा। और पवन शर्त हार गया है।

ऐसे हज़ारों-हज़ार, और भी कई चेहरे हैं, नाम हैं, जो इस 'ग़ायब' के कभी ज़ाहिर न होने की दुआ कर रहे हैं। पत्रकारिता पर विश्वास करने वाले भी यही चाहते हैं कि 'खोने वाले' को मीडिया वाले कभी न पा सकें। यह खोना, बहुतों के लिए पाना था।

■

8

दुनियावी ख़ुदा!

स्टेशन छूटते ही ट्रेन ने रफ़्तार पकड़ ली। रेतीली मिट्टी पर खड़ी झाड़ियाँ लगातार पीछे छूटती जा रही थीं। इस जनाना बोगी में जैसे-तैसे शिफा को सीट भी मिल गई। जून की तेज़ गर्मी में पसीना बह रहा था। उसने खिड़की के पास बैठते हुए चेहरा पौंछा। कुछ आराम पाकर जैसे ही आँखें उठाई तो एक जाना-पहचाना सा चेहरा सामने था।

'मेहनाज भाभी। सही पहचाना ना।'

वो उत्साह के मारे चिल्ला उठी, लेकिन सामने से जवाब में बस हल्की-सी मुस्कुराहट। वो भी आकर न जाने कहाँ चली गई।

'क्या बात है भाभी। सब ठीक है ना। आपकी तबियत ख़राब है क्या? या फिर आपने मुझे नहीं पहचाना?'

उसने कई सारे सवाल मेहनाज के सामने रख दिए थे, जिनका जवाब मेहनाज ने आँख चुराते हुए दिया।

'याद रखने को कुछ नहीं मेरे पास।'

बस इतना भर कह उन्होंने फिर मुँह फेर लिया। उनका चेहरा किसी भी तरह के हाव-भाव से पाक था। उस पर कोई उतार-चढ़ाव नहीं, बस सपाट-सा। वहाँ ख़ुशी या ग़म की कोई लकीर मौजूद नहीं थी। हाँ, एक अजनबीपन-सा ज़रूर था।

'शायद उस ग़म से उबरी नहीं हैं।' शिफा ने मन ही मन सोचा।

उम्र के कोई 50 बसंत पार करने जा रही मेहनाज भाभी के चेहरे की सिलवटों में वो लहर नहीं थी, जो इस उम्र में आते-आते और ज़िन्दगी की तजुर्बो से मिल जाती है। शायद वो नाराज़ थीं, मगर न जाने किससे नाराज़ थीं। शिफा सोच में पड़ गई कि कहीं वो उसी से तो नाराज़ नहीं। इतने महीनों में एक बार भी उनका हाल जो नहीं जाना।

अपना हाथ उनके हाथ पर रखते हुए बोली- 'मेहनाज भाभी, सब ठीक है?'

उनके सपाट चेहरे पर चस्पा बड़ी गहरी काली आँखों की गहराई से लहर की तरह एक टीस उभरी और फिर सामान्य हो गई। उनके संभलने तक टीस की लहर शिफा तक पहुँच चुकी थी।

'अब तो भाभी कह मेरा मज़ाक़ न बनाओ शिफा।'

'क्यों? अब हमसे भी रिश्ता बदल गया आपका?'

'एक रिश्ते से कई रिश्ते बदल जाते हैं, शिफा।'

'बदलते होंगे। लेकिन मैं तो यही कहूँगी?'

'मतलब कि मुझे मेरा माजी याद दिलाती रहोगी।'

शिफा की नज़रें झुक गई।

कुछ संभलते हुए बोली- 'मेहनाज आपा.... यह ठीक है ना?'

इस बार उनके चेहरे पर लम्बी-सी मुस्कुराहट दौड़ी।

बोली- 'कैसी हो?'

'मैं बिल्कुल ठीक हूँ मेहनाज आपा। और आप?'

'बस, वैसे ही जीए जा रही हूँ, जैसे मेरे ख़ुदा ज़िन्दगी जीने को दे रहे हैं'

'आप अब भी उस बात को सीने से लगा बैठी हो?'

'नहीं री, ऐसा नहीं है। यहाँ तो हर दिन कुछ नया देखने को मिल जाता है कि पुराने ज़ख़्म याद नहीं रहते। नहीं, नहीं... ज़ख़्म नहीं। यह सब तो मेरे ख़ुदाओं की नेअमतें हैं मुझ पर।'

उन्होंने जैसे नाटकीय अंदाज में गालों पर हाथ लगा तौबा की।

मेहनाज की बात से शिफा उलझन में पड़ गई।

इस बात को दरगुज़र करती बोली- 'अच्छा बताओ, आप कहाँ जा रही हो?'

'मकराना।'

'वहाँ कौन? आपके भाई वहीं रहते हैं?'

'नहीं, वहाँ भी कुछ पत्थर हैं मेरे लिए।'

वे बुदबुदाई जो शिफा ने शायद सुना नहीं और उनके आगे झुकते हुए कहा- क्या??

इस पर मेहनाज कुछ संभली- 'वहाँ मेरे शौहर का घर है।'

'शौहर का...?' इस बार हैरत से शिफा की आँखें फट गई। उसे लगा कि शायद ग़लत सुन लिया।

‘हाँ, मेरे शौहर।’

‘तो... तो फिर आपने... आपने दूसरी शादी कर ली?’

‘नहीं, मैंने नहीं। वैसे भी मैं कौन होती हूँ अपने लिए कुछ करने वाली या कोई फैसला लेने वाली।’

उन्होंने मुँह खिड़की की ओर फेरते हुए कहा- ‘यह भी मेरे ख़ुदाओं ने ही तय किया।’

‘ख़ुदा... हाँ, वो तो जो करता है, अच्छा ही करता है।’ शिफा ने लम्बी साँस भरते हुए कहा।

यह बिना सुने ही मेहनाज ने दूसरी ओर रुख़ मोड़ लिया।

शिफा की नज़र अब भी उनके चेहरे पर ही गढ़ी रही। दोपहर की हवा और गर्म हो चली थी, जो खिड़की से होकर मेहनाज के चेहरे को छूए जा रही थी। तेज़ हवा से आँखें बंद हुई जा रही थीं। उस खिड़की से होकर आ रही गर्म हवा पूरी बोगी को गर्म कर रही थी, लेकिन उनको इससे कोई फ़र्क़ नहीं पड़ रहा था। वो पत्थर की तरह उन थपेड़ों पर ख़ामोश थीं।

‘अम्मममममा...’ बमुश्किल एक आवाज़ निकली होगी, भारी सी। हर किसी का ध्यान इस आवाज़ ने खींचा। मेहनाज के पास ही बैठी कोई 30-31 साला लड़की थी। दिखने में अब्नॉर्मल। मोटा, थुलथुला सा बदन, गर्दन न के बराबर और चेहरा साँवला सा। फिर भी कहीं से भी वह बेतरतीब दिखाई नहीं दे रही थी। साफ़-सुथरे कपड़े और हाथ में रुमाल कसकर पकड़ा था उसने। सिर में बहुत सा तेल डालकर कसकर गूँथी चोटी से उसका चेहरा भी साफ़ दिखाई दे रहा था।

ये कौन है?

मेरे शौहर की बेटी?

मेहनाज आपा झुकी तो बेटी ने कुछ कहा था। मेहनाज आपा ने उठकर उसका लरजता हाथ पकड़ा और पीठ में सहारा देते हुए उठाया। वो एक पैर घसीटकर चल रही थी, लगा कि सारा बोझ मेहनाज आपा पर है। लंबी-चौड़ी मेहनाज उसे सहारा देने में दोहरी हुई जा रही थी।

शिफा की आँखें उन दोनों के पीछे थीं। अब समझ गई कि उसे वॉशरूम जाना था।

अपने आसपास जगह पाकर शिफा पालथी मारकर बैठ गई। सिर पीछे टिकाकर आँखें मूंद लीं।

बीते लम्हे उसके दिमाग़ में आवाजाही करने लगे।

मेहनाज भाभी से पहली बार शिफा तब मिली जब उसने इस नए शहर में कदम रखा ही था। जयपुर रेलवे स्टेशन से सीधे घाटगेट उनके घर पहुँचे। ये उसके शौहर के दूर के रिश्तेदार थे, लेकिन इनसे उनका रिश्ता अपना सा ही था। सो, जब भी घर से कोई जयपुर आता, यहीं रुका करता। इस बड़े शहर में इतना बड़ा घर होना भी मामूली बात नहीं थी। वे तीनों भाई एक साथ यहाँ रहा करते। मेहनाज भाभी सबसे बड़े भाई की बीवी थीं। घर का बड़ा सा दालान और उसके चारों ओर बने कमरों में से एक में शिफा और उसके शौहर बैठे थे। घर की बड़ी होने के नाते वे उनकी मेहमान-नवाज़ी में लगी थीं।

गोरी-चिट्टी सी मेहनाज भाभी पूरी सजी-संवरी रहती। कानों में झूलती बड़ी-बड़ी बालियाँ, आँखों में गहरा सुरमा जो उनके नज़र के चश्मे से भी झाँक रहा था, हाथों में भरी-भरी चूडियाँ और गहरे रंग की रची मेहंदी। पैर भी मेहंदी के रंग में लिपटे रहते और मोटी-सी पायल। मेहंदी तो वे हर सप्ताह लगा लेती, कहती- 'सुहाग की निशानी है, फीकी नहीं पड़नी चाहिए, नहीं तो प्यार फीका पड़ जाता है।'

उनकी देवरानी से शिफा की बातचीत हुई तो पता चला कि मेहनाज भाभी को कोई बच्चा नहीं है। अब चालीस के आसपास हैं, तो कोई उम्मीद भी नहीं। ख़ैर, वो अपनी दोनों देवरानियों के बच्चों के साथ ही ख़ुश थीं। कभी कोई तो कभी कोई उनकी गोद में होता। इसी से उनकी छाती ठंडी पड़ जाया करती। बच्चे रात को भी अपनी बड़ी अम्मी को नहीं छोड़ते और उनसे कहानियाँ सुनते-सुनते उन्हीं के पास सुकून भरी नींद सो जाया करते। बच्चा नहीं था, लेकिन ममता तो उनके पास भरपूर थी। उस ममता की छांव में दोनों देवरानियों के बच्चे छांव पाते और वे उन्हें छाती से लिपटाकर, अपनी कोख को मना लिया करती।

शहर में कहीं और किराए का घर मिलने तक शिफा को यहीं रहना था। बड़े से घर की छत पर सबसे पिछली दीवार पर एक कमरा बना था और उसके आगे टीन लगा बरामदा था। यही कमरा इन दोनों के लिए ठीक किया गया था।

देर रात नीचे से रोने, चीखने-चिल्लाने की आवाज़ें आने लगी। एक चीख थी, जिसकी आवाज़ जानी-पहचानी सी लगी। आवाज़ों से नींद खुली तो पास सो रहे शौहर को जगाया जो इतने शोर पर भी खर्राटे खींच रहे थे।

‘उठो, उठो ना। देखो नीचे कोई झगड़ा हो रहा है।’ शिफा ने कहा।

आँख खोलने से पहले ही अपने सिरहाने पड़ा मोबाइल टटोला और उसमें पहले वक़्त देखा।

‘रात को दो बजे कोई झगड़े तो हमें क्या करना? झगड़ने दो। वैसे भी किसी के मामले में दखल देना ठीक नहीं। सो जाओ।’

यह कहते शौहर ने शिफा को बिस्तर पर खींच लिया।

औरत का रोना, बिलखना उसे परेशान किए जा रहा था। उजाला होते ही शिफा नीचे चल दी। नीचे आकर देखा तो घर में सब नियत था। मेहनाज भाभी की दोनों देवरानियाँ रसोई का काम कर रही थीं। रसोई में आते देख, दोनों ने मुस्कुराकर शिफा के सलाम का जवाब दिया। अहाते में हमेशा की तरह उनके बच्चे हाथों में ब्रश लिए ऊँघ रहे थे। बरामदे में बैठे भाई अख़बार पढ़ने में मशगूल थे।

रसोई की दहलीज पर बैठी शिफा ने हर कोना देखा, पर पूरे घर पर कहीं भी रात के झगड़े के निशान नहीं दिखाई दिए। अचानक एक नाम कौंधा और उसने पूछा- ‘मेहनाज भाभी?’

‘वो अभी ही सोई हैं, दवा लेकर। सोने दो, शायद थकान कुछ उतरे।’ रेशम भाभी ने कहा।

‘क्यूँ, क्या हुआ। तबियत ठीक नहीं?’

‘हाँ, यही समझ लो।’

यह कहते वे बच्चों को नहलाने को चल दी। पीछे दूध उबाल रही समीना भाभी की ओर उसने सवालिया निगाहों से देखा। वो शायद समझ गई थी।

कहा- 'फ़िक्र मत करो शिफा। यह हमारे लिए बड़ी बात नहीं रही। क्या करें कि शरीफ भाई को इस शराब की गंदी लत ने ले डुबोया और साथ में मेहनाज भाभी को भी। रात को पी आते हैं और फिर अपनी सारी मर्दानगी उन पर झाड़ देते हैं। हम बीच में बोलें तो मेहनाज भाभी ही नाराज़ होती हैं। कहती हैं- मेरा शौहर मुझे मारे या कुछ भी करे तुम बीच में मत बोला करो। अब तो यह आवाज़ें सुनकर हम अपने कमरों के दरवाज़े भी नहीं खोलते।'

इस दालान का एक छोर आज पूरे दिन बंद रहा। मेहनाज भाभी का कमरा। कमरे के आगे बने बरामदे में शरीफ भाई बैठे बीड़ी पीते रहे और जो भी उस कमरे की ओर जाता, उसे लौटा देते।

'जाओ यहाँ से, आराम करने दो मीनू को। सिरदर्द करने चले आते हो।'

बच्चे स्कूल से आते ही अपनी बड़ी अम्मी के कमरे में दाखिल होने लगे तो शरीफ भाई ने उन्हें भगा दिया।

शिफा को इशारा करते हुए रेशम ने कहा- 'देखा कितनी मोहब्बत करते हैं भाभी से। उनके आराम में खलल भी नहीं पड़ने देते। अल्लाह इनका प्यार और जोड़ी सलामत रखे।'

नाश्ता करती शिफा के गले में निवाले का कोर फंस गया।

शाम गए दालान में फिर रोशनी बिखरी। कमरे का दरवाज़ा खुल गया। सभी बच्चे अपनी बड़ी अम्मी के ईर्द-गिर्द हो लिए। वो हमेशा सी उन बच्चों को अपने आँचल के आसपास देख ख़ुशी से फूला नहीं रही थीं।

कैसी तबीयत है भाभी- 'शिफा ने कमरे में दाखिल होते हुए पूछा।'

'बिल्कुल ठीक हूँ। मुझे क्या हुआ है? वो तो बस रात की नींद पूरी करनी ज़रूरी थी ना इसीलिए।'

इस पर शिफा की सवालिया नज़रें भाँपते हुए वे फिर बोली- 'अब देख ना इतनी मुहब्बत तो करते हैं। सुबह से एक बार भी नहीं टोका आकर। वरना कोई और शौहर हो तो सोने दे दिनभर? चोटी पकड़कर उठाए और घर का काम करवाए। लेकिन तुम्हारे भाई साहब तो जब तक मैं न जागू तब तक चौकीदारी करते हैं कि मेरी नींद में कोई खलल न डाले।'

'और रात भी तो उन्होंने ही ख़राब की?' शिफा ने अचानक सवाल कर दिया।

'अरी नहीं री। वो तो शराब का बेड़ा गर्क हो कि इनका दिमाग़ ख़राब कर देती है। उनके प्यार के आगे मुझे तो उनकी यह कमी भी मंजूर है। मुझ जैसी बांझ को पहलू से बांध रखा है, यही क्या कम है मेरे लिए।'

मेहनाज भाभी अपने नोचे गए बालों को दुपट्टे की आड़ में छिपाकर बच्चों के बीच बांझ होने का ग़म छिंपाने में लगी थीं, और बांझ होने की आड़ में शरीफ भाई की ग़लत बातों को।

किराए का मकान मिल गया तो शिफा ने भी तीनों भाभियों को अलविदा कहा।

आने वाले महीनों में शिफा अपनी नौकरी और घर को संभालने में व्यस्त रही। और एक दिन ख़बर आई- 'सुनो, आज अम्मी का फ़ोन आया था। बता रही थीं कि शरीफ भाई ने मेहनाज भाभी को तलाक दे दिया।'

‘क्या... ?’ उसका यह सवाल उसके भीतर ही गूँजता रहा।

ट्रेन की रफ़्तार कम हुई, एक झटका खाकर रुकी तो शिफा की नींद और ख़याल दोनों साथ टूटे। सामने देखा कि मेहनाज भाभी अधलेटी लड़की का सिर सहला रही थी और लड़की आँखें बंद किए बड़बड़ा रही थी।

‘लो आपा फुलेरा आ गया।’ शिफा ने जैसे मेहनाज से बात आगे बढ़ाने की एक और कोशिश की। मेहनाज ने जैसे उसकी ओर देखे बिना ही बात को अनसुना कर दिया।

शिफा से रहा नहीं गया और इस बार वो मेहनाज की ओर आगे झुकी। उसका हाथ अपने हाथ में लिए बोली- ‘बताओ ना मेहनाज आपा क्या हुआ? इतनी बेरुख़ी क्यूँ? मुझसे तो बात करो, आपकी ख़ामोशी अच्छी नहीं लगती।’

‘बोलूँ भी क्या शिफा। अब तो समझ ही नहीं आता, कहाँ, कब और क्या बोलूँ। कोई मायने नहीं है हमारे बोलने के या हमारे होने के।’

‘ऐसा नहीं है आपा? ज़िन्दगी में आप आगे बढ़ गई और यह सब कबूल कर ही लिया तो अब नाराज़गी किससे?’

‘कबूल तो करना ही था न शिफा, इसके सिवा रास्ता ही क्या बचाया मेरे लिए मेरे ख़ुदाओं ने।’

शिफा ने फिर सवाल भरी नज़रों से मेहनाज की ओर देखा।

‘ख़ुदाओं ने? बेशक ख़ुदा एक ही है, कायनात बनाने वाला और चलाने वाला।’

‘बेशक वो एक ही है, लेकिन इंसानों के लिए।’

'ये आप क्या कह रही हैं? हम भी इंसान ही हैं।'

एक उलझी हुई हँसी के साथ- 'ग़लत शिफा। हम तो बस औरत हैं और औरत जात के ख़ुदा तो दो होते हैं। एक दीनी और दूसरा दुनियावी।'

फुलेरा जंक्शन को छोड़ ट्रेन आगे के सफ़र पर बढ़ चुकी थी। पिछला स्टेशन छूट गया था, वैसे ही जैसे मेहनाज का माज़ी।

नींद की आगोश में जा चुकी लड़की का सिर मेहनाज ने अपने पैर से नीचे सीट पर रखा और घुटने मोड़ बैठ गई। शिफा का पूरा ध्यान अब भी उन पर था। लगा कुछ तो कहेंगी, लेकिन दूसरी ओर से कोई जवाब न आया। मेहनाज ने नकाब चेहरे पर डाल ली और आँखें बंद कर ली। ट्रेन की रफ़्तार बढ़ गई, लेकिन मेहनाज के खयालों से ज़्यादा नहीं।

गली के नुक्कड़ से बाइक के हॉर्न की आवाज़ आते ही गली में जैसे भगदड़ मच गई। धूल उड़ने लगी। संतोलिया के पत्थर वहीं छोड़, मीनू ने घर का दरवाज़ा पकड़ा। फूलती हुई साँसों के साथ वो चौक से होते हुए कमरे में पड़े पलंग के नीचे दुबक गई। मिट्टी से सने कपड़ों से उसने मुँह पौछा तो चेहरे पर भी गर्द जम गई। साँसें थमने का नाम नहीं ले रही थीं कि घर के भीतर किसी के आने की आहट सुन, उसका डर और भी बढ़ने लगा। उसने राहत की साँस ली, जब कुछ देर बाद तक भी उस तक कोई हाथ नहीं पहुँचा। वो धीरे से बाहर निकली और चौक में आते-आते फिर उसके कदम रुक गए।

आवाज़ रसोई से आ रही थी। अब्बाजी दिन का खाना, खाने के लिए दस्तर-ख़्वान पर बैठे थे और अम्मी उनके लिए सालन निकाल रही थी।

सालन की तरी प्लेट के किनारा छूकर बाहर निकली जा रही थी।

'ध्यान कहाँ है तेरा, मैं जो इतनी देर से बक-बक किए जा रहा हूँ और तू नकटी कहीं कि अनसुना किए जा रही है।'

'अब नहीं जाएगी वो बाहर।' अम्मी ने फिर एक छोटा-सा जवाब दिया और अपने चेहरे पर बिना कोई शिकन लाए, रसोई के बर्तन समेटने में लगी रही, जो पहले ही समेटे हुए थे।

'हरामजादी, हर दिन ढीठपने से बस जवाब दे देती है। रोकती क्यूँ नहीं उसे बाहर जाने से। कल को मेरी नाक नीची करवाई तो जिंदा नहीं छोड़ूंगा तुझे और उसे।'

तरी के साथ ही पूरा सालन बिखर गया था। अब भी अम्मी का चेहरा किसी भी हाव-भाव से पाक था।

इस पर भी दिल को सुकून नहीं मिला तो अब्बाजी उठे और जानी-पहचानी आवाज़ घर में गूँजी। रसोई के छज्जे में बैठा कबूतर फडफ़ड़ाकर उड़ चला। घर भर जो अमूमन ख़ामोश ही रहता, और भी ख़ामोश हो चला था। अम्मी गाल पर हाथ लगाए रसोई के पट्टे पर बैठी रही।

और फिर एक दिन कमरे से सटे और चौक में खुलते बरामदे में अम्मी बैठी गेंहूँ बीन रही थीं। पूरे घर में छाजले में ऊपर-नीचे होते गेंहुओं के दानों की खनक गूँज रही थी। उनका चेहरा फिर शांत था, कोई उतार-चढ़ाव नहीं। उनके कंधे से सटी 14 साला मीनू अपनी गुड़िया के बाल ठीक करने में लगी थी।

'अम्मी, अब्बाजी ऐसे क्यों हैं?'

अनजान बनते हुए- 'कैसे मीनू?'

'वो हमें पसंद नहीं करते ना।'

इस बार शांत चेहरे पर शिकन भी थी और हताशा भी।

'नहीं मीनू ऐसा तो नहीं। तुम यों ही उल्टी बात सोचने लगी हो। अपनी गुड़िया का ख़याल करो, देखो बाल कैसे उलझे हैं?'

'फिर वो मुझे बाहर क्यूँ नहीं जाने देते। बस थोड़ा बाहर खेल भर लूँ तो क्या होता है, अम्मी?'

'तू नहीं समझेगी, वो तेरे भले के लिए ही कहते हैं।'

'क्यूँ, दोनों भाई तो जाते हैं ना बाहर और पढ़ने को भी जाते हैं। उनका और मेरा भला अलग है।'

'ले, सुन ले, अब तो ये सवाल भी करने लगी है। पढ़-लिख जाती तो जाने क्या-क्या सुनना पड़ता इससे। घर के काम में जी डालो इसका, सवाल-जवाब घर के मर्दों के लिए छोड़ दो।' अब्बाजी ने घर में कदम रखते ही मीनू के सवाल का जवाब दे दिया।

चेहरे की नकाब हवा की सरासराहट के साथ हटने लगी। झूठे आँखें मूंदे बैठी मेहनाज पर माज़ी की बैचेनी इतनी भारी पड़ी कि घबराकर आँखें खोल दी। भीतर की आवाज़ें उसके मन का शोर बढ़ाने लगी। पास पड़ी पानी की बोतल खोली और ज़रा सा पानी पीकर लम्बी साँस ली। यों लग रहा था कि वो बहुत दूर से भागकर आई हैं। साँसें एक सार हुई तो फिर सीट पर टेका लगा लिया और नकाब मुँह पर डाल लिया।

इस बार आवाज़ें उस घर से आ रही थीं, जहाँ वो बचपन का चोगा उतार जवान हुई थी। उम्मीद थी कि इस दालान में अब्बाजी की नहीं सुननी पड़ेगी, वो यहीं रहेगी और कभी अब्बाजी के पास नहीं जाएगी।

'ये रोज़-रोज़ का बाज़ार जाना क्या लगाया है।'

'अमीरन बाजी ही ले गई थीं।'

'तो तू उसके साथ किसके दीदार को चली गई मुँह उठाकर।' नशे में चूर शरीफ मेहनाज की शराफत को तार-तार कर रहा था।

'अब मैं किसको देखने जाऊँगी।' मेहनाज रुंआसी हो चली।

'सब समझता हूँ तुम औरतों की फितरत। ज़रा सी छूट मिली नहीं कि तुम्हारे नैन चलने लगते हैं। मन उड़ने की कोशिश करता है न इन दीवारों से बाहर। यह कहते ही धकेल दिया उसे।

'मैंने ऐसा भी क्या कर दिया कि आप मुझे इतनी हिकारत से देख रहे हैं?'

'चुप कर, कहीं भूल से भी मेरी ज़बान से कुछ निकल गया तो रोती फिरना उम्र भर।'

'इतना बड़ा गुनाह नहीं कर दिया कि तलाक की धमकी ही दे दो।'

'ओए, शौहर हूँ तेरा, अपनी औकात में रह। अपनी नज़रें और आवाज़ नीचे ही रखा कर मेरे सामने। और नशे में उसका हाथ मेहनाज के बाल नोंच रहा था और उनींदी सी मेहनाज अपने बालों को उसकी गिरफ्त से छुड़ाने की कोशिश कर रही थी। अगले ही पल होश आया कि वो तो ट्रेन में बैठी है और आसपास की औरतें उसे ही देख रही हैं, उसने नकाब को और लम्बा कर लिया। ताकि उसके नोंचे गए बालों और ज़ख़्मी ज़िन्दगी पर किसी की नज़र न पड़े।

यह क्या वो तो फिर अपने बचपन वाले ही घर में है।

दालान में बने उसी कमरे के पलंग पर, जहाँ अक्सर अब्बा जी के कहर से बचने को छिपा करती। शरीफ से तलाक के बाद अपने

दोनों भाइयों के पास आ पहुँची थी यहाँ। एक दिन दोपहर को पानी पीने परिंडे तक आई तो पास के कमरे में परदे के पीछे कुछ चल रहा था। एक बात... जो उसी के बारे में थी।

'हाँ, भाईजान यही ठीक रहेगा। एक-दो दिन में निकाह पढ़वा देते हैं। अब वो साठ का है या सत्तर का हमें क्या लेना-देना, अगली के नसीब।'

'और नहीं तो क्या समझा रहा हूँ इतने दिनों से। हम एक तलाकशुदा को बोझ कहाँ तक उठाएँगे और अब ज़्यादा दिन रह गई तो घर का एक कमरा तो इसी के नाम हो जाएगा।'

'यह तो अच्छा है कि पढ़ी-लिखी नहीं है, नहीं तो यहाँ हक़ और माँग लेती।' और कमरे के परदे के भीतर उसकी हँसी उड़ाते ठहाके तैरने लगे।

इंजन की सिटी कुछ तेज़ हुई तो उसके ख़याल कुछ धीरे पड़े। ठहाको की गूँज उसके कानों से होकर दिल को तार-तार करते हुए हूक की शक्ल में बाहर निकली। सामने शिफा अब भी उसी की ओर देख रही थी। उसे अब भी अपनी मेहनाज आपा से उम्मीद थी कि वे अपनी ख़ामोशी तोड़ेंगी।

पास लेटी अपने दूसरे शौहर की बेटी के सिर पर हाथ फिराते हुए मेहनाज आपा उसे जैसे जन्नत की परियों से दिखाई दी, जो हर अनजान को भी अपना बना ले।

वो बेटी को कह रही थी- 'देख घर आ गया, उठ तो, मकराना आ गया... पत्थरों वाला शहर आ गया।'

यह सुन शिफा ने हाथ पकड़ लिया- 'बोलो न मेहनाज आपा, किससे इतनी नाराज़गी? हँसो न, बोलो न मेहनाज आपा।'

इस बार उन्होंने शिफा को नाउम्मीद नहीं किया- पहले की तरह सिर पर हाथ फिराया और कहा- 'शिफा, मेरे पास बताने को कुछ नहीं लाडो।'

'ऐसा क्यूँ कहती हो, एक के नकार देने से ज़िन्दगी ख़त्म नहीं हो जाती।'

'और कईयों के नकार देने से? उन्होंने शिफा से सवाल किया।

फिर बोली- 'मेरे हाथ कुछ नहीं शिफा।'

'जानती हूँ कि सब अल्लाह के हाथ है, मगर...'

शिफा की बात ख़त्म होने से पहले ही मेहनाज ने उसके मुँह पर हाथ रख दिया।

कहा- 'भले ही पैदा करने वाला और मारने वाला अल्लाह है, लेकिन इस पैदा करने और मारने के बीच की ज़िन्दगी जिन ख़ुदाओं के हाथ है, वो मेरी ज़िन्दगी एक-दूसरे को सौंपे जाते हैं और मुझे ही अपनी ज़िन्दगी पर इख़्तियार नहीं देते।'

गाड़ी की रफ़्तार कुछ धीमी पड़ी कि उन्होंने बेटी का बाजू पकड़ उठाया और घसीटती हुई सी दरवाज़े तक ले गई। गाड़ी रुकते ही हल्का-सा धक्का लगा, लेकिन मन के खयालात इस धक्के से पीछे नहीं छूटे।

मन के शोर के बीच एक आवाज़ आई, आख़िर शरीफ के मुँह से निकल ही गया 'तलाक' और अब भी रोते फिर रही हूँ।

शिफा की नज़रें जैसे उसकी पीठ पर ही चस्पा हो गई। वो अब दूर जाते दिखाई दे रही थीं। एक ओर से बेटी को थामे तो दूसरी ओर कंधे पर हाथ रखे एक बुज़ुर्ग चल रहे थे, जिनके दूसरे हाथ में लाठी थी।

मेहनाज आपा के लिए जो सवाल थे, वो आँसू की शक्ल में उसके गालों पर बह रहे थे।

'शायद ये इनके आख़िरी ख़ुदा हो...।'

■

9

रुख़ ए गुलज़ार

इद्दत को मैंने पहली बार कब जाना, शायद आठ या नौ साल की रही होंगी। जब दादाजी का इंतकाल हुआ और देखा कि दादी दो दिन रोने के बाद तीसरे दिन से अजीब छटपटाहट में है। वे चिल्ला रही थीं और सभी से कमरे से बाहर जाने कह रही थीं।

बड़ी दादी यानी उनकी माँ थी। अपनी बेटी को समझा रही थी कि सब्र से काम लो, अब सवा चार महीने तुम्हें ऐसे ही रहना होगा। लेकिन वो किसी तरह मानने को तैयार नहीं। दूसरी ओर औरतें बातें कर रही थीं कि इसे शौहर के मरने के ग़म से ज़्यादा तो बाहर निकलने की जल्दी है।

अरे, तू गुनाहगार होगी, जो कोठरी से बाहर उजाला भी देखा तो। ऊपर वाला सब देख रहा है। इद्दत में सूरज भी हराम है। एक औरत दादी को मुँह बिचकाते हुए बोली।

बाक़ी औरतों ने भी हाँ में हाँ मिलाई।

दूसरी कहने लगी- अजी हम जैसी इद्दत तो कौन निकाल सकता है। सवा चार महीने तक सिर ऊँचा नहीं उठाया। तभी से

गर्दन झुकी ही है, लेकिन क्या मजाल की इद्दत के रिवाज को ज़र्रा बराबर भी ग़लत मानकर करने से इनकार किया हो।

फिर से सभी बूढ़ी दादियों ने एक साथ हामी भरी। वहीं अधेड़ औरतें इसे दर्द समझ कर दादी को तरस भरी निगाह से देख रही थीं।

दादी अपनी बड़ी मगर सूनी-सी आँखों को नीचे किए खोई थी। जैसे ये सब बातें उनके कानों तक पहुँच ही नहीं रही। शायद सुन्न थीं। पर औरतों को इससे क्या। उन्हें तो लग रहा था कि शौहर की मौत के तीसरे दिन ही इसकी आँखें सूख गई। कोई और होती तो रो रोकर सुबकियाँ भर आती। यहीं बातें कर औरतें दादी को उलाहना ही देती रहती।

इन दिनों इस हवेली में यही चर्चा छिड़ी रहती। हवेली के सबसे नीचली मंजिल पर बीचों-बीच बना कोठरीनुमा कमरा अब दादी के रहने की जगह थी। दोनों ओर दालान थे। कमरे के एक ओर बरामदा था, उससे सटी बड़ी-सी बैठक। अब बैठक और कमरे के बीच के बरामदों को भी भारी परदों से ढक दिया गया था। ताकि कमरे तक रोशनी ना पहुँचे। यह भी परिवार की पंचायत संभालने वाली कुछेक बुज़ुर्ग महिलाओं की राय पर किया गया था। उनका कहना था कि इद्दत जितना अंधेरे में कटे, उतना अच्छा।

याद है कि इससे पहले दादी इस निचली मंजिल में अक्सर खाना बनाने या खाना खाने ही आया करती थी। या फिर अपने पोता-पोती के स्कूल से आने के वक़्त, वे बरामदे में घूँघट निकाले उनका इंतज़ार करती होती। दोनों को नहलाकर, खाना-खिलाकर अपने कमरे में ले जाती।

उन्हें अपना तीसरी मंजिल पर बना कमरा ही पसंद था। जैसे पूरी हवेली के बाक़ी कमरों से उन्हें कोई लेना-देना नहीं था। दूसरी मंजिल के कमरों में झाँकते भी हमने उन्हें कभी ना देखा था। वो तो सीधे तीसरी मंजिल पर जा पहुँचती। यह कमरा दादाजी ने ख़ासकर उनके कहने पर ही बनवाया था। तब भी घर के लोगों ने इसका विरोध किया था। फिर भी दादाजी ने एक ना सुनी और इस हवेली में एक कमरा बढ़ गया। कमरे के दोनों ओर खिड़कियाँ थीं, बाहर बरामदा जिसकी दीवारें ऊँची थी, मगर यहाँ बड़े-बड़े झरोखे थे, खुले झरोखे।

उन्होंने अपने कमरे में कहीं परदे नहीं लगा रखे थे। बारिश हो या सर्दी-गर्मी, कमरे की खिड़कियाँ हमेशा खुली रहती। बारिश में वे खिड़कियों के पास ही बैठा करती और भीगती रहती। एक बार उन्हें भीगता देख मैंने जैसे ही खिड़की बंद करनी चाही, उन्होंने हाथ रोक दिया।

कहा- ये बंद होंगी तो मेरा दम घुट जाएगा। इन खिड़कियों से आती हवाएँ मुझे मेरे होने का अहसास कराती हैं। यही वो कोना है, जहाँ मैं अपने आपको आजाद महसूस करती हूँ। नहीं तो इस बंद हवेली की ऊँची दीवारों के बीच दम घुट जाता है।

वे मुझ जैसी छोटी नासमझ को जाने क्यों यह सब कह रही थीं, मैं नहीं समझी। ख़ैर, मैं भी उनके साथ उन गिरती बूंदों के नीचे अपने आपको आजाद महसूस कराने की कोशिश में लगी थी और यह समझने की कोशिश कर रही थी कि इसका मतलब क्या होता है।

इन खिड़कियों का तआरुफ वे 'रुख़ ए गुलज़ार' कहकर कराया करती थीं। ये लफ़्ज़ मेरे लिए उर्दू की मुश्किल पहेली से कम नहीं थे।

एक दिन पूछ ही लिया, दादी यह क्या होता है?

वे बोली- मेरी लाडो इसका मतलब होता है, 'फूलों और हरियाली से भरे बगीचे की ओर'।

यही कि मुझे मेरी खिड़कियों से आती हवा यों लगती है जैसे ये किसी बगीचे के फूलों की ख़ुशबू लेकर मेरे पास आ रही है।

वो ज़्यादातर ख़ामोश रहा करती, छोटी दादी यानी उनकी देवरानी से उनकी नहीं बनती, लेकिन फिर भी वे उनसे कभी कुछ ना कहती।

घर का का काम निपटाते ही जैसे उन्हें लगता कि उनकी खुली खिड़कियाँ और झरोखे उन्हें पुकार रहे हैं, सदा दे रहे हैं। और वे बेक़रार-सी दो मंजिल लांघ अपने इस कमरे में आ पहुँचती। जाने क्या आकर्षण था, इन खुली खिड़कियों के कमरे का कि मैं भी दादी के साथ यहाँ आ जाती। मैं इन खुली खिड़कियों के साथ रहस्यमयी तौर पर जो जुड़ी थी, सो रहस्य जानने आती।

'अरे हाँ, इस कमरे गें तो ख़िड़की ही नहीं। मैंने दु:खी मन से कहा।'

अम्मी मिट्टी से पुते चूल्हे के पास बैठी आटा गूँथ रही थी, बोली- 'वह तो कभी थी ही नहीं, क्यों तुम्हें खिड़की का ख़याल क्यों आया।'

मैंने कहा- 'दादी अब आज़ाद महसूस कैसे करेंगी।'

अम्मी ने आँख निकाली और चुप रहने का इशारा किया। वहाँ से उठकर दादी के इस अंधेरे और बंद कमरे में आ बैठी। दादी का तो पता नहीं लेकिन बरामदे में पर्दे डलने के बाद मेरा तो इस कमरे में दम घुट रहा था। ऐसे ही बिना झरोखे और खुली खिड़की के दिन कट रहे थे, मेरे और दादी के।

दादी हर दिन अपनी माँ से लड़ती कि उन्हें वहाँ से बाहर निकाले, वे इस अंधेरे कमरे में वक़्त नहीं गुजार सकतीं। बड़ी दादी उनके बालों को प्यार से सहलाती और कहती- 'क्या करूँ बेटी... यह मेरे बस में नहीं। रिवाज है, निभाना होगा, नहीं तो लोग क्या कहेंगे? तुम अभी इद्दत में हो और इस दौरान तुम्हारा तेज़ आवाज़ में बात करना भी ठीक नहीं। औरतें आएँ तो तुम गर्दन झुकाकर बैठा करो और बात ना किया करो।'

इतना कहना होता और दादी बिफ़र पड़ती कि- 'अब क्या मैं लोगों के हिसाब से चलूँ। एक कमरे के कोने में मुझे घुटन हो रही है। मैं जानती हूँ, अब मुझे ज़िन्दगी अकेले काटनी है और यह घुटन इस बात का अहसास हर पल कराती रहती है।'

मुझे समझ नहीं आया कि दादी जब बाहर जाना चाहती हैं, तो इन पर इतनी बंदिशें क्यों?

कुछ ही दिन में दादी की दिमागी हालत बिगड़ने लगी थी। अब वो अपना बुर्का अपने घुटने के नीचे छिपाकर बैठने लगी थी। क्यों बैठती इसका पता तब चला जब एक दिन मौक़ा मिलते ही वे घर से बाहर निकलने में कामयाब रहीं। लेकिन मोहल्ले के चौक में पहुँचते ही औरतों ने घेर लिया और उन्हें ज़बरदस्ती पकड़ लाईं।

दादी अपनी बेबसी पर इतनी गुस्से में थीं कि उन्होंने बड़ी दादी को मारना शुरू कर दिया। जैसे-तैसे उन्हें छुड़ाया गया और दादी को पागल घोषित कर दिया गया।

एक बार फिर से घर में मातम का माहौल था। पापा नहीं रहे, अब हमें उनके बिना जीना होगा, दिल मानने को तैयार नहीं और सबसे बड़ी तकलीफ़ कि अम्मी अब अकेले कैसे रह पाएँगी। लेकिन

यह तकलीफ़ कम थी, उससे जो अम्मी को उठानी थी। एक कोने में सिर झुकाए बैठे रहने के एकाकीपन के साथ अब उन्हें सवा चार महीने गुजारने हैं, यह जानकर ही रोंगटे खड़े हो गए।

दादी की याद हो आई, जिन्होंने बमुश्किल अपने वो दिन गुजारे थे। लेकिन अम्मी जिन्होंने कभी रिवाजों को हमारे लिए बेड़ियाँ नहीं बनने दी, लगा कि वे ये दिन गुजारने से इनकार कर देंगी। लेकिन हैरानी थी देखकर कि उन्होंने ख़ामोशी के साथ इद्दत के रिवाज के आगे घुटने टेक दिए थे और इसे गुजारने का फैसला कर लिया था।

अब वो अपने कमरे में परदे में थीं। घर के बीचों-बीच परदा डाल दिया गया था। कभी मर्द-औरतों के लिए इस घर में अलहदा रिवाज नहीं थे, लेकिन अब घर के दो हिस्से हो गए थे।

यों तो अम्मी को कभी सजने-संवरने और जेवरों का शौक नहीं रहा, लेकिन जितने पहनती थी, उतने में उन्हें देखने की आदत सी हो गई थी। अब वो भी हमारे विरोध के बाद भी उतार दिए गए। पुराने, रंग उतरे कपड़े उन्होंने ख़ुद ही अपने लिए चुन लिए।

अब उनके जीवन से लेकर शरीर तक पर सूनापन था। अजीब सूनापन।

अम्मी का यह रहन-सहन हमारे लिए पापा के जाने के ग़म से भी ज़्यादा तकलीफ़देह था। बेपनाह दर्द। उनकी सूनी कलाइयाँ, बेरंग कपड़े और एक कोना। उन्हें देखकर दिल और दिमाग़ कुछ सोचने-समझने की हालत में नहीं होते और दर्द हद पार कर जाता।

अब लगता था कि बचपन से ही अपनी माँ, चाची या मामी से यही क्यों सुनती रही कि 'वे सुहागन ही मरे'। इसका मतलब अब समझ आया था कि बेवा होने में साथी से बिछड़ जाने का ही दुःख

नहीं होता, बल्कि उसके बाद के रिवाजों को ओढना और भी ज़्यादा दुःख भरा होता है।

नवंबर का महीना था। भरपूर सर्दी थी। घर के सबसे पीछे वाला कमरा उनकी इद्दत के लिए तय किया गया था। वहाँ पीछे कोने में जाकर एक ही खिड़की थी, जिसे बंद कर दिया। दरी और पतला बिस्तर उनके सोने के लिए था। बेड या पलंग अब उनके लिए वर्जित था, जबकि हम जानते थे कि उन्हें आँगन में सोने की आदत ही नहीं थी। लेकिन औरतों का जमावड़ा और उनकी बातों का दबाव ना चाहते हुए भी हमें यह कबूल करने पर मजबूर कर रहा था।

बिस्तर लगाते हुए यही सोच रही थी कि अम्मी नहाकर आई। मैंने देखा कि वे क्रीम की बजाय तेल लगाकर चेहरे का रुख़ापन मिटाने की कोशिश कर रही थीं, मैंने सवालभरी नज़रों से देखा तो उन्होंने नज़रें चुराते हुए कहा- अब ख़ुशबू की चीजों का इस्तेमाल नहीं कर सकती।

याद आया कि अम्मी को ख़ूब सर्दी लगा करती है। सर्दियों के दिन तो वे छत पर ही बिताया करती थी, अपनी किताबें पढ़ते हुए।

मैंने कहा- चलो ऊपर चलते हैं, आप नहाकर आई हैं तो धूप भी सेंक लेंगे और आप कोई मैग्जीन भी पढ़ लेंगी।

इतने में ही एक औरत गुस्से में बोली- काहे की धूप और किताबें। तू अपनी बातें अपने तक ही रख। इद्दत में कमरे से बाहर मुँह नहीं निकाला जाता जो तू छत पर ले जाएगी खुले में। अब इन चोंचलों को भूल जाओ।

उनके साथ दूसरी रिश्तेदार भी हामी भरने लगी तो मैं अपने का अकेली पड़ते देख कमरे से निकल गई। टीस और गुस्सा आँसुओं की शक्ल में बह रहा था।

'ज़रूरी है कि यह औरतें अब पूरा दिन हम पर सवार ही रहे। अपने-अपने घर जाए तो हम और अम्मी चैन से तो रह सकें। अपनी मर्जी से अपने घर में रह सकें।' हम बहनें यही बातें कर रही थीं।

खालाजान कमरे में दाखिल हुई। आते हुए उन्होंने यह सुन लिया था तो कहने लगी- 'देखो शहर में होते तो कोई ना आता।

वहाँ तो रिश्तेदार दूर-दूर रहते हैं, तो दो दिन बाद इतनी भीड़ नहीं रहती। यह ठहरा, गाँव। पूरा समाज आसपास है और यहाँ रिवाज है कि कुनबे की औरतें पूरी इद्दत दिनभर यहीं रहेंगी। अब हम इनको मना नहीं कर सकते। पूरे परिवार, समाज की आँख की किरकिरी बन जाएँगे। सब्र से काम लो। यह दिन भी निकल जाएँगे।'

नाग़ौर से अम्मी की सहेली आई थी, दु:ख जताने। कमरे में आते ही दु:ख जताना भूल गई और कहने लगी- 'ये क्या! इस कमरे में तो आईना है और टीवी भी रखा है।'

नानी ने शर्मिंदा होते हुए कहा- 'यह चलता नहीं, तार हटा दिए हैं।'

वे फिर बोली- 'यह तो गुनाह है। इस दौरान औरत का चेहरा आईने में देखना भी हराम है।'

उनके साथ आई दूसरी औरत कहने लगी– 'हमारे यहाँ तो औरतों के सामने भी बेवा का आँचल मुँह से नहीं उठता, नाख़ून दिखाना भी हराम समझा जाता है। फिर तुम्हारे रिवाज तुम जानो।'

उनका तंज इतना गहरा था कि अम्मी और नानी का सिर झुक गया था।

सुबह के नौ ही बजे थे। अभी औरतों का आना शुरू नहीं हुआ था। कमरे की सफ़ाई की और अम्मी की दरी बिछा दी। देख रही

थी कि अम्मी बिल्कुल ख़ामोश थी। इतनी देर में उन्होंने मुझसे कोई बात नहीं की थी।

उनके पास बैठी और उनका हाथ अपने हाथ में लेकर बोली- अम्मी आप क्यों चुप हो। बोलो, बातें करो जैसे पहले रहती थी वैसे ही रहो, कहने दो लोगों को जो कहना है, हम आपको घुटते हुए नहीं देख सकते।

उन्होंने मेरी ओर देखा।

उनकी आँखें... हाँ, उनकी आँखें बिल्कुल सूनी थी। हमेशा टिमटिमाने वाली चमक ग़ायब थी। कलेजा मुँह को आ रहा था कि 20 दिनों में ही अम्मी का क्या हाल हो गया था।

उनकी आवाज़ के साथ मेरा ख्याल ख़त्म हुआ।

वो कह रही थी- 'क्यों औरतों से बहस करती हो। इनसे हम नहीं जीत पाएँगे।'

उनके इस 'हम' ने कुछ हौसला दिया। लगा कि वह भी नहीं चाहती इन रिवाजों से गुज़रना, लेकिन वे दबाव में थी।

मैंने कहा- 'जब मैं इद्दत को लेकर औरतों के सामने कुछ बोलती हूँ तो आप साथ क्यों नहीं देती।'

वे कह रही थीं- 'मैं अपने बच्चों के लिए उनके हक़ के लिए लड़ सकती हूँ, अपने लिए नहीं।' कभी किसी से हार ना मानने वाली अम्मी के मुँह से आज ये बेबसी की बातें अच्छी नहीं लगी।

आज फिर अम्मी का ख़ून का दौरा धीमा पड़ गया था और वे बैठे-बैठे ही बेहोश हो गई। भाई आए- साथ में चाचा का लड़का भी। वो अस्पताल में नर्स था, सो भाई उसे ले आया था। उसने अम्मी

का बीपी नापा और भाई को ज़रूरी हिदायतें दी। लेकिन रिश्तेदार औरतें अब भी इस बात का जोड़-तोड़ बैठा रही थीं कि चाचा के लड़के को उनके पास आना चाहिए था या नहीं। यह ठीक था या नहीं।

इंजेक्शन लगने के बाद अम्मी अब बैठी थीं, भाभी गर्म कॉफी ले आई थी। भाई कह रहे थे कि बार-बार तबियत बिगड़ रही है तो डॉक्टर को दिखा देते हैं। नानी और अम्मी दोनों ने एक-दूसरे की ओर देखा और फिर नज़रें चुरा ली।

इतने में ही किसी ने कहा- 'कमाल करते हो इद्दत में मर्द डॉक्टर के पास ले जाओगे। वैसे ही इस ग़म में बेहोशी आना आम बात है।'

हम भाई-बहन देख रहे थे कि ये वही अम्मी हैं, जो कभी रिवायतों को बुरा नहीं मानती, लेकिन उन्हें ज़िन्दगी में आगे बढ़ने की मुश्किल नहीं बनने देती थीं। जो आसानी से निभ गई, ठीक हैं, जो बेड़ी की तरह लगे उन्हें तोड़ देती थी।

जब मैं तीन साल की हुई तो उन्होंने मेरे लिए भी वही प्राइवेट स्कूल चुना, जिसमें भाई जाते थे। रिश्तेदारों ने कहा- 'पढ़ाना ही है तो पास ही सरकारी स्कूल है, उसी में पढ़ा लो, बेटी पर इतना पैसा ख़र्च करने की क्या ज़रूरत है।'

मेरी अम्मी ख़ामोश रही। ख़ामोशी उनका अपना अंदाज था, जिसमें उन्होंने क्या छिपा रखा है, यह कोई नहीं जानता था। उन्होंने यह बात सुनी और मुझे तैयार कर स्कूल भेज दिया।

जब मिडिल स्कूल जाना हुआ तो फिर किसी ने कहा- 'बड़ी हो रही है स्कर्ट पहनाकर मत भेजो, स्कूल में बात कर इसे सलवार कमीज में भेजने की इजाज़त लो तो अच्छा रहेगा।'

अम्मी ने फिर से ख़ामोशी से सुना और मेरी स्कूल की नई स्कर्ट सिल डाली और भी नई फूलों वाली स्कर्ट सिली, जिन्हें मैं स्कूल समारोह में पहनकर जाती थी।

उनकी ख़ामोशी इन रिवाजों को मानने से इनकार करती रही और मुझे यह समझाती रही कि मैं क्या पढ़ूँगी या क्या पहनूंगी यह तय करने का अधिकार किसी को नहीं है।

यही हुआ, वे मेरे लिए राहें आसान करती गई और मैं आगे बढ़ती रही।

लड़कों के साथ नहीं पढ़ने का रिवाज भी उनकी ख़ामोशी ने ख़त्म कर दिया और मैंने उसी कॉलेज से पढ़ाई पूरी की जिसे आमतौर पर लड़कों वाला कॉलेज कहा जाता था। उन्होंने रीति-रिवाजों से परे होकर ज़िन्दगी जीने का हौसला दिया और आगे बढ़ते जाना, बंदिशों को पीछे छोड़ते जाना भी उन्हीं से सीखा।

अपने बचपन में खोई थी कि बहन ने झिंझोड़ा, कहा- 'अम्मी की तबियत ठीक नहीं, ठिठुर रही हैं और शायद फिर ख़ून का दौरा धीमा पड़ गया है।'

अम्मी कम्बल ओढे बैठी थीं। मैंने अम्मी का हाथ पकड़ा और कहा- 'उठो, चलो यहाँ से।'

अम्मी के साथ ही सारी औरतें हैरत में पड़ गई।

अम्मी ने बहुत ही धीमे लहजे में पूछा- 'कहाँ?'

'जहाँ मैं चाहूँ वहीं ले जाऊँगी।'

उन्हें लगभग खींचते हुए उठाया। चौक से आगे पर्दे के पार जाने से पहले अम्मी बोली- 'नहीं बेटा बाहर नहीं।'

मैंने कहा- 'जिन रिवाजों को आपने मुझे नहीं ओढ़ने दिया, मुझे दूर रखा, अपना रास्ता चुनने का हौसला दिया, वैसे ही मैं आपको इन रिवाजों का निवाला नहीं बनने दूँगी।'

यह कहते हुए उन्हें कार में बैठाया। हम घर और रिवाजों से आगे बढ़ चुके थे और पीछे घर में तौबा की जा रही थी, लेकिन मैं अम्मी के दिए हर हौसले से भरी थी।

भाई ने कार आगे बढ़ा दी। पीछे की आवाज़ें कुछ मंद होने लगी थीं। अम्मी की आँखों में अब बेबसी नहीं थीं, वो पहले सी चमक रही थीं, टिमटिमा रही थीं।

भाई ने कहा- आप डरना नहीं अम्मी, समाज के इस दबाव से। हम आपके साथ हैं। आपके लिए ही नहीं हमारी किसी भी पीढ़ी के लिए इस रिवाज को हम बेड़ियाँ नहीं बनने देंगे।

अम्मी ने हमारी ओर देखा और चेहरे पर हँसी की एक लकीर खिंच गई। बड़े दिनों बाद हमारे चेहरे भी दर्द से आज़ाद हुए थे।

हम वापस घर जा रहे थे। घर से पहले गली के कोने पर पुरानी हो चली हमारी पुश्तैनी हवेली नज़र आ रही थी। अब खंडहर हो गई थी, लेकिन तीसरी मंजिल पर बनी दादी के कमरे की खिड़कियाँ अब भी जीवन से भरपूर थीं। उस ओर से आया हवा का झोंका पुरसुकून था। दादी की उन खिड़कियों से होकर आ रही हवाएँ 'रुख़ ए गुलज़ार' जो थीं। दादी की आज़ादी आज समझ आ गई। मन ही मन उनसे वादा कर लिया कि आने वाली पीढ़ियाँ अब इन अंधेरे और बिना झरोखों के कमरों से होकर नहीं गुजरेंगी।

■

10

मेरे हिस्से की चाँदनी

आँगन में फैली रातरानी के महकने का वक़्त हो चला। वो इस कदर महक रही थी कि पूरा घर इस ख़ुशबू से तर हो गया। हवा के झोंकों के साथ इसकी ख़ुशबू कमरों की खिड़कियों से होकर आती रही और छोटे-बड़े सभी इस पुरख़ुशबू माहौल में नींद की आगोश में चले गए।

चाँद अपनी चमक इस ख़ुशबुओं से भरे आँगन में बिखेर रहा था। आसमान में चाँद पूरा था, तो चाँदनी भी बड़ी ख़ुशी से इठला रही थी। पूरा घर उनिंदा यानी शांत हो चला। बस, एक कोना था जहाँ अब भी कोई जाग रहा था। बड़े से खुले चौक के एक ओर छत पर चढ़ रही सीढ़ियों में से ही एक पर वो बैठी थी।

दीवार पर टेका लगाए और सीढ़ी के किनारे चल रहे पिलर पर उलझे थे उसके दोनों पाँव। एक टक वो उस चाँद को देख रही थी, जिसकी चाँदनी उसे चेहरे के नूर में इजाफा कर रही थी, लेकिन उसका दिल किसी अंधेरे कुएँ में उतरा जा रहा था। आज की यह ख़ुशबूओं और चाँदनी से भरी रात उसके लिए नहीं थी। यही बात

उसे और उसकी आँखों को बोझिल कर रही थी। हर अरमान से ख़ाली सी उसकी आँखें चाँद पर ही टिकी रही, जैसे वो अपना कुछ खोया उसमें ढूँढ रही हो। एक आँसू सा उसके चेहरे के नूर को बिखेरता हुआ सा उतरा।

'आज की यह चाँदनी तो मेरे हिस्से में नहीं। चाँदनी भी बंटती है भला, ये बंटवारा मुझे कतई मंज़ूर नहीं।' यह कहते उसने अपने घुटनों के भीतर सिर छिपा लिया। वो जानती है कि उसकी इस मंज़ूरी या नामंज़ूरी की ज़रूरत किसी को नहीं।

रात आधी हो चुकी थी। चौक की चाँदनी के पीछे अंधेरे कमरे में दो आँखें और जाग रही थी, जो इन सीढ़ियों की ओर ही देख रही थी। दो आँखों से आ रहे आँसुओं को बूढ़ा गए हाथों से पौछा और अम्मा ने पूरी ताक़त से आवाज़ लगाई, अरी निगहत, ओ री निगहत। आ जा, सो जा दुल्हन, रात बहुत हो गई।

निगहत ने तो जैसे सुना ही नहीं, अब भी उसकी ख़ाली आँखें, उस पूरे चाँद को देख रही थीं।

बूढ़ी अम्मा जानती हैं कि उनके कहने से कुछ नहीं होगा। यह जगराता चलता रहेगा, फिर भी वो हर दिन यह आवाज़ देना नहीं भूलती। बस इस आवाज़ में दिन के हिसाब से नाम भी अलग होते। कुछ-कुछ चाँदनी रातों में नाम निगहत होता, तो कुछ रातों मीना।

ऐसा भी नहीं कि अम्मा की आवाज़ से उसे कोई फ़र्क़ नहीं पड़ा हो। कई देर से रुके-रुके आँसू अब लगातार बह निकले थे। आँखें अब भी आसामान की ओर थीं। अगले दो दिन और उसे उसी दर्द से गुज़रना होगा। चाँद और चाँदनी के बीच यूँ ही अकेले बैठना

होगा। दिल के अरमानों को मसोस कर और अपने हिस्से की चाँदनी को किसी ओर के आगोश में होने की चुभन साथ लिए जीना होगा।

'बस दो रातें ही तो और हैं।' निगहत ने फिर अपने दिल को दिलासा दिया। आँसुओं से भारी हो चुकी उसकी आँखें अब खुले रहने से इंकार कर रही थीं। वैसे भी चौके में लगी बड़ी-सी घड़ी सुबह के 3 बजा रही थी। वो बोझिल कदमों से सीढ़ियाँ पार करते हुए नीचे आई और अपने कमरे की ओर रुख़ किया।

आँगन में सो रहे, तीनों बच्चों की ओर देखा और वहीं उनके पास एक कोने में लेट गई। उसका मन अब भी पास के कमरे में ही था। उसके कान उस कमरे से आने वाली आहटों पर लगे रहे। हालांकि सब शांत था, लेकिन फिर भी उसे पास के कमरे से लगातार आवाज़ें आते रहने का वहम हो चला।

सुबह पाँच बजते-बजते उसकी आँख खुल गई। टंकी के पास मुँह धोने आई तो सामने ही मीना बाल सुखाते मिल गई। एक टीस उसके भीतर तक उतर गई। सुबह-सुबह मीना का नहाना उसके लिए किसी क़यामत से कम नहीं होता। और इस पर मीना का गुनगुनाना उसे और भी जला देता।

सबसे अनजान बनते वो चुपचाप रसोई में नाश्ता बनाने में जुट गई। जानती थी, सैफुद्दीन यानी उसके शौहर को नहाते ही चाय का कप हाथ में बहुत पसंद है। वो चाहती थी कि उसके नहाकर निकलने से पहले ही वो उसके लिए चाय लिए खड़ी हो। हुआ भी यही। सैफुद्दीन तौलिए से बाल पोंछता बाहर निकला और निगहत चाय की प्याली लिए उसके सामने हाज़िर हो गई।

'अरे वाह।' सैफुद्दीन ने तौलिए को निगहत के कंधे पर डालते हुए चाय की प्याली ले ली। एकबारगी निगहत रात के आँसू भूल कली सी खिल गई। उसे लगा जैसे 'अरे वाह' सैफुद्दीन ने चाय के लिए नहीं उसके लिए कहा हो। वो बिना कुछ कहे रसोई में चली गई। उसे महसूस हुआ कि अब मीना का मूड ख़राब हो गया और वह पैर पटकते हुए कमरे में घुस गई। निगहत को क्या, वो तो पूरे जोश से भरी रही और सुबह के नाश्ते से लेकर दिन तक के खाने का काम निपटा दिया। आज उसने सैफुद्दीन की पसंद के दम आलू बनाए थे। वो हर काम सैफुद्दीन के पसंद का करना चाहती थी। रात उसकी नहीं तो क्या दिन तो उसका हो सकता है ना। सारा काम कर वो आईने के सामेन संवरने पहुँच गई। ताकि किसी तरह मीना से कम नहीं दिखाई दे। जबकि जानती है। मीना और उसकी उम्र में दस-बारह साल का अंतर है, जो साफ़ दिखता भी है। उसके बाद भी वो अपनी अधेड़ उम्र को मीना की जवानी के बराबर करना चाह रही थी। वो देख रही थी कि मीना अनमनी सी अपने कमरे में आरी-तारी का काम कर रही है। वो यह देख और भी ख़ुश हो गई।

घर में यह माहौल कमोबेश हर दिन का था, बस कभी ख़ुश मीना होती तो कभी निगहत। कभी निगहत अनमनी सी हो जाती तो कभी मीना। दोनों भंवरों की तरह सैफुद्दीन नाम के फूल केइर्द-गिर्द मंडराते रहती और सैफुद्दीन को दोनों का यह मंडराना उसकी हैसियत को उँचा कर देता।

आज शाम को मीना की रसोई से छुट्टी थी, शादी की दावत आई थी, घर भर के लिए। सभी दावत निपटाने मदरसे की ओर चल दिए। यहाँ कुछ नये-पुराने रिश्तेदार भी मिल गए। अम्मा की सहेली

सईदन और उनकी बहू भी आए थे। अम्मा बहुत खुलूस से दोनों से मिली। दोनों को अपने पास ही बिठाए रखा। अम्मा के पास ही बैठी निगहत और मीना भी बड़ी ख़ुशी से उन दोनों से मिली। निगहत को तो वे जानती थीं, मीना को देख पूछा- 'यह कौन है?'

यह पूछते ही निगहत और अम्मा ने एक-दूसरे की ओर देखा।

अम्मा ने धीमी आवाज़ में कहा, सैफुद्दीन की दूसरी बीवी है।

सईदन आपा ने बनावटी मुस्कुराहट लिए उसके सिर पर हाथ फेर दिया। मगर उनके साथ बैठी बहू को बात नागवार गुजरी।

झट से निगहत से रूबरू होते पूछा- 'आप लोग साथ ही रहती हो।'

'निगहत ने मीना की ओर नज़र डाली और कहा, 'हाँ- साथ ही रहती हैं।'

मीना तपाक से बोली- 'बहनों की तरह रहते हैं हम।'

बहू ने हैरत से पूछा- 'दिक्कत नहीं आती तुम लोगों को।'

मीना ने कहा- 'काहे की दिक्कत। सुबह का काम ये कर लेती हैं और शाम का मैं। और तो और ये भी हम में झगड़ा नहीं होने देते। तीन रात इनके पास, तीन मेरे पास और एक रात अम्मा और बच्चों के पास सोते हैं। ऐसे में कोई झगड़ा नहीं।'

बहू ने उसे हैरत से देखा और उसके अनपढ़पन या भोलेपन पर बहुत हमदर्दी हुई उससे।

निगहत कुछ शर्मिंदा हुई और बात का रुख़ बदल दिया।

'और सुनाओ आपके बच्चे कैसे हैं...'

रात जैसे-जैसे गहराने लगी, निगहत का दम निकलने लगा। रातरानी की ख़ुशबू से ख़ुश रहने वाली निगहत को अब इसका होना ही बुरा लग रहा था। सीढ़ियों पर बैठे फिर वो चाँद को घूर रही थी।

'कैसी ख़ुशबूएँ? सौत हो तो ज़िन्दगी से एक बू आने लगती है। पराई रातों की बू, जिसमें सैफ़ूद्दीन मीना के साथ होता है।' उसने फिर अपने आप से बात की।

मीना की आवाज़ें उसके कानों में गूँज रही थीं- 'बहनों की तरह रहती हैं...'

'बहनें भी सौतनें बन जाएँ तो फिर कहाँ बहनें रह पाती हैं। और यह तो...। ' वो मन ही मन बातें किए जा रही थी।

अच्छी भली ही तो चल रही थी ज़िन्दगी। दो बेटियों और दो बेटों के साथ। इस आँगन में अकेले निगहत की ही चलती थी। पूरा घर उसके जिम्मे तो था ही, हुकुमत भी उसी की थी। अम्मा का एक ही बेटा था- सैफ़ूद्दीन। सो अपनी इकलौती बहू पर अम्मा ख़ूब प्यार लुटाती और वो भी अम्मा का ख़ूब ख़याल रखती। सैफ़ूद्दीन भी बीवी से मोहब्बत किया करता। वो चाहता था कि निगहत हर वक़्त उसी के आसपास मंडराती रहे। और निगहत को घर के कामों में उलझा देख वह झल्ला जाता। शाम को घर आते ही वो निगहत का इंतज़ार करता कि वो उसके पास आए, दो घड़ी बैठे, पर निगहत वक़्त नहीं निकाल पाती।

'निगहत, मेरे लिए भी तो कुछ वक़्त निकाल लिया करो।' एक दिन उसने निगहत से शिकायत की।

'सारा वक़्त तुम्हारा ही तो है।' वो पलटकर जवाब देती।

'नहीं तुम पहली सी नहीं रही। अब पहले सा खुलूस कहाँ तुममें। बच्चों के पास ही सोने की क्या आदत डाल ली तुमने।'

'क्या करूँ, बच्चों को आदत है मेरी। और मैं भी रात तक बहुत थक जाती हूँ, बस इसीलिए।'

धीरे-धीरे सैफूद्दीन निगहत से दूर होने लगा। अब तो शाम को भी घर नहीं आता। ना निगहत से शिकायत करता और न ही उससे मोहब्बत। निगहत भी इस खिंचाव से कुछ परेशान होती, लेकिन घर के कामों में अपने को लगाए रखती।

इतवार का दिन था, जब सैफूद्दीन ने यह फरमान सुनाया था। निगहत दिन का काम निपटाकर हमेशा की तरह अम्मा के पास आकर बैठी थी।

'अम्मा मैं कौसर खाला की बेटी मीना से निकाह कर रहा हूँ।'

लेटी हुई बूढ़ी अम्मा को उठने में तकलीफ़ होती है, लेकिन यह सुनते ही उन्हें ऐसा झटका लगा कि तुरंत उठ गई।

निगहत तुरंत सैफूद्दीन के पास आ गई।

'ऐसा क्यूँ कर रहे हैं आप। क्या कमी रह गई मुझमें, जो किसी को मेरी सौत बना रहे हो।'

'मुझे ज़रूरत है एक और बीवी की, बस इसीलिए।'

'बीवी होते हुए तुझे उसे बेवा से निकाह की क्या सूझी।' अम्मा ने उसे झिड़कते हुए कहा।

'अम्मा बेवा का घर बसाना भी तो सवाब का ही काम है। वैसे भी मैं कौनसा नया काम कर रहा हूँ, सभी करते हैं हमारे यहाँ दो

निकाह। मेरे दूसरे निकाह से तुम लोग इतने हैरान क्यूँ हो।' सैफूद्दीन ने बेशर्मी से कहा।

'नहीं, ऐसा नहीं होगा, तुम दूसरा निकाह करोगे तो मेरा और बच्चों का क्या होगा। अपने चारों बच्चों की तो सोचो।' निगहत रोते हुए बोल रही थी।

'मैं कौनसा तुम्हें और बच्चों को छोड़ रहा हूँ। कुछ सीख अपनी भावज से, वो भी तो अपनी सौतन के साथ ही रहती है, बड़ी बहन की तरह।'

'नहीं, मैं अपनी आँखों के सामने अपनी सौतन को बर्दाश्त नहीं कर सकती।'

'नहीं कर सकती तो रास्ता खुला है, तुम जा सकती हो इस घर से।' ढिठाई से बोलते हुए सैफूद्दीन कमरे से बाहर निकल गया।

इसके बाद से सैफूद्दीन से न तो अम्मा ने कोई बात की और न ही निगहत और बच्चों ने। बात न बनते देख निगहत ने अपना सामान समेटा और बच्चों को लेकर मायके आ गई। उसकी उम्मीद के मुताबिक़ कुछ न हुआ। न तो सैफूद्दीन उसे मनाने ही आया और न ही सैफूद्दीन ने निकाह की जिद छोड़ी और एक दिन उसकी निकाह की ख़बर भी आ गई।

'देख, निगहत अब मर्द जात यह तो करते ही है, तेरे लिए कौनसी नई बात है यह। तेरी भी छोटी अम्मी है। हमने भी तो बर्दाश्त की है। तू भी थोड़ा बर्दाश्त कर ले इन बच्चों के लिए। कहाँ जाएगी? कुछ नहीं कर सकते हम सब इस बारे में। तुझे तो अपने घर चले जाना चाहिए।' निगहत की अम्मी बोली।

निगहत ने बस बेबसी से अपनी अम्मी की ओर देखा और यहाँ से भी उसने अपना सामान समेट लिया।

शाम होते-होते वो फिर अपने घर में थी। सैफूद्दीन ने हँसकर उसका सामना उठाया और उसके कमरे में चल दिया। वो उसके आने से बहुत ख़ुश नज़र आ रहा था।

इस घर में कुछ ही दिन पहले नई दुल्हन आई थी, लेकिन पूरे घर में सन्नाटा यूँ पसरा था, जैसे मातम के दिन हो। निगहत ने अपनी ख़ामोशी न तोड़ी। वो चुपचाप अपने घर का काम निपटाती और कमरा बंद कर बैठी रहती। अब उसने अम्मा के पास भी बैठना बंद कर दिया था। सैफूद्दीन के दूसरे निकाह के लिए वो अम्मा को भी ज़िम्मेदार मानती थीं कि उन्होंने अपनी बेवा भांजी का घर बसाने के लिए सैफूद्दीन को दूसरी निकाह के लिए नहीं रोका। दोनों बेटियाँ उसके पास बैठे उसे दिलासे देने की कोशिश करती, लेकिन उनकी अम्मी पर चुप्पी छा रखी थी।

'अम्मी, अम्मा बुला रही हैं।' अलमास ने आकर निगहत की तन्हाई को तोड़ा।

सिर पर दुपट्टा सही करते हुए वह अम्मा के कमरे में आ गई। वहाँ मीना पहले ही मौजूद थी।

'देख भई निगहत, अब जो होना था वो तो हो गया। सैफूद्दीन पर तुम दोनों का ही हक़ है। इसीलिए मैंने और सैफूद्दीन ने तय किया है कि वो तुम दोनों को बराबर वक़्त दे। हफ्ता में तीन दिन मीना और तीन दिन तेरे साथ रहेगा। एक रात वो मेरे और बच्चों के बीच सो जाएगा। इस तरह तुम दोनों की हक़ तलफी नहीं होगी। दोनों

हँसी-ख़ुशी रहो, अब बस यही चाहती हूँ।' कहते हुए अम्मा ने एक लम्बी साँस ली, जैसे दिल पर कोई बोझ अब भी हो।

शाम को खाना खाते ही सैफूद्दीन निगहत के कमरे में था, यानी पहले तीन दिन निगहत के थे।

दूसरे दिन निगहत को घर कुछ पहले सा लगा। उसने नहा-धोकर एक नया सूट पहना और खूशबू भी लगाई। दिन में सैफूद्दीन की पसंद का खाना बनाया और सैफूद्दीन के आते ही उसके आगे पीछे हुई।

इधर अब सैफूद्दीन के भी दिन अच्छे आ गए थे। पहले तो उसे एक बीवी से तवज्जोह न मिलने की शिकायत थी कि अब तो दोनों ही उसके आगे-पीछे घूमती। एक तरबूज का थाल लाती तो दूसरी आम काट लाती। एक चिकन बिरयानी तो दूसरी मुर्ग मुसल्लम उसके लिए तैयार रखती और दोनों ही नए कपड़े पहने, मेकअप किए इस तरह घर में घूमती कि दो नई बहुएँ यहाँ ब्याह आई हैं। जिसके तीन दिन होते वही सैफूद्दीन के खिदमत में कोई कसर न छोड़ती।

'अरी निगहत, कब तक बैठी रहेगी, आजा सो जा।' अम्मा ने फिर सीढ़ियों की ओर आवाज़ लगाई।

निगहत की सोच का सिलसिला टूटा। आँख से फिर एक आँसू टूट गिरा।

'सैफूद्दीन... तुम यही तो चाहते थे। एक अनचाही लड़ाई में उतार दिया तुमने। मैं मीना से और मीना मुझमें उलझी रहे और तुम्हारा दिल मजे में रहे। और न लड़ूं तो क्या करूँ, दिल जलता है। अपनी जगह और हैसियत बंट जाने पर बहुत जलता है।'

चाँद की रोशनी आज कल से कुछ कम हो गई थी और उसका दर्द भी।

आज तो सुबह से निगहत को जैसे पंख लगे थे। पूरा मेकअप और बदन से आती कई तरह के इत्र की ख़ुशबूएँ उसे और दिनों से जुदा बना रही थी। अपने हिस्से का सुबह का काम निपटाकर वह फिर अम्मा के पैर दबाने पहुँच गई। उसे ख़ुश देख अम्मा भी ख़ुश थीं। सोचा चलो, इसकी तीन क़यामत की रातें तो ख़त्म हुई। रात होते ही आज सैफूद्दीन अपनी पहली बीवी के पहलू में पहुँच गया। निगहत की चाँदनी आज ठंडी हवाएँ भी साथ लाई थी।

मगर सीढ़ियाँ, सीढ़ियों की सिसकियाँ कहाँ ख़त्म हुई।

मीना बीच की एक सीढ़ी पर बैठी चाँद को तक रही थी। चाँद अब पूरा नहीं था। अधूरे चाँद की अधूरी सी चाँदनी में बैठी मीना ने सोचा- आज की चाँदनी मेरे हिस्से में नहीं। 'इस बंटवारे की ज़िन्दगी से तो अंधेरे में बैठी बेवा कहलाना अच्छा था, लेकिन किसी ने मर्जी न पूछी।'

'अरी, मीना, कब तक वहाँ बैठी रहोगी, सो जाओ, रात बहुत हो गई है।' अम्मा ने अपने आँसू पोंछते हुए आवाज़ दी।

■

11

धीणे रख दे रे ढोला...

हीर रांझ जे ड़ा यार कठै

लैला मजनूं जे ड़ा प्यार कठै...

उसकी बांसुरी से गीत के बोल फूट रहे थे, जो कोई एक कोस तक सुनाई पड़ते। इन रेतीले धोरों में वैसे भी आवाज़ पर बंदिश रख सकने वाली कोई शै थी, न कोई दीवार। यहाँ तो मन की बातें भी इन धोरों पर लिखी जाती और ज़रा सा झोंका आकर उन्हें छिपा लेता, किसी पर ज़ाहिर ना होने देता कोई राज, लेकिन आवाज़ें ज़ाहिर थीं। हवाएँ साँसों के तेज़ चलने को भी कुछ दूरी पर पहुँचा ही देती।

फिर यह तो उसकी फूंक से जान पाने वाली बांसुरी थी।

गाँव भर जान लेता कि अब साबिर रेवड़ को खेजड़ियों के आसपास चरने को छोड़, बांसुरी थामे किसी टीले पर पसरा होगा। टीले की सुनहरी रेत में उसकी काया किसी हब्शी सी लगती। लम्बा, गठीला ढील-डौल, काला पक्का रंग, बड़ी-बड़ी लाल आँखें और गहरे काले, घुंघराले बाल। गले में हर वक़्त एक रस्सा लटका रहता। रेवड़ चराने वालों की निशानी यह रस्सा और हाथ की लकड़ी ही है। इन दोनों की मदद से ही वो रेवड़ को गेरता।

टीले के नीचे, दूर से वो अपनी पीली लुगड़ी और काला घाघरा संभालते दौड़ी चली आ रही थी। उसकी बांसुरी की आवाज़ का इंतज़ार जैसे ही ख़त्म होता, कुलमी इन टीलों की ओर दौड़ पड़ती। उसकी साँस फूलने लगी, वो लड़खड़ाती सी आकर उसके पास गिर पड़ी।

'क्या है रे कुलमी। हर दिन वही बात। कभी इस गीत को पूरा भी होने देगी या नहीं?'

वो उठा और कुलमी पर झुकते हुए झूठी नाराज़गी दिखाने लगा।

'जा रे, गीत तो तेरा मैं ही पूरा कर सकूं हूँ और कौन करेगा।'

'तू सुधरेगी नहीं। अब तक बचपना नहीं गया तेरा।'

'17 बरस की उमर में किसका बचपना जाया करता है।'

'17 बरस में तो तेरे साथ की लुगायाँ दो टाबर खिलाती हैं और तू ख़ुद टाबर बन रही है।'

'टोली में मेरे अपने टाबर नहीं, तो इसमें मैं क्या कर सकूं हूँ।'

हँसते साबिर को धक्का देकर उसने रेत पर पटक दिया और उसके सीने पर अपना सिर रख दिया।

वो कुछ धीमा पड़ा।

'टाबर की बात कर आज फिर तेरा जी दुखाया मैंने?'

'नहीं रे, तेरे से ही तो जी बहल जाता है। नहीं तो जी दु:खते-दु:खते अब पत्थर ही हो गया। जा... पत्थर तो तू भी है।'

'मैं पत्थर क्यों? मैं ही तो रोज बंसरी बजा तुझे बुला लेता हूँ।'

और वो उसके पैरों पर सिर रख लेटा रहा।

'बुलाता है, लेकिन कभी मेरे मन की भी पूरी की तूने?'

‘बता क्या पूरी करनी है। कोई सुरखी ला दूँ।’

‘चल चल, कल ही मेरा मरद लाया सुरखी की दो डिबिया। लाया तो अपनी नई लुगाई के लिए है, पण मैं थोड़ी सी ले ली।’

उसने बचपने से उचकते हुए कहा।

‘बचपना नहीं गया ना अभी तेरा।’ वो फिर हँस पड़ा।

‘तभी तो रामदेव जी कोई बचपना करता जोग नहीं डाला मेरी झोली में।’

‘तो अभी उमर ही क्या है तेरी। हो जाएगा।’

‘इतना भरम मत दे। जाणे ही है ना दो साल में बच्चा ना जनमे, तो कभी न जनमे। तभी तो मरद भी दूसरी लुगाई कर रहा।’

‘बावलो है तेरा मरद, जो तेरे होते कोई ओर लाए।’

‘सुण, तू मुझे उससे ले सके है, उससे ले ले, फिर हम दोनों किसी टोली में चले जाएँगे, उनमें हमारे बच्चे भी होंगे।’

‘तू सब जाणते-बूझते भी रोज सवाल क्यूँ करे हैं। इतना रूपया नहीं है, मेरे पास।’

‘हूँ... चल, मैं भी रोजीना क्या लेकर बैठ जाती हूँ। चल छाती माथै घुसा ले।’ और वो उसकी छाती से कसकर लिपट गई।

‘बचपणे सू ही चाह रही कि कोई इतनी चौड़ी छाती वाले से ही लिपटूँ। इत्ता ही कस पकड़े कोई, कै मर ही जाऊँ और साँस आने में भी देर लगे। और ओंठ देखे तेरे, कित्ते मोटे हैं, तू चूम ले तो मैं नशे मारे कई दिनों तक उठूं ही नहीं।’

वो छाती से लिपटे ही मुस्कुरा दी, जैसे कोई लहर से लहर मिले।

'चल, फिर वो ही बात।' साबिर ने उसे झिड़क कर दूर किया।

'क्यूँ? मैं क्या चाहूँ हूँ, ये क्यूँ ना कहूँ। बस छाती में लग ही ख़ुश हो जाउँ? नहीं। और भी बहुत कुछ चाहू हूँ मैं तो। उसे सूखे हुए मरद को देख ही मेरी तो मायतै (माँ) मर जावै। और तुझे देख रोम-रोम खिल जावे। मुझे तो साथ करना है तेरा।'

वो आह भरती फिर उसकी छाती से लग गई।

'देख, मुझसे ऐसी कोई आस मत रखना।'

'कोई नहीं, तू मत कर। मैं कर लूँ तो क्या बुरा है?'

साबिर ने नाटकीय गुस्से में उसे देखा।

'देख, मुँह बनाता भी मन लुभाता ही है। कुछ भी कह, हट्टा कट्टा आदमी के लिए मैं मरूँ हूँ। मेरे मरद के छाती से लगूँ तो मन ही ख़राब हो जाता है। हूँ... अब समझूं कि जद ही बच्चा नहीं लग रहा।'

'देख ये तो पक्की बात है कि तू एक बार साथ कर ले तो बच्चा तो मैं जण सकूं हूँ। तू रेवड़ की बकरी समझ ही धीणे (गर्भवती) रख दे।'

'चल छोड़ इन बातों को।'

'क्यूँ छोड़ूं। यहाँ हर कोई कहता मिले कि एक साबिर का रेवड़ है, जो बिल्कुल टैम पर बकरी धीणे रख देता। कितनी भी बीमार पेट की हो बकरी, तेरा लगाया बीज लगता ही है।'

वो फिर अपनी उसी बात पर आ गई, जिसे हर दिन साबिर सुन नाराज़ हो जाता है। इस बार खड़ा हो, अपनी बांसुरी ले दूर जाने लगा।

ए थारी मोबतड़ी रे घायल करगी रे

घायल करगी रे

सतावे बिटुड़ी तेरी याद घणी

तेरी याद घणी....

वो यह गीत इस तरह गाती कि साबिर के कदम लौट आते।

'अच्छा, अब सौगंध खा ले कि ऐसी बात नहीं कहेगी।'

'क्यूँ खा लूँ। बस बातें नहीं करनी है, मैंने जो कहा है, वो मुझे करना भी है। देख साबिर... ये कुलमी चली जाएगी। पूरे चाँद की रात टोली धनकोली निकल जाएगी और मैं तेरी छाती से। बस एक बार साथ कर ले, फिर चाहे कहीं चली जाउँ, मेरा मरद दूजी-तीजी कित्ती भी ले आए, कोई फरक नहीं पड़ेगा।'

नाराज़ होते साबिर का दिल बैठ गया।

'तू इत्ती अरज करे है तो मेरी क्यों नहीं मानती। क्यूँ जा रही?'

'जिधर की टोली, उधर की मैं। फिरता रहना भी सुख है। तू तो यहीं जमकर बैठ गया। चल तू भी।'

'माई जम गई तो मैं भी जम गया। तू भी यहीं रह जा।'

'एक तो तू कह रहा, लगाव नहीं। फिर जाने भी ना दे, दो बातें क्यूँ करता है।'

'दो बातें ही हैं। रूपया नी है मेरे पास। बिना पईसा चुकाए मैं तुझे हाथ लगाउँ तो ईमान से जाउँ।'

वो हँस पड़ी।

'टोली को कुणसो धरम ईमान? यूँ भी तू रुकने की कहे तो मैं ना रुक सकूं। बस एक लाग है, जो तू एक बार में पूरो कर दे। फिर ना पईसा चाहिए और ना तू।'

कुलमी ने साबिर के सीने पर दाँत गड़ा दिए।

'ये क्या बात, रूपया हो तो मेरे साथ ठहरेगी नहीं।'

'ना, मैं तो फिर फिर (घूम घूमकर) ही जीऊँ हूँ। ठहरी, तो मरी मान।'

'अब तू भी दो बात कर रही।'

'ना, एक ही बात है। तेरा साथ मिल जाए। बस। और कोई दूजी की बात ही नहीं। मैं फिरनो (घुमक्कड़ी) ना छोड़ सकूं।'

'और मुझे?'

'कह तो दिया। छू ले, फिर छोड़ता जीव ना दुखेगा। नहीं तो पीछे मुड़ मुड़ देखती रहूँगी। जाने, अगले पड़ाव कोई तेरो सो मिले न मिले।'

'पहले कोई मिल जाता, तो तू नी आती मेरे पास? अगला में मिले, जब भी याद न करसी? ये कैसा लगाव है?'

'तेरे से गबरू की छाती की लाग (चाह) ना होती तो, अरज क्यूँ करती?'

'और एक बार में लगाव पूरो हो जासी?'

'हाँ, मन तो यही कहता है।'

साबिर ने अपनी लाल आँखें उसकी आँखों में डालते हुए देखा। वो अरज के साथ उसे बुला रही थीं। साबिर ने झटके से उसको दूर किया।

'जा, आज जा।'

यह कहते लम्बे डिग भरे। चलते अपनी रस्सी को गर्दन में लपेटा और बांसुरी में धुन भरने लगा।

कुलमी से दूर तक देखती रही। लगा, रेवड़ वापस लेने आएगा तो ज़रूर उसका साथ करेगा। उसने टीले की एक खेजड़ी भी तय कर रखी कि वो थोड़ी घनी है।

वो रेवड़ लेने आता, उससे पहले ही कुलमी का बुलावा आ गया। वो पलट देखती रही, लेकिन रेवड़ के साथ की धुन नहीं थी।

टोली के जाने की तैयारी पूरी हुई। ढोर डंगर एक-दूसरे से बांधती कुलमी के कान टीले की ओर से आती आवाज़ों पर थे। आज नई सुरखी उसके होंठ पर चमक रही थी और साबिर के होंठों से उतरने का इंतज़ार उसके गालों पर ठहरा था।

बांसुरी की आवाज़ पर वो टीले पर लहराती भाग रही थी। खेजड़ी के सहारे बैठे साबिर के पैरों में पड़कर ही साँस ली।

'आज तो भरम रखेगा? धीणे करेगा?' कुलमी ने उसकी बांसुरी छीनते उसके होंठों पर होंठ रख दिए।

साबिर दूर करते बोला- 'होंठ के नशे में तू मर गई तो?'

'पहले नशा कर लेने दे।' वो फिर उसकी छाती में सिर टिकाने लगी।

'मैंने भींच लिया तो भी तू मर गई तो?'

'क्या कर रहा? लगने दे छाती में।'

'नहीं, तू न मरी तो तेरे जाते मैं मर जाऊँगा। दूर हट।'

वो उठ खड़ा हुआ तो कुलमी ने पैर कसकर पकड़ लिए।

'आज नहीं, आज नहीं रे ढोला। फिर न पा सकूंगी तुझे।'

'ना, मैं कहीं नी जा रहा। धीणे रखने बीज लाना भूल गया। लौटकर आता हूँ।'

यह कहते वो डीगे भरता वहाँ से ओझल हो गया।

टीले पर शाम हुई तो रेवड़ हाँकने की आवाज़ पर वो अपने बिखरे बाल समेटते हुए लाल होते सूरज की ओर मुड़ी। वहाँ साबिर की लाल आँखें नहीं थी।

'ओ लल्लू, तू की करे है? साबिर न आयो?'

उसने चीखते हुए रेवड़ हाँक रहे लल्लू से कहा।

'वो तो कस्बे तक गया है। नई नस्ल का बकरा लाने। बकरियों को धीणे रखाना है।'

बिना मुड़े कुलमी की बात का जवाब देते वो रेवड़ की धूल में कहीं गुम हुआ।

पूरा चाँद चढ़ आया, फिर भी सितारों की झड़ी साफ़ दिखाई दे रही। दोनों में आज कोई मुकाबला होगा। पूरे चाँद में अक्सर सितारे छिप जाते हैं, लेकिन आज कुछ अलग रात थी। दोनों अपनी अपनी जिद में अड़े हैं, आसमान को घेरने पर।

भैंसों पर जुती गाड़ियों पर बिस्तर, बर्तन पड़े हैं और गाड़ियों के आगे ढोर-डंगर। टोली में चलते कई बच्चे। लम्बी टोली के आख़िर में एक-दुसरे को छेड़ती चलती छोरियाँ।

दूर टीले से बांसुरी की आवाज़ रेगिस्तान को चीर रही थी। बांसुरी पर गीत बदला हुआ था...

आवे जानां याद सतावे
बिटुड़ी तेरी याद सतावे
याद सतावे, तेरी याद सता.. वे...

सितारों पर नज़र जमाए आज कुलमी का गीत भी बदला....

जानूं तू म्हारो यार,
तू तो भूल गयो म्हारो प्यार
जानूं जख्मी दिल की दुवा
थाने लागे बदवा
थाने लागे बदवा, जानूं जख्मी दिल की दुवा...

इस बार साबिर के रेवड़ में कई बकरियाँ धीणे न रह सकी, एक ख़ाली पेट बद्दुआ देते चला गया।

■

12

कथा भोले सैयद की

कथा सुनी है नानी से, नानी ने सुनी अपनी नानी से....

मारवाड़ राज का ठिकाणा नाग़ौर की यह कहानी है। कहने को यहाँ जोधपुर के महाराजा का राज था, लेकिन ठिकाणे तो ठाकरों के राज से ही चलते। राजमहल से ज़्यादा हाजिरी तो ठाकरों के यहाँ लगती थी। ठाकरों का अपना दरबार था और उनकी हवेलियाँ महल से बढ़कर ही होतीं।

तो मारवाड़ के इस ठिकाणे के हिस्से कई कोस तक के गाँव और बस्तियाँ आती, उनके लिए यही दरबार लगता। इस दरबार में सेवक भी ख़ूब थे और बड़े सुखी दिखाई देते थे।

अच्छा, इन सेवकों में भी कई ओहदे थे और सबसे ज़्यादा ओहदे तब सैयदों के पास हुआ करते। ठाकरों का ख़ास यानी पीए सैयद से लेकर चपरासी सैयद, दरबान सैयद, खानसामा पर नज़र रखने वाले सैयद। ठाकर के इधर-उधर चलने वाले सैयद। ठाकरों के इशारों पर काम करने वाले सैयद। ठाकर के दरबार की चौकसी करते सैयद ख़ूब थे यहाँ। यों ठाकर हुकुम की सैयदों से ख़ूब पटरी

बैठती। यों मान लो कि नरम दिल ठाकर हुकुम की कृपा सैयदों पर ही बरसती।

कोई भी परेशानी आ जाए, बड़ी से बड़ी मुसीबत पड़ जाए, ठाकर हुकुम तुरत-फुरस दरबार में इन मुलाजिमों की मदद कर देते।

ऐसा भी नहीं था कि सारी कृपा सैयदों पर ही बरस रही थी, पूरे दरबार के सेवक ठाकर हुकुम के हथेली के छाले थे, मगर फिर भी वे सैयदों के भोलपण पर ख़ास मेहरबान रहे।

तो हुआ ऐसा कि ठाकर हुकुम एक दिन सूरज उगते-उगते ही दरबार लगा बैठ गए। और सभी दरबारियों के साथ दीवान साहब भी बैठे थे। किसी कारण बहुत ख़ुशी में ठाकर हुकुम ने दरबारियों के समाने अपने लम्बे-चौड़े फैले ठिकाणे में से दो-चार गाँव बख़्शिश में देने पर विचार करने का प्रस्ताव रख दिया। दरबार में बैठे सारे दरबारी हैरत में पड़ गए। लेकिन वे यह तो जानते थे कि इससे पहले भी ठाकर हुकुम यही करते रहे हैं। उनकी चिंता यह थी कि इस तरह तो ठाकर पूरा ठिकाणा ही लुटा देंगे। लेकिन इसमें वो कर भी क्या सकते हैं?

अब क्या करें, मजबूरी में दीवान साहब ने मुस्कुराते हुए ठाकर हुकुम के सामने 'हाँ' में मुँह हिला दिया, लेकिन उसके कलेजे में ऐसी जलन उठ रही थी कि जैसे पूरा ठिकाणा उसी की जागीर है। हर बार ही कोई गाँव बख़्शते वक़्त वो अपने ही कलेजे को संभालते फिरता था। ये अलग बात है कि अपने कलेजे पर मण भर का भाटा रख वो मुस्कुराता ही रहा।

'ख़ैर, मरबा द्यो आपणै कांई है।'

अब इस लाइन का मतलब भी जान लो। वैसे तो नहीं बताती, लेकिन बात निकली है तो बता ही देते हैं। यह तकिया कलाम की तरह है, जो बरसों से नहीं, सदियों से इस मारवाड़ में जन्में हर एक की ज़ुबान पर होता ही है। पूरे शहर, पूरे गाँव, पूरी बस्ती की पंचायती कर लेने के बाद जब लोग चौक-गट्टे से उठते तो यही कहते कि 'मरने दो, अपने क्या पड़ी है।'

तो दीवान भी यही कहते हुए अपने कलेजे को ठंडा करने की जुगत में लगा था।

इस मुस्कुराते चेहरे वाले दीवान को ठाकर हुकुम ने हुकुम दिया कि जल्दी से दो-चार गाँव की बख्शीश का मसौदा तैयार कर लाएँ। दीवान साहब जाने को मुड़े, पीछे दरबार ठाकर हुकुम की वाह-वाह गूँजने लगी। वाहवाही सुन ही ठाकर हुकुम की पीठ और सीधी हो गई। चाँदी के पायो की कुर्सी भी ठाकर को सिंहासन से कम नहीं लग रही थी। वो तन करे बैठे रहे और दरबारियों की वाह, वाह गूँजती रही।

दरबारियों की वाहवाही में ठाकर हुकुम ने मूंछ पर ताव देते दरबार में नज़र घुमाई तो उनकी कृपा दृष्टि कुर्सी के पास खड़े लम्बे-डिगे सैयद पर पड़ी।

वो अपनी हाथ-भर लम्बी पीठ को झुकाते हुए दोहरा हुआ जा रहा था। उतने ही हथेली-भर लम्बे मुस्कुराते चेहरे को देखकर ठाकर हुकुम के कलेजे में ठंडक पड़ी। साफा बाँधे हुआ सैयद दोनों हाथ जोड़कर इस तरह से खड़ा हुआ था कि ठाकर हुकुम को अपनी शान

और ऊँची होती लगी। अपनी इतनी इज़्ज़त देख तो ठाकर हुकुम का मन झूम उठा।

वैसे भी ठिकाणे में ठाकर हुकुम की कृपा दृष्टि, जहाँ भी पड़ती जेठ माह सावन हो जाता है, धोरों में भी पानी का सोता उमड़ता लगता है। तो यहाँ भी ठाकुर हुकुम सैयद पर अपनी कृपा दृष्टि डाल चुके थे। अब सैयद की तकदीर बदलते हुए कोई नहीं रोक सकता था।

हुआ यों कि ठाकर हुकुम ने फिर दीवान को आवाज़ लगवा दी। उसे पास बुलाकर कहा कि इस सैयद से पूछ लो कि कौन सा गाँव या शहर चाहता है। इसके पूरे कुनबे, पूरी बस्ती को मैं एक शहर बख़्शना चाहता हूँ।

अब यह सुनते ही दीवान साहब के जला कलेजा राख हो गया। लेकिन मुस्कुराते हुए वो अपनी गर्दन हिलाते, बगल में बही खाते दाबे हुए ठाकर हुकुम के कहे की तामीर करने के लिए दरबार से निकल लिया।

ठाकर हुकुम के इशारे पर सैयद अपनी दोहरी हुई देह लिए दीवान के पीछे चल दिया।

दरबार में फिर से जयकारे लगने लगे। जितने भी सैयद थे, उनकी आवाज़ सबसे बुलंद आने लगी।

अब इस ठिकाणे में सैयदों का अपना शहर होगा, यह सोच-सोच ही दरबार में बैठे सैयद ख़ूब देर तक जयकारा करते रहे और जिन्हें हुकुम की बख़्शीश बुरी लगी उनके कलेजे जलते रहे।

इधर दीवान साहब सैयद के साथ ख़ुद को फंसा महसूस कर रहे थे। वो जहाँ जाते, वहाँ सैयद साथ हाज़िर। वो उसे उकताने के लिए

अपनी दीवान कोठरी के सारे काग़ज़ उठाने, जमाने, देखने में लगा रहा ताकि वो परेशान होकर चला जाए। लेकिन वो भी क्या करे, सैयद ने किसी तरह से पीछा ना छोड़ा।

'इन सैयदों को शहर तो क्या, रेत भी ना दूँ।' वो यही सोच अपने कलेजे को शांत करता रहा।

बहुत दिनों तक दीवान और सैयद की यही आँख-मिचोली चलती रही। सूरज उगते के साथ ही सैयद दीवान के पास आकर बैठ जाता और दीवान झूठी ही कागजों में सिर खिपाता दिखाता रहता।

सैयद उसके आगे-पीछे हाथ जोड़े अपने शहर का नक़्शा मिलने की आस में घूमता।

बहुत दिन हो गए और दीवान उसे घुमाता ही रहा तो थक-हारकर सैयद हाथों को जोड़ ठाकर हुकुम की हाजरी में जा पहुँचा।

सैयद का चमकता चेहरा लटका देख ठाकर हुकुम ने पूछा- 'क्या हुआ सैयद, अभी तक अपना शहर नहीं बसाया?'

उदास, लुटा-पिटा सा सैयद बोला- रहने दो हुकुम, इस शहर को लेकर दीवान जी परेशान हो रहे हैं। मैं तो आपकी हाजरी में यहाँ खड़ा ही ठीक हूँ और मेरा कुनबा सैयदों की बस्ती में रहकर ही सब्र में है।

तो ऐसे ठाकर हुकुम समझ गए और एक दरबारी को भेज दीवान को बुलवा भेजा।

बगल में बही दबाए दीवान ने ठाकर के सामने हाजिरी लगाई।

'क्यों रे दीवान, सैयद के शहर का क्या हुआ? अब तक काग़ज़ नहीं दिए?'

'बस हुकुम काग़ज़ तैयार हो गए हैं। मैंने सोचा कि आपका हुकम है तो सैयद को उसकी पसंद का शहर दिया जाना चाहिए, इस कारण समय लग रहा है।'

दीवान की यह बात सुन ठाकर भी राजी और सैयद भी राजी।

लेकिन दीवान के मन में ठीक यही बात नहीं थी, वहाँ तो कुछ और ही खिचड़ी पक रही थी। जो भी हो, सैयद फिर से दीवान के पीछे-पीछे। लगा कि अब तो वह दीवान से पक्का काग़ज़ लेकर ही साँस लेगा।

ख़ुशी से भरे सैयद का चेहरा देखना दीवान के सिर पर बिजली गिरने से कम न था। अब उसकी बारी थी।

दीवाने ने अपने सामने सैयद को बिठाया, छाछ पिलाकर आवभगत की और पूछा- 'बता सैयद, तुझे फलाना गाँव चाहिए कि शिमला शहर?'

अब शहर का नाम सुनते ही सैयर की आँखें बिल्ली सी चमकी और दिल उछलने लगा कि वो अब एक शहर का कर्ता-धर्ता बनेगा। तो सैयद ने सोचना शुरू किया ही था कि दीवान फिर बोल पड़ा, 'बता, फलाना गाँव कि शिमला शहर?'

सैयद के दिल में हरियाली पसरी। वो अंग्रेजों के बसाए शहर शिमला के बारे में ख़ूब सुन चुका था। ठाकर हुकुम को कितनी ही बार कहते सुना कि 'गर्मियाँ तो शिमला की ही अच्छी। ज़रा भी धूप तेज़ नहीं पड़ती। और चारों ओर हरियाली ही हरियाली।' उसे ध्यान है कि ठाकर कभी-कभी अपने पूरी कुनबे को लेकर भी शिमला जाते रहे हैं और ख़ूब ख़ुश होकर वहाँ से आते।

उसने सोचा- 'पीढ़ियों से फलाना गाँव की एक बस्ती में ही रह रहे हैं। यहाँ रहते ठाकर का ख़ूब हुकम बजा लिया, अब बड़े शहर अपने नाम होने का मौक़ा मिल रहा है तो छोड़ना बेवक़ूफ़ी होगी। यों कुनबे में भी नाम रहेगा कि मेरी वजह से ठाकर की इतनी बड़ी बख्शीश मिली। और शहर नाम भी सैयदों के नाम पर चमकेगा। वाह, वाह!'

सैयद खयालों में ऐसा खोया कि दीवान को झिंझोड़ना पड़ा।

बस, फिर क्या था, सैयद ने ख़ूब सोच-विचार के बाद शिमला शहर माँग लिया।

ख़ुशी इतनी थी कि वो दीवान के सामने हाथ जोड़े ही बैठा रहा। सारे काग़ज़-पत्र तैयार कर दीवान ने शिमला का नक़्शा और ठाकर की बख्शीश का काग़ज़ सैयद को थमा दिया।

देखो, इस ठिकाणे के फलाना गाँव में सैयदों की बस्ती में जश्न मनाया गया। कढाव चढ़ाया गया, कई बकरे हलाल हुए, पूरी बस्ती ने साथ बैठ खाना खाया और अपने अलग शहर मिलने पर छाती चौड़ी की। ईशा की नमाज के बाद पूरी बस्ती में शुकराने के नफ्ल पढ़े गए।

दूसरे दिन उगते-उगते दीवान बस्ती में पहुँच गया। वहाँ ऐलान करवा दिया कि ठाकर हुकुम ने सैयदों को शिमला शहर बख्शीश में दे दिया है।

एक बार फिर बस्ती में ख़ुशी की लहर दौड़ गई। सबसे ज़्यादा ख़ुशी की बात यह थी कि अब औरतों को तालाब से कलश भर पानी नहीं लाना पड़ेगा और न ही लोगों को नहाने के लिए 10-15 दिन

का इंतज़ार करना पड़ेगा। जब चाहेंगे, सोतों के नीचे खड़े हो जाएँगे, जैसा कि उन्होंने सुना है।

सारे बस्ती वाले अपना सामान बांधने में लग गए। बस्ती ख़ाली करने की बात ठिकाणे के छोर तक पहुँची।

एक दिन सैयद साहब ने बड़े घमंड के साथ शिमला का नक़्शा अपने बेटे के सामने रखा। जयपुर से अभी-अभी आए बेटे ने नक़्शे को घुमा-घुमाकर, उल्टा-सीधा करके देखा। ख़ूब देखा, सोचा और विचारा। घर में पड़े सभी काग़ज़-पत्र भी खंगाल लिए। परेशान होकर बाप से बोला- 'अब्बाजी यह तो कोई ढाणी है।'

'पागल हो गया है क्या, तहसीलदार साहब के पास यह पढ़-सीख रहा है? नक्श पढ़ना नहीं आया तुझे, फिर क्या ठिकाणे में काम करेगा?'

'अब्बाजी, मैं ठीक कह रहा हूँ। मैं नक़्शा सही पढ़ रहा हूँ।'

नक़्शा छीनते हुए सैयद बोला- 'जा यहाँ से गंवार। ये हमारा नया शहर है, जिसका नाम बदलकर मैं सैयदों का शहर रखूंगा।' यह कहते उन्होंने नक़्शे को चूम लिया।

अगले दिन एक ऊँट ठीक करवा कर बेटा सैयद साहब को मनाकर नक़्शे की जगह दिखाने ले गया।

बेटे के मना करने के बाद भी सैयद साहब मोटी कंबल ऊँट पर टांग चले और कुछ सूखी लकड़ियों का गठ्ठर भी बांध लिया कि कहीं ठंड लगे तो जला ली जाएगी।

मगर दो दिन लगातार ऊँट पर चलकर, पसीने में लथपथ वो एक जगह पहुँचे। बेटा नक़्शा लेकर उतर गया तो सैयद साहब को

भी उतरना पड़ा। देखा तो दूर-दूर तक रेत का समंदर था। इधर तो खेजड़ी तक न थी कि पसीने से भरा कुर्ता उतार उस पर सूखने छोड़ दिया जाए। जहाँ वो खड़े थे, वहाँ से दूर कुछ सूखी झोपड़ियाँ नज़र आ रही थी। कोई दस भी पूरी न होंगी।

ख़ैर, सैयद ने बेटे के धौल जमाया।

'ये शिमला का कहकर कहाँ ले आया?'

'अब्बाजी यही शिमला है। इस नक़्शे वाला शिमला।'

'नहीं, दीवान जी ने ख़ुद कहा है कि शिमला शहर है, तभी तो मैंने हामी भरी।' सैयद की आवाज़ बैठनी लगी।

सैयद साहब की आँखें निकल पड़ती, दिल उछल निकलता इससे पहले ही बेटे ने नक़्शा आगे कर समझाया।

'पर ये वो शिमला शहर नहीं है, जो आपने सोचा। यह अपने फलाना गाँव से 50 कोस दूर की ठेठ ढाणी है। शिमला ढाणी।'

'पक्का, तू पागल हो गया है। हमें बख्शा गया शहर यह नहीं है।'

'अब्बाजी मैं पागल नहीं हुआ, दीवान ने आपको पागल बना दिया। देखो नक़्शा, फलाना से ये रास्ता आया लाड नूं और वहाँ से ये शिमला ढाणी, जहाँ हम खड़े हैं। आपने यह लिया है बख्शीश में।'

सैयद साहब वहीं सिर पकड़ बैठ गए।

'ये दीवान तो मूर्ख बना गया। पूछ भी ऐसे रहा था कि शिमला शहर लेगा कि फलाना गाँव। मुझ बापड़े को क्या मालूम कि वो गाँव दे रहा।'

‘अब्बाजी, गाँव भी कहाँ है। यह तो ज़रा सी ढाणी है। पानी तो कोस-कोस नहीं, रेत ही रेत है। अपने फलाना गाँव में तो दो तालाब है, एक स्कूल है और सबसे बड़ी बात पुरखों की जमाई बस्ती है। वहाँ से आप कुनबे को यहाँ लाओगे?’

‘चल, दे ये सारे काग़ज़, वापस उसके मुँह पर फेंक कर आऊँगा। इतना बड़ा धोखा किया मेरे साथ।’ सैयद निढाल हुआ।

बेटे के हाथ से कागल लेते बोले- ‘मैंने तो सोचा कि पीढ़ियों से ठाकर की हाजिरी बजा रहे हैं तो कोई ईनाम तो मिला मेरी कौम को। ये ईनाम तो छोड़ो, मुँह दिखाने लायक भी नहीं छोड़ा दीवान ने।’

‘अब्बाजी संभलो, अब कुछ नहीं हो सकता। आपका अंगूठा लगा है काग़ज़ पर। ठाकर हुकुम को कहोगे तो वो तो यही कहेंगे कि दीवान ने आपकी माँगी ज़मीन ही दी है। दरबार से इज़्ज़त और जाएगी। सब्र करो और बस्ती में ही चलो।’

पूरी बस्ती में बात फैली तो लोग सिर पकड़ बैठ गए। अपना सामान बांध चुके लोग उसे वापस खोलने में लग गए। शिमला के बारे में सुनकर लोगों ने अपने ढोर-डंगर भी छोड़ दिए, किसी बुज़ुर्ग ने कहा था कि वहाँ पहाड़ पर ख़ूब ढोर-डंगर मिल जाएँगे।

अब हर घर का टाबर ढोर-डंगर को ढूँढने चारागाहों की ओर दौड़े।

तो जनाब, सैयदों की यह बस्ती ख़ाली होने की बजाय अपने काम में लग गई। लेकिन सैयद साहब दीवान को गालियाँ दिए बिना साँस भी नहीं लेते।

अब तो सैयद साहब अपने चबूतरे पर बैठ जाते तो लोग हँसी उड़ाते।

'सलाम, भोला सैयद' कहकर निकल जाते।

'भोला' कहता ही सैयद साहब के कलेजे में आग लग जाती। अब देह ठाकर की हाजिरी में नहीं, शर्म के माने दोहरी हुई जाती।

■

13

दो रातें, इकलौती याद

वो घबराकर उठी... उसकी साँस फूल रही थी, जैसे भागते-भागते रूकी हो।

रुक ही तो गया था सबकुछ, नौकरी, बाहर की भागदौड़ भरी ज़िन्दगी, कमाने का हिसाब, नाम के लिए लैपटॉप पर पड़ती उसकी अंगुलियाँ, बेटी का स्कूल, पति की नौकरी, इस बढ़ते शहर में इस छोर से उस छोर तक आना-जाना, सड़क से आवाज़ों का आना, सब तो थम गया था। सब बंद सा था, तो उसने कई दिनों से करियर और घर के बीच सामंजस्य बनाने के लिए चलते दिमाग़ को भी बंद करना सीख लिया था। कुछ ना चल रहा था, सिवाय पंखे के। एयर कंडीशनर भी बंद था। ना, ख़राब नहीं हुआ था या ऐसा कोई बजट में गड़बड़ भी नहीं थी कि एसी ना चलाने की कसम खाई जाए।

दरअसल इस साल मई के महीने में कोई भारी गर्मी न पड़ी थी, या जाने इस महामारी के आने से याद ही न आया गर्मी को भी कि इस महीने की रातें वो पसीने से तर-ब-तर करने आती है, लेकिन अभी तो सिर्फ़ पंखे में ही काम चल रहा था।

उसने दोनों हाथों से ही चेहरे का पसीना पोछा। बैठे-बैठे उसका हाथ अपने गले में गया। वो हाथ गले पर फिराते हुए, बेचैन होकर कुछ ढूँढने लगी। यहाँ कोई सोने की चैन या हार ना था, उसके दिमाग़ में कौंधा कि वो 'हार्ट ऑफ ऑशियन' या ऐसा कुछ अपने गले में ढूँढ रही है।

जाने क्यों?

क्योंकि अच्छी खासी कमाई होने के बाद भी उसे ज्वैलरी कोई शौक ना था। लेकिन वो जानती थी कि वो 'हार्ट ऑफ ऑशियन' ही है, जिसे वो अपने गले में महसूस करना चाहती है।

उसने मोबाइल में टाइम देखा, सुबह के दो बज रहे थे। अभी बारह बजे ही तो सोई थी वो, टाइटैनिक देखकर। औरों की तरह उसके लड़कपन के दिन भी कई फिल्मों से जुड़े थे। और पसंद की फिल्म के पूरे गीत-संगीत उसके भीतर गूँजते रहते। वो कोई म्यूजिकल फाउण्टेन की तरह उन्हें गुनगुनाती हुई, अपना काम करती।

उन्हीं लड़कपन के दिनों में जब उसने 'टाइटैनिक' देखी थी तो आँखें टिमटिमाते सहेली विद्या को हर सीन बड़े रोमाँच के साथ सुनाया करती। विद्या जो आँखों में चमक लिए कहती कि 'सच, वो गले में सिर्फ़ डायमंड के पेंडेंट को पहनकर अपना पोट्रेट बनवाती है?' यह सवाल करते उसने अपनी पलकों को कितनी ही बार झपझपाया। हथेली पर टिकी ठुड्डी कितनी ही बार फिसली। वो दिल में उठती लहरों को दबाते-छिपाते, आह भरते कहती, 'हाँ, विद्या सिर्फ़ एक पेंडेंट में... उसने शरीर पर उसके सिवा कुछ ना पहना होता है।'

आज उसने इसे दोबारा देखा था। उसके दिल में लहर नहीं, टीस सी उठी, गहरी टीस।

महामारी में इन्हीं सबकुछ थम जाने या रुक जाने वाले दिनों में हर दिन ऐसी ही फिल्में देखी, जो जैसे पीछे कहीं छूट गई थी। 'दिलवाले दुल्हनियाँ ले जाएँगे' वो इन दिनों में चार बार देख चुकी थी।

इस फिल्म की धुनें उसके कई अरमानों से जुड़ी थीं। और दिल तो पागल है... का हर गीत उसने अपने ही प्यार के दिनों से जोड़ रखा था। सब थमने के इन दिनों में ही उसके दिल की बंद सी धड़कनें फिर बढ़ने लगी थीं।

'न जाने मेरे दिल को क्या हो गया...' ये तो वही गाना था, जब उसने उसके घर से निकलते और अपने गाँव की बस में चढ़ते जाने कितनी बार गुनगुनाया था।

उसने एक बार उसे बस से झाँककर देखा, लेकिन हर बार की तरह उसकी उम्मीद को झटका लगा, वो जा चुका था। बस चलने से पहले ही वो जा चुका था। जबकि उसने अपनी नाउम्मीदी में भी उम्मीद लगाई थी कि वो बस दूर चले जाने तक वहाँ खड़ा उसे ताकता रहेगा।

उसने उसे जाते देख, अपनी उम्मीदों को नहीं जाने दिया। 'बाक़ी रिश्तेदार उसे ऐसे देखते तो क्या कहते? शायद यही सोच वो नहीं रूका।'

उसके मन में फिर हूक उठी, 'ऐ वक़्त रुक जा थम जा ठहर जा, वापस ज़रा दौड़ पीछे...'

उम्मीदों से नाउम्मीदी और नाउम्मीदी से उम्मीदों की ओर से बस के उबड़ खाबड़ रास्तों से गुज़रते ख़ुद गुज़रती रही।

कोई आठ दिन रही उसके घर, उसकी बहनों की शादी में। हर वक़्त साथ, सामने। मगर कहाँ थे सामने। उसने तो कभी उसकी ओर देखा तक नहीं। हर दिन वो उसके लिए सजती, संवरती, मगर कोई तारीफ नहीं।

जबकि बारात में आए उस लड़के ने साड़ी पहने देख कैसे कहा था... 'आप बेहद ख़ूबसूरत हैं।'

उसे इस तारीफ की ज़रा भी ख़ुशी नहीं थी। वो जिससे चाहती थी, उसने तो जाने जी भर उसकी ओर देखा भी नहीं।

कितनी ही बार अकेले भी रहे, मगर एक ख़ामोशी थी। वो कुछ बात ही नहीं करता। वो कितना कुछ तो सुनना चाहती उससे। या बस इतना ही कि वो उससे मोहब्बत करता है।

लोग इसे अफेयर कहते, प्यार कहते। मगर उसे तो उसके पास आकर किसी अफेयर या प्यार उसकी ओर से महसूस ना हुआ था। जबकि वाक़ई दोनों प्यार में थे। वो जताता ना था और वो उसके जताने का ही इंतज़ार करती रहती।

जयपुर आई थी, उस पहले ही दिन वो उसके और उसकी बुआ की लड़की यानी अपनी सहेली के साथ कोई तीन किलोमीटर दूर पैदल घूम आए थे। ख़ाली सड़कों पर। बुआ की लड़की दोनों को अकेला छोड़ने के लिए पीछे चलती रही।

वो कितनी ही बार साथ चलते-चलते उसके हाथों की ओर देखती, लगता कि वो हाथ पकड़ चलेगा, वो गुनगुनाएगी 'हाथ मेरा थाम लो, साथ जब तक हो, बात कुछ होती रहे, बात जब तक हो...।'

किस कदर लम्बा रास्ता था वो, मगर बिना उसके हाथ पकड़े कट गया, ख़त्म हो गया। बिना कोई बात किए, वो कहीं भी तो ना पहुँचे थे।

हाँ, घर पहुँच गए थे। उन गीतों की लाइनें भीतर ही लहर की तरह उठती, थमती रही।

कितने सालों से वो एक-दूसरे से प्यार करते रहे हैं। एक-दूसरे से शादी करने की कसमें मन ही मन खाते। वो पहला प्यार ही था। जो कुछ ग्रीटिंग से शुरू हुआ था।

हालांकि ऐसी कोई बात तो उन्होंने आपस में नहीं कही थी, लेकिन अनकहा ही सही प्यार तो था। अरमान भी थे, कि वो जब उससे मिले तो चुपके से उसकी मुट्ठी में 'हार्ट ऑफ ऑशियन' जैसा थमा दे, कोई भी निशानी, किसी अनकही ख्वाहिश के साथ। वो कुछ शरमाते हुए वादा कर देगी कि वो एक दिन बस इसे ही पहनकर उसके सामने आएगी।

लेकिन दिल की दिल में ही रही।

उसने फिर गले में हाथ फेरा। सीने तक उसका हाथ गया। मन में उठी टीस को पकड़ निचोड़ा, ऐसे कि हलक सूख आया।

वो बेड से उठी और किचन से ठंडे पानी की बोतल ले आई। एक घूँट में जैसे बोतल ख़ाली की। इतने में ही पास सो रही बेटी की आँख खुली।

'मम्मा मुझे भी देना।'

उसने चौंककर आवाज़ पर देखा। इसी आवाज़ पर वो नींद से जागी थी। फिर से एक पानी की बोतल लाकर उसने बेटी को पकड़ा

दिया। उसके लेटते ही उसके सिर पर हाथ फिराती अपनी चालीस साला ज़िन्दगी की ओर लौट आई, लेकिन फिर ख़ुद को झूलता सा महसूस किया।

उसने उठकर अपना सिर पकड़ लिया। अपनी बेचैनी किसी भी तरह काबू नहीं कर पा रही थी। उसने ज़िन्दगी में पलटकर देखना कभी सीखा ही नहीं था। और वाक़ई देखा भी न था। कितनी ही बार उससे इस शहर में रहते बात होती, कितनी ही बार मिलते, लेकिन एक आम रिश्तेदार की तरह। कभी किसी तरह की पुरानी ज़िन्दगी की झलक वहाँ नहीं मिलती।

फिर गीत उसके कानों में गूँजने लगे। 'हममें तुममें कुछ तो है, कुछ नहीं है क्या, और कुछ हो जाए तो कुछ यकीं है क्या...'

उसने अपने कानों को भींच लिया। वो दिल नहीं दिमाग़ से परेशान थी कि आख़िर जिन अरमानों को दफन कर दिया था, बरसों पहले, वो अचानक इस आधी रात बाद क्यूँ उस पर हावी होने लगे। ना चाहकर भी वो हर बात याद हो आई, जिसे वो अपनी ज़िन्दगी का हिस्सा मानने से इंकार कर चुकी थी।

गुस्से से उसका सिर फटा जा रहा था। एक आँख से कोई कतरा गिरा और उसके मुँह से निकला, 'तुमने ऐसा क्यों किया, मेरे साथ यह क्यों किया?'

नींद आँखों से दूर थी। वो बैचेन, गुस्से में लेटी, लेकिन करवट लेकर वो फिर कहने लगी, 'तुमने मेरे साथ ऐसा क्यों किया? कितना वक़्त था मेरे पास प्यार को जीने का, लेकिन वो हिस्सा तुमने मुझसे छीना। क्यों छीना? क्यों छीना?' वो उससे सवाल करती रही।

जब सवाल करना था, उसने नहीं किया और बिना गुस्सा किए, बिना शिकायत किए वो ज़िन्दगी में बहुत आगे बढ़ चुकी थी। एक सफल करियर के साथ सफल मानी जाने वाली शादी-शुदा ज़िन्दगी जी रही थी। उसी के मुताबिक़ ज़िन्दगी में कहीं कोई जगह ना बची थी कि वो उसे जगह दे। उसने अपने गुस्सैल स्वभाव तक में उसे जगह नहीं दी थी। कभी नहीं।

'अब क्यों, अब क्यों लौट रहे हो। जाओ। मैं अपनी ज़िन्दगी में तुम्हारी छाया भी नहीं देखना चाहती।'

दिल भर आया, दोनों आँखें टपक रही थी।

'मेरे लड़कपन के हर सपने को तोड़ा, उसे याद क्यूँ करूँ।'

उसने कितनी ही बार इस बात को दोहराया, लेकिन आँख नहीं लग सकी। वो करवटें ही बदलती रही। कोई छूटी कसक थी, जिससे वो कसमसा रही थी।

उसे समझ आ रहा था कि उसने जिसे भुला देना, ज़िन्दगी से निकाल देना समझा था, दरअसल वो उसकी व्यस्त ज़िन्दगी में कहीं दब गया था। और दबी चीजें, बातें, यादें कभी ख़त्म नहीं होती। वो रह, रहकर हाथ लगती हैं, दिल से लगती हैं। वो पीछा करती हैं। किसी से पीछा छूटाकर भागने वाले की तरह वो हाँफ रही थी।

सुबह सात बजे उठने वाली आज, पाँच बजे ही योगा कर रही थी। मगर ना चित्त शांत था और ना ही साँसें।

जबकि वर्क फ्रॉम होम के बाद तो उसने अपनी ज़िन्दगी में बची खुशियाँ हासिल कर ली थी। लॉकडाउन में उसने ज़िन्दगी की कई गिरह खोली थी। भरपूर नींद लेती। आराम से घर के काम करती और ऑफ़िस का भी। बेटी की हर फरमाइश का खाना बनाती।

पौधों का ख़ूब ख़याल रखती। खिलते फूलों को देर तक देखा करती। दिन में कई बार चाय पीती। अपने सपनों का घर ख़रीदने के कोई पंद्रह साल बाद उसे इतना वक़्त मिला कि वो इस घर का हर कोना साफ़ करती, सज़ाती।

दो पेंटिंग भी बना ली थी, रंगों से फिर दोस्ती की। सीढ़ियों पर कितनी ही देर बैठ चाँद देखती, अपने बचपन के इस दोस्त से बातें करती। कितने नंबर जो मोबाइल में ही दबे थे, उन दोस्तों के नाम भी बारी-बारी इन्हीं दिनों याद आए थे। उनसे ख़ूब बातें की। बचपन के साथी सभी कजिन से उसने घंटों वीडियो कॉल किया। घर से ही नहीं यादों की धूल भी छंटी थी। कितना ख़ुश थी, अपने इन नए दिनों। यह लॉकडाउन उसे किसी तरह बैचेन नहीं करता। वो तो इन दिनों को ज़िन्दगी में नए रंग भरने और व्यस्तताओं को पीछे छोड़ नए सिरे से जीने की मोहलत मानती। इस मोहलत का भरपूर फ़ायदा हर पल उठाया भी।

योग में लंबी साँसें ली, फिर भी वो अपने गुस्से को शांत नहीं कर सकी।

लम्बा रास्ता, बिना सोकर उसकी याद में गुजारी गई रातें, उसके रिश्ता भेजना का इंतज़ार, जब फ़ोन हाथ में आया तो उसका कॉल आने का इंतज़ार। नीले हीरे वाला वो दिल।

उसने आज ख़ामोशी में दिन निकाल दिया। शौहर ने ख़ामोशी की वजह भी पूछी।

'ऑफ़िस से हर दिन किसी न किसी की छंटनी हो रही। नए बच्चों का करियर शुरू होने से पहले ही ख़त्म हो रहा, इसी की चिंता होती है।'

उसके हर किसी के लिए चिंतित होने की आदत से वाकिफ शौहर ने आगे नहीं पूछा।

ऑफ़िस का काम करते उसने कई बार फ़ोन हाथ में लिया और रख दिया। अपने मन पर काबू रखने का दम भरने वाली का बस नहीं चला आज। उसने व्हाट्सअप किया।

'हैलो'

दूसरी ओर शायद इसी मैसेज का इंतज़ार रहा होगा।

'हैलो, कैसी हो?'

'हमेशा की तरह बढ़िया।'

'चलो, अच्छा है, हमारी तरह परेशानी भरी ज़िन्दगी नहीं जी रही आप।'

'आप??? किस कदर फॉर्मल हो तुम आज भी। वाक़ई हमारी कभी बन नहीं सकती थी।'

'ऐसा नहीं है। चलो मैं तुम भी नहीं, तू कह दूँगा। फिर तो ठीक रहेगा।'

'मुझे कुछ बात करनी है।'

'कहो, कॉल करूँ।'

'नहीं।'

'बताओ फिर।'

'रात दो बजे से सो नहीं पाई। फिर बहुत कुछ याद आया। तुमने ऐसा क्यों किया? क्यों किया ऐसा?'

'मेरा ही नसीब ख़राब था, वरना तुम्हें मेरी ज़िन्दगी से कोई दूर नहीं कर सकता।'

'बातें मत बनाओ। अपना नसीब हम ख़ुद ही तय करते हैं और हमारा यह नसीब तुमने ही तय किया।'

'नहीं, मैंने कभी नहीं चाहा कि मैं तुम्हें खो दूँ, लेकिन तुमने भी तो साथ नहीं दिया।'

'एक मिनट, तुम मुझे इल्जाम नहीं दे सकते। मैंने तो हमेशा इंतज़ार किया। और वैसे भी तुमने इंतज़ार के सिवा क्या दिया?'

'मैं तुम्हारा गुनाहगार हूँ, मगर ज़रा सी ग़लती तुम्हारी भी है। तुम एक बार कह तो देती कि रिश्ते की बात चल रही है, मैं तुम्हें अपने साथ ले आता।'

'झूठ मत बोलो। तुम जानते थे। तुम्हें पहले ही पता था। बताओ, बताया था या नहीं।'

'हाँ, एक फ़ोन करवाया था तुमने बाजी से कि तुम्हारा रिश्ता आया है।'

'और तुमने क्या कहा जवाब में?'

'मैंने मज़ाक़ समझा, इसलिए मज़ाक़ में कह गया...'

'कि रिश्ता आया है तो कर ले शादी। है ना? तो कर ली मैंने।'

'यकीन जानो मैंने मज़ाक़ ही समझा।'

'नहीं, तुम जानते थे कि यह मज़ाक़ नहीं था। तुमने मेरी ज़िन्दगी, मेरे अरमानों के साथ मज़ाक़ किया।'

'अल्लाह कसम, इस वक़्त भी मेरी आँखों से आँसू बह रहे हैं। तुम आज भी मुझसे जुदा नहीं हो। और तुम्हारे दिल आज भी मैं हूँ, वरना इतनी रात तुम क्यों याद करती।'

'झूठ, झूठ बोलते हो तुम। और कोई याद नहीं आई मुझे तुम्हारी। बस तुम्हारा इग्नोरेंस ज़रूर याद आया और गुस्सा भी।'

'तुझे सोचने की मोहलत रात की तनहाइयों ने दी,
जो तनहाई में याद आए उसकी अहमियत क्या होगी?'

'अब इन बातों का कोई असर नहीं हो सकता। जब वक़्त था, तब तुम कहाँ थे?'

'जहाँ भी था, तुम्हारा ही था। बताओ, क्या रो, रोकर मैंने नहीं माँगा तुम्हें तुमसे?'

'हाँ, जब सगाई हो गई तब याद आया तुम्हें फ़ोन करना। उससे पहले कहाँ थे?'

'मुझे नहीं पता था कि मेरी लापरवाही इतनी बड़ी है कि हम अलग हो जाएँगे। तुमने भी शादी के लिए हाँ कहने से पहले एक बार भी नहीं सोचा?'

'क्या सोचती? और क्यूँ सोचती। बताओ। कोई वजह, कोई विश्वास दिया था तुमने कि मैं हर रिश्ते को मना करती जाऊँ। मेरे घरवाले कितना परेशान हो गए थे। सिर्फ़ तुम्हारे रिश्ते का इंतज़ार करते, लेकिन तुम्हारा घमंड ही अलग था। जाने क्या समझते थे अपने आपको?'

'वो घमंड तो तुमने तोड़ दिया ना एक ही झटके में। डैडी ने कितनी बार कहा कि तुम अपना रिश्ता वहाँ से तोड़ दो, वो तो तैयार थे तुम्हें यहाँ लाने को।'

‘क्यूँ तोड़ती रिश्ता। इतना प्यारा रिश्ता मिला। आज बेहतरीन रिश्ता जी रही हूँ मैं। वैसे भी तुम्हारा और मेरा कोई मेल था ही नहीं।’

‘नहीं, हमसे बेहतर रिश्ता कोई ना होता दुनिया में। मैं तुम्हें इतना ख़ुश रखता।’

‘फ़िक्र ना करो, ख़ुश आज भी हूँ। बस तुम्हारा रुख़ापन याद आया तो शिकायत कर दी। वरना तो मैं तुम्हें इस लायक नहीं समझती कि शिकायत भी करूँ।’

‘जितना भी गुस्सा कर लो, तुम्हारी ज़िन्दगी में मेरा भी कहीं कुछ हिस्सा है, कि आज तुम मुझसे ये बातें कर रही हो।’

‘नहीं, कुछ नहीं है। कुछ भी नहीं। बस गुस्सा है। तुमने मेरे ख्वाबों से खेला है। जिस उम्र के अरमान ज़िन्दगी का हासिल होते हैं, वो हासिल तुमने छीने मुझसे।’

‘मैं तो आज भी तुम्हारे साथ हूँ, हमेशा रहूँगा।’

‘कोई ज़रूरत नहीं है मुझे इस साथ की। जिसने सामने रहते भी कभी पलटकर नहीं देखा, उसकी ज़रूरत किसे होती है?’

‘तुम्हारी हर शिकायत मानता हूँ। ग़लती मेरी है। उसी को भुगत रहा हूँ। जो रिश्ता मैं जी रहा हूँ, वहाँ यही लगता है कि मैं तुम्हारी कोई बद्दुआ जी रहा हूँ।’

ना चाहते हुए भी उसके आँसू बह निकले। अपनी आँखें साफ़ करते, गीले हाथों से वो रूड जवाब लिख रही थी।

‘मैंने कभी कोई बद्दुआ नहीं दी तुम्हें। एक शिकायत रह गई थी, वो कहना था बस, इसलिए मैसेज किया।’

'मैं भी इंतज़ार कर रहा था बरसों से कि तुम शिकायत तो करो। और करो। जितना कहना है कह लो, लेकिन हम दोनों के बीच जो दिल का रिश्ता है, वो हमेशा रहेगा।'

'मुझे क्या करना है तुमसे रिश्ता रखकर? वैसे भी हमारी शादी हो जाती तो भी हम ज़्यादा दिन साथ ना रहते। हम दोनों की सोच बहुत अलग है। बहुत अलग।'

'नहीं, तुम ग़लत कह रही हो। हम एक जैसा सोचते हैं।'

'मैं तुम्हारे जैसी नहीं हूँ कि किसी को उसके अरमानों के साथ छोड़ दूँ।'

'तुम कहो, कहो तुम। जो कहोगी करने को तैयार हूँ। मगर यह मत कहो कि हम अलग हैं। देखो हर शाम मैं क्या देखता हूँ?'

उसने एक के बाद एक कई सारे ग्रीटिंग्स भेज दिए। मुहब्बत से भरे। नीचे नाम की जगह लिखा था, 'यू नो वेरी वेल।'

ये तो उसी के भेजे ग्रीटिंग्स थे। वो कोई मौक़ा ना छोड़ती उसके पते पर ग्रीटिंग्स भेजने के। नया साल, ईद, उसका बर्थ डे। और कभी यों ही। कितनी तरह से उसने बिना कहे, अपनी मुहब्बत का इजहार किया था। बार-बार।

उसने उन ग्रीटिंग्स की तस्वीरों को कितनी ही बार देखा, पढ़ा। ख़ूब रोई। जो रात को ज़ख़्म हरे हुए थे वो अब 'हार्ट ऑफ ऑशियन' की तरह नीले हो गए थे। वो जख्मी थी।

'कितना कुछ है तुम्हारे पास याद करने को और मेरे पास सिवाय तकलीफ़ के कुछ नहीं। दिया ही क्या तुमने?'

'एक ही सही, पहले ग्रीटिंग भेजने की शुरुआत तो मैंने ही की थी। उसी से हमारे रिश्ते की शुरुआत हुई थी। है ना?'

'वो तो मैंने हमारी शादी की उस झूठी आख़िरी उम्मीद से बहुत पहले ही जला दिया था।'

दोनों ओर दो लोग दर्द से कराह रहे थे।

'तुम जलाकर उस याद को दफना नहीं सकती।'

'दफन कर दिया मैंने। हर याद को भी। कुछ मिस नहीं करती मैं। कितना बड़ा कम्युनिकेशन गैप था हमारे बीच, एक-दूसरे के नंबर होते हुए भी। कभी तुम्हारा मन नहीं किया कि मुझे एक कॉल ही कर लेते।'

'बहुत मन करता, लेकिन लगता कि तुम किसी मुसीबत में ना पड़ जाओ।'

'ज़्यादा बनो मत। जानते हो कि मेरे घर में ऐसी कोई बंदिश नहीं थी। आज़ाद ख़याल ज़िन्दगी जी है आज तक। मुझसे ज़्यादा तो मेरे घरवाले इंतज़ार करते तुम्हारे इशारे का, ताकि मैं अपनी मर्जी से शादी कर पाऊँ। मुझसे ज़्यादा उन लोगों ने चाहा, तुम जानते हो।'

'यही तो ग़लती रही कि सब जानकर अनजान बना रहा। यह शिकायत तो मुझे ख़ुद से भी है। लेकिन उसकी बड़ी सज़ा मैंने ही पाई। आज तक पा रहा हूँ।'

'मुझे नहीं सुनना यह सब। बस एक शिकायत रह गई थी। जो कर दी। ताकि यह भी बाक़ी ना रहे हमारे बीच। तुम जानते हो, मैं दिल में कुछ नहीं रखती।'

‘याद है मुझे, तुमने साफ़ कहा था कि तुम मेरे लिए उस सगाई को नहीं तोड़ोगी।’

‘तुम यह भी जानते हो कि मैं कभी पलटकर नहीं देखती युसुफ।’

‘मैं जानता हूँ अमरीन, लेकिन यह यकीन पुख्ता हो गया कि हमारा रिश्ता हमेशा रहेगा।’

‘यह ख़ुशफहमी मत पालना। मैंने तुम्हारी ये बातें सुनने के लिए मैसेज नहीं किया। बाय।’

‘नहीं अमरीन, मेरे ज़ख़्म अब बहुत दर्द देते हैं। ऐसा नहीं हो सकता कि तुम्हारी आँख में आँसू ना आए।’

कोई लम्बी ख़ामोशी थी। उसने मोबाइल बंद किया और फिर ऑन किया।

उसका आख़िरी मैसेज उसने नोटिफिकेशन में ही पढ़ा और व्हाट्सअप पर आकर डिलीट कर दिया, ताकि अनरीड ही रह जाए। फिर जाने क्या सूझा कि उसे ब्लॉक ही कर दिया।

उसने लंबी साँस ली। महसूस किया कि जो शिकायत के तौर पर कुछ बचा था वो भी डिलीट कर दिया।

शाम से वो फिर एक्टिव सी नज़र आई। सभी पौधों को पानी पिलाया। देर तक सीढ़ीयों में बैठ गाने सुने। रात गए बेड पर आकर लेटी ही थी कि एक बेचैनी फिर सवार हुई।

उसने अंधेरे में यहाँ-वहाँ हाथ मारकर तकिया उठाया। सीने से कसकर सटा लिया। किसी उभरते दर्द का गला दबा रही थी कि कान में कोई सरसराहट हुई।

'एवरी नाइट कीप दिस कार्ड अंडर योअर पिलो, अ थिंक्स अबाउड मी। योअर्स, अ विल बी योअर्स, युसुफ'

उसने कितनी ही बार उन शब्दों को रटा, कहीं भी ना अटकी। लगातार बोले जा रही थी। वही जो सालों में कभी उसके जहन में उभरे नहीं, जिन्हें उसने उस जलते हुए कार्ड में राख कर देने की नाकाम सी कोशिश की थी। वही एक अकेला कार्ड जो इकलौती प्यार भरी याद की तरह उस पर उमड़ पड़ा। उसके ऊपर ब्लैक एंड व्हाइट तस्वीर थी, जिसमें झूले पर बैठे एक लड़का और एक लड़की एक-दूसरे को चूम रहे थे। अंदर से बिल्कुल सुर्ख, किसी के दिल के जैसा। जिस पर गहरे गड़ाकर लिखे गए अक्षर थे.... एवरी नाइट कीप दिस कार्ड, अंडर योअर पिलो, अ थिंक्स अबाउट मी, योअर्स, अ विल बी योअर्स....

■

14

बुगले की चोंच और दिल्ली दरवाज़ा

आसमान में उड़ते बुगलों (समूह में उड़ते बगुले) को उसने फिर देखा। वो जाने क्यों उनकी उड़ान में खो जाती। नीले आसमान के नीचे गुलाबी चोंच की सफ़ेद रुई के गाले उड़ते से दिखते और वो मचल जाती। कोई 400 वर्ग गज की इतनी बड़ी छत पर वो उछल-उछल ताली बजाती कि उसकी दोनों चोटियाँ उसके साथ उसके भरे सीने पर उछलती।

'बुगला-बुगला चांवल दे, आग्गै जातो जातो दिल्ली को दरवाज़ों ही खोल दीजे।'

वो एक बार, दो बार और जाने कितनी ही बार इन पंक्तियों को दोहराती जाती। जब तक इस एक और शाम में बुगलों के समूह खीं खीं करते आँखों से ओझल ना हो जाते। यह शाम उसे सफ़ेद ही मालूम होती। आसमान नीले से सफ़ेद और गुलाबी चोंचों में बदल जाता और उसका मन गुलाबी-गुलाबी हो जाता। दोनों हथेलियाँ वो अपने सीने पर बाँधे रखती। जैसे कोई कौतूहल सा है, उनके जाने में और उसके इन पंक्तियों को दोहराने में। मग़रिब की अज़ान तक वो उन बुगलों से ख़ाली हो चुके आसमान को देखती रहती।

बुगलों के लिए यह पंक्तियाँ इस ओर हर छत से सुनाई देती। यह उन बच्चों के लिए जानी पहचानी पंक्तियाँ हैं, जो मारवाड़ के इस इलाके में नब्बे के दशक तक पैदा हुए। दिल्ली का कौतूहल हर बच्चे में हुआ करता और जाने किसने इस कौतूहल को बुगलों के साथ जोड़ इन पंक्तियों को रच डाला। जो सीमा के जवानी में कदम रखने पर भी उसके बचपने को छूटने नहीं देती।

'सीमा, ओ रे सीमा। जब तीनों वक़्त मिला करें (दिन, शाम और रात) तब तो नीचे आ जाया कर। बावली हो रखी है बुगलों के पीछे। क्या पता जो इस वक़्त कोई उपरी फैंट (किसी तरह के भूत-प्रेत का असर) में आ गई होगी।'

वजू कर नमाज़ पढ़ने जाती उसकी अम्मी ने खीजते हुए उसे आवाज़ लगाई।

खिलखिलाती सीमा का चेहरा बुझ गया। अम्मी की कही इस आख़िरी बात को वो गहराई में समझती और उतनी ही गहरी उदासी गें सिमट जाती। उसका गुलाबीपन जाता रहा। अम्मी रोज़ाना उसे इसी तरह बुलाती और रोज़ाना इस वक़्त वो बुझ जाती। इस बुझने को छिपाती वो चौक से लेकर सारे कमरों की लाइट जला देती।

अपने बुझेपन में वो दरी पर बैठी उसे देर तक कुरेदती रहती। सत्रह साल की हो गई और बुगलों के लिए उसका बचपना नहीं गया और शरीर से भी शायद।

अम्मी कहती, 'ये खेजड़ी जैसा कद दे दिया अल्लाह ने, औरत का शरीर भी दिया, पर उपजाउपन न दिया।'

वो घुटनों में सिर घुसा देती। जाने क्या-क्या दवाइयाँ की गई उसके लिए। जाने किस-किस डॉक्टर को दिखा दिया। इस परबतसर

से अजमेर तक के क्लिनिक छान लिए गए। झाड़ फूंक वालों का तो हिसाब ही नहीं। इन झाड़ फूंक वालों को खर्चा डॉक्टरों से भी दोगुना दिया उसके अब्बा ने। वो वर्दी वाले पीर साहब तो एक बार के दो हज़ार ले लेते। इस पर घरवालों का आने-जाने का खर्चा अलग। हर बार लौटते हुए अब्बा ख़ूब बड़बड़ाते।

'जाने कौनसे मनहूस टैम में पैदा हुई है। इसके बाद कोई दूसरा बच्चा न लग सका और ख़ुद भी अधूरी ही रहेगी शायद।'

वो नफ़रत से मुँह फेर लेते। अम्मी भी कोई मौक़ा देख उसके सिर में हाथ दे मारती। वो पूरे रास्ते उदास सी अपने सीने में मुँह घुसाए बैठे रहती। जबकि हर बार घर से निकलने से पहले सोचा करती कि इस बार पूरे रास्ते कुछ न सोचूँगी। बस देखूंगी, रेत के टीले और पीछे छूटती खेजड़ियों को। लौटते बस आसमान देखूंगी कि यह बुगले किस ओर से परबतसर तक पहुँचते।

पर उसका यह सोचना धरा रह जाता।

'ऐसे तो बुगले भी नहीं लौटते अपने घर को। वो तो कितनी ख़ुशी-ख़ुशी पूरे परिवार के साथ खीं खीं करते, चमकती काली आँखों के साथ लौटते। उनकी गुलाबी चोंच का गुलाबीपन लौटने के नाम पर ही चमकता शायद। मेरे और उनके लौटने में कितना फ़र्क़ है।'

सोचा- 'वो बुगला थोड़ी है कि पूरा परिवार एक सा हँसता दिखाई दे। उसके पास पर भी तो नहीं, नहीं तो ऐसे परिवार को छोड़ वो उड़ ही जाए।'

उसका रंग उन बुगलों से कम सफ़ेद न था। उसके गालों पर गुलाबी रंगत छाई रहती। भरे हुए बदन को देख, हर जवान आह ज़रूर भरता और वो सपने देखने लगती, लेकिन अम्मी और अब्बा

उसकी कमी को जिस तरह से देखते, उसके सपनों की जगह उदासी पसर जाती। वो अपनी शरीर की कमी को जैसे अपनी ज़िन्दगी की कमी मानती। ज़िन्दगी भी तो गोल-गोल उस कमी के आसपास ही चक्कर काटती जाती, कभी उसके सपनों के साथ नहीं चलती। चलती भी कैसे घर, रिश्तेदार हो या कोई जानकार, सब उसे ऐसे ही तो देखते। कुछ तरस भरी निगाह से, तो कुछ चुभती निगाह से।

कमी... कमी क्या थी, बस इतना कि उसकी माहवारी अब तक शुरू नहीं हो पाई थी। डॉक्टर कहता शरीर तो पूरा बना, मगर हार्मोनल प्रॉब्लम से महावारी नहीं आ सकती। ख़ूब दवा-दारू करवाने के बाद भी उसके उस शरीर ने ख़ून न उगला, जो उसके पूरेपन की गवाही देता।

उसकी हमउम्र सभी सहेलियों और रिश्तेदार बेटियाँ हर महीने माहवारी से गुज़रती, बल्कि उनमें से तो कई 12 साल की होते तो कई उम्र के 13वें साल में माहवारी से गुज़रने लगी थीं। कईयों का इन दिनों पेट भी दुःख जाया करता, लेकिन सीमा को देखते ही उनका वो दर्द भी जाता रहता। चेहरे पर उभरी तकलीफ़ ख़ुशी बन जाती।

सीमा को अपनी इस कमी पर कभी इतना गुस्सा आता कि वो इससे निजात पाने को ख़ुद ही कई इलाज ले लेती। जब भी उसकी कमी उस पर ज़्यादा हावी होती, वो किसी पागल की तरह, यहाँ-वहाँ कुछ खोजने लगती। गर्म मसाले के डिब्बे से ख़ूब सारे लोंग छांट, हथेली भर पानी के साथ निगल जाती। कितनी ही बार उसने अख़बार या मैग्ज़ीन में पढ़ा कि लोंग इतना गर्म होता है कि लड़कियों की माहवारी बढ़ जाती है। वो अपने जिस्म के उस हिस्से से ख़ून

निकलने के इंतज़ार में वो हर गर्म तासीर वाली चीज निगल लिया करती। कई बार वो पेशाब करते ख़ूब ज़ोर लगाती कि शायद ज़ोर लगाने से ही उसके पेशाब की जगह ख़ून निकल आए।

जब उसका कोई नुस्खा काम न करता तो बुगलों को देख रोती। कहती, 'मुझे भी साथ ले चलो ना कहीं, जहाँ मेरी कमी साथ न चले।'

फिर उनकी खीं खीं सुनते ही जैसे वो रोना भी भूल बैठती। उसके मन में नीला आसमान, सफ़ेद रुई के गाले से बुगले और उनकी चोंच कौतूहल भर देते। वो उछलती पंक्तियों को दोहराती।

'बुगला बुगला चांवल दे, आगे जातो जातो दिल्ली को दरवाज़ो ही खोल दीजै।'

'अब कोई रिश्ता देख ही लो। देखो हकीम साबह कह चुके कि शादी के बाद हो सकता है कि यह ठीक हो जाए। कोई आदमी छू ले तो भी औरत का बदन हरकत में आ ही जाती है।'

उसकी अम्मी ने पान बनाकर उसके अब्बा के हाथ में देते हुए कहा।

'हकीम साहब ने तो कह दिया है। पर जो, शादी बाद भी माहवारी ना आई तो।'

'शायद नहीं, पक्का ही आ जाएगी। अब देखो, लगे तो कित्ती ख़ूबसूरत है हमारी सीमा। कोई कमी नहीं। जो औरत ना होती तो बचपन में ही पता चल जाता। बस वो क्या कहते हैं, हार्मोन की कोई कमी रह गई।'

‘इसके लिए रिश्ते भी कहाँ हैं? पूरी रिश्तेदारी के लोग इसकी कमी जानते हैं। कोई अपने घर की बहू क्यों बनाएगा?

‘अब तो रिश्तेदारों से बाहर भी लोग बेटी देते हैं। हम भी कहीं बाहर ही देख लें?’

अब्बा ने अम्मी की हाँ में हाँ मिलाई।

और उन बुगलों को देखते-देखते सीमा 18 की हो गई, पर उसे उस सालगिरह का भी कोई उत्साह न था। होता भी क्यूँ। घर में तो उसकी सालगिरह के दिन भी मातम पसरा था। अब्बा कभी इस पलंग पर तो कभी उस कुर्सी पर पान चबाए कुछ सोचते दिखाई देते। अम्मी ज़रूर आज के दिन बरतन ज़रा ज़ोर से रख रही थी। इसी से ही सही, यह मातम जैसा सूनापन कम हो रहा था।

और एक दिन ऐसे ही अम्मी और अब्बा उसे घर पर ही छोड़ दिल्ली चल दिए। रफीक अंकल के साथ, जो अब्बा के बचपन के दोस्त थे। उनका ससुराल वहाँ दिल्ली में ही कहीं था। उसने देखा था अम्मी उसकी कुछ तस्वीरें अपने बैग में डाल रही थीं।

लेकिन ऐसे रूमानी ख़याल सीमा के लिए बने नहीं थे।

अपने अम्मी-अब्बू के आने के बाद से वो ख़ुश थी। इसलिए नहीं कि उसकी बात पक्की हो गई है, कुछ महीनों बाद उसकी शादी हो जाएगी। बल्कि वो इस बात पर ख़ुश थी कि वो अम्मी-अब्बा के बिना आराम से जी पाएगी। कोई चुभती नज़र उसका पीछा न किया करेगी, कोई तंज न करेगा और उसकी मुस्कुराहट पर कोई भी उसके सिर पर अम्मी की तरह हाथ ना दे मारेगा।

वो बुगलों को देर तक देखेगी और उछल-उछल ताली भी बजाएगी। कोई अम्मी की तरह तंज करते लहजे में आवाज़ न देगा, तो उसकी ज़िन्दगी अपने आप ही आसान और ख़ुशनुमा हो जाएगी।

बुगलों ने आख़िर उसके लिए दिल्ली का दरवाज़ा खोल दिया था। वो दिल्ली, जहाँ हर कोई जाना चाहता, देखना चाहता कि दिल्ली का दिल कितना बड़ा है?

दिल का तो पता नहीं, लेकिन यहाँ का घर बहुत छोटा था। दो दिनों बाद उसने कमरे से बाहर झाँका था। उसका कमरा और सीढ़ियाँ, बस इतना ही। एक सीढ़ी का छोर नीचली मंजिल की ओर जाता, जहाँ ज़रा सी रसोई और सास-ससुर का छोटा-सा कमरा।

जाहिद पहली रात से ही उसे ख़ूब प्यार करता, वो कोई सपनों का राजकुमार न था, लेकिन उसकी पिछली तल्ख ज़िन्दगी से अच्छा था और उसके लिए इतना काफ़ी था। इस एक महीने में उसने एक बार भी परबतसर जाने का नाम तक न लिया था। दिल्ली का यह जाफराबाद इलाका उसकी खुशियों का नया, बिल्कुल नया घर था।

खुशियों को ख़ुद की भी नज़र लगा करती है, इसलिए यह ज़्यादा दिन नहीं रहती।

एक सुबह... चाय लेते सास ने सीमा से कहा, 'ज़रा जल्दी काम निपटा लेना, 11 बजे क्लिनिक बंद हो जाता है।'

'क्लिनिक, क्यों? किसे दिखाना है?'

'अरे, महीना पूरा होने को आया और तुम्हारी माहवारी नहीं आई, मतलब दिन चढ़ ही गए। ख़ुशखबरी आने को है मेरे घर में।' सास ने ख़ुश होते हुए कहा।

उसे पता था कि सास जो सोच रही हैं, वो झूठ है। जो उसने नहीं बोला, लेकिन यह फिर से उसे उसी ज़िन्दगी में ठेल देगा, जिसे ख़ुद से छिटककर वो यहाँ तक आई। दिल्ली दरवाज़े तक। लेकिन वो किसी भी अंधेरे से डर कर झूठ नहीं गढ़ सकती।

'अम्मी, ऐसी बात नहीं है।' वो हिचकते हुए उनके पास बैठ गई।

'दरअसल मुझे माहवारी आती ही नहीं। अब तक कभी नहीं आई।'

'क्या? ऐं? क्या कह रही तू? माहवारी नहीं आती तुझे।'

'नहीं।'

'हें, इतना बड़ा धोखा। तेरे माँ-बाप ने तो कभी बताया ही नहीं और बांझ जिस्म को मेरे फूल से बेटे के साथ बांध दिया।'

उसने उनका हाथ पकड़ शांत करने की कोशिश की।

'धोखा नहीं दिया, उन्हें किसी हकीम ने कहा था कि शादी के बाद ठीक हो जाऊँगी।'

'तो ठीक करने के लिए हमारा ही घर मिला तुम्हें। इसलिए इत्ता दहेज दिया कि बेटी का ऐब छिप जाए। पर हम इस ऐब पर माफ़ नहीं कर सकते तुम लोगों को।'

'क्या हुआ सीमा? अम्मी ये सब क्या कह रही थीं? तुमने तो कभी बताया ही नहीं?' जाहिद ने बोला।

'कभी याद ही नहीं आया कि इस बारे में भी बात करनी है, वरना मैं तो पहले ही सब बता देती। मुझे लगा, मुझमें कोई कमी

होती तो पहली रात ही पता चल जाती। लेकिन तुम और मैं तो पहली रात से ख़ुश हैं तो मुझे भी लगा यह कोई कमी नहीं।'

'लेकिन तुम्हें समझना चाहिए कि जिस्म की सारी हरकतों में यह भी ज़रूरी है।'

'कितना ज़रूरी है? हाँ, बताओ कितना ज़रूरी है? आज बताओ मुझे, मेरे वजूद से, मेरे अरमानों से, मेरे होने से ज़्यादा ज़रूरी है ये? क्यों ज़रूरी है? क्यों?'

'हमारे माँ-बाप होने के लिए ज़रूरी है।' जाहिद ने उसके सिर पर हाथ फिराते हुए कहा।

'वो तो जिनको माहवारी आती है, वो भी नहीं बन पाती। ऐसे लोग भी तो ज़िन्दगी जीते हैं ना। हम क्यों नहीं जी सकते। हम दोनों अपनी रातों को रूमानीपन के हवाले करते हैं ना। एक-दूसरे के जिस्म को हम पूरा कर ही देते हैं ना, उसमें तो कभी कोई कमी नहीं लगी?'

'हाँ, नहीं लगी, ठीक है हम यहाँ किसी डॉक्टर को दिखा लेते है।'

'नहीं, नहीं जाहिद। मैं जानती हूँ डॉक्टर क्या कहेगा और यह भी जानती हूँ कि बिना बच्चों के भी ज़िन्दगी जीने का हक़ है मुझे। तुम मेरे साथ चलो, हम कहीं ओर रह लेंगे। बच्चे तो कभी भी गोद ले सकते हैं।'

जाहिद बिना कोई जवाब दिए चला गया।

'अम्मी, यह क्या कह रही हैं आप? मैं तलाक नहीं दूँगा, सीमा इलाज के बाद ठीक हो जाएगी।'

जाहिद की बात पर अम्मी बेलगाम हुई जैसे।

‘किसे पागल बना रहा है। इसके माँ-बाप ने भी पीछा छुड़ा लिया, फ़ोन पर कह रहे थे कि आपको जो करना है करो, वो इसकी ओर नहीं देखेंगे। और मैंने साफ़ कह दिया है कि जो बच्चा नहीं जन सकती, वो तेरी बीवी नहीं रहेगी।’

और उन्होंने सीमा का हाथ पकड़ घसीटते हुए बाहर निकाला। वो सीढ़ियों के पास जा गिरी।

‘जा यहाँ से, तलाकनामा पीछे भेज देंगे।’

सीमा चिल्ला उठी।

‘मेरे माँ-बाप के साथ आपको भी परेशान होने की ज़रूरत नहीं। तलाकनामा मत भेजना, बेटे से कहो कि अभी सभी की मौजूदगी में ही तलाक दे। जिसे मेरे वजूद को नहीं मानना, मैं उसके साथ नहीं रहूँगी।’

जाहिद उसे हैरत से देख रहा था, उसने सीमा का हाथ पकड़ा और सीमा ने हाथ छुड़ा लिया।

‘किसी को मेरी वजह से कोई परेशानी नहीं होगी अब।’

‘सीमा, क्या कह रही हो? अम्मी को समझा लेंगे हम।’

‘नहीं, मैं अब किसी को समझाना नहीं चाहती। ना किसी का साथ चाहती हूँ। जो मुझे हर वक़्त, मुझमें कमज़ोरी दिखाता रहे, वो कोई साथ नहीं चाहिए। मैं अपने लिए ख़ुद जी लूँगी। ख़ुद के लिए ख़ुशी भी ख़ुद ढूँढ लूँगी। बस, ये जालिम निगाहें और नहीं चाहिए मुझे अपनी ज़िन्दगी में।’

जाहिद से हाथ छुड़ा वो घर से निकल ली।

जाने कहाँ तक पहुँची कि शाम की लाली में दूर कहीं भी उसे बुगले दिखाई नहीं दिए। उसने आँसू पोंछते आसमान को देर तक ताका। अपने प्यारे बुगलों की तरह वो उस दिशा में वापस नहीं लौटी, जहाँ से वो आगे बढ़े गई।

बेवा सफीना, जो जाफराबाद के उस घर की छत पर रोज उससे मिला करती, एक ही दीवार थी दोनों घरों की। शाम को दोनों देर तक बातें करतीं। सीमा ने सफीना को बताया था अपनी कमी के बारे में और अपने डर के बारे में, जब सफीना ने बताया था कि वो एक एनजीओ में काम करती हैं, कई जगह उसकी जान-पहचान है।

उसी ने किसी दिन कहा था कि ज़रूरत पड़ेगी तो वो साथ देगी। सो सफीना ने दिल्ली के चाँदबाग की कच्ची बस्ती में टीन डला कमरा दिलवा दिया। कमरा भी क्या था, एक लोहे के कमज़ोर से गेट से बंद ज़रा सी जगह थी। जहाँ सिलाई मशीन, उसका संदूक, एक बिस्तर, जो भी सफीना ने दिया था, इतना ही सामान था। कोने में गैस स्टोव और दीवार पर टंगी लकड़ी की रेक में मसाले जमा थे। बाक़ी बची जगह में वो सो सकती थी। बस इतना ही।

वो अपने परबतसर के 400 वर्ग गज के घर के आँगन में बने गुसलखाने जितनी ही इस जगह में रहकर भी ख़ुश थी। कभी-कभार बदन में आग लगती तो जाफराबाद का जाहिद ज़रूर याद आ जाता, मगर वो उसे भी छिटक देती।

बदन की आग मिटाने वैसे भी अब सफीना उसके साथ थी। उस एक जने के सोने जितनी जगह में वो दोनों भी सो जाती। एक-दूसरे का अकेलापन और अधूरापन वे ब-ख़ूबी मिटा लेतीं।

सफीना शाम तक अपने काम से कमरे पर लौटती, तो सीमा चाय तैयार रखती और सिलाई मशीन अपनी जगह रख, तसल्ली से इस टीन के नीचे चाय पी जाती।

‘सीमा, तेरे गठीले बदन को पहली बार देखकर ही मेरा मन जाने क्या-क्या सोचता। लेकिन अल्लाह कसम तेरा फ़ायदा उठाने का मैंने कभी नहीं सोचा। शायद मेरी नज़र ही लग गई कि जाहिद की गोद से सीधे मेरी गोद में आ गई।’

‘अल्लाह का शुक्र है। कोई तो अच्छी नज़र लगी मुझे। तेरी गोद में आकर भी फ़ायदा तो मेरा ही हुआ ना।’ सीमा ने कहा।

सफीना ने उसे चूम लिया।

‘पता है, जाहिद अच्छा था। मतलब रात में उसका साथ ख़ूब अच्छा लगता कि दो बार भी कम लगता। लेकिन तुझसे मिलकर तो लग रहा कि वो खिलाड़ी तुझसे तो कच्चा था।’ सीमा ने आँख मारी।

‘तुझे मालूम है ना दुनिया का ऐसा कोई भी काम नहीं, जो मर्द कर सके और औरत नहीं।’

रात होने से पहले ही उनके कमरे का दरवाज़ा बंद हो चुका था।

जिस्म और रूह का पूरापन लिए सीमा की इस ज़िन्दगी में ख़ून बहने की ज़रूरत या बात ख़त्म हो चुकी थी।

बुगलों ने सच में सुन लिया था और उसके लिए दिल्ली और दिल का दरवाज़ा हमेशा के लिए खुल गया था।

■

15

भुखमरी की नगरी में दिवाली

उस दिन शहर ख़ूब रोशन था, ख़ूब रोशन। इतना कि आकाश के सितारों को शर्म आ रही थी। जैसे वे चाँद के सामने अपने को कमतर समझते होंगे, वैसे ही आज वो इस शहर, इस शहर ही क्यूँ पूरे देश की रोशनी के सामने अपनी गर्दन सीने में घुसाए शर्म से टूटते जा रहे होंगे। तारे शर्म से भी टूटते हों, ऐसा शायद इस ब्रह्मांड में पहली बार ही हुआ हो। यह भी तो पहली बार ही हुआ होगा, जब बरसों की भुखमरी के साथ एक वैश्विक महामारी से जूझता कोई शहर, कोई कस्बा, कोई पूरा देश, महादेश रोशनी में नहा रहा हो, बजाय इसके कि एक प्राकृतिक आपदा के समय चेहरे स्याह पड़ जाए, रोशनी बेजार करने लगे, भीतर से बाहर तक के अंधेरे की सुध न हो, उन दिनों में भी कोई उत्सव होता होगा? इतनी रोशनी होती है भला?

होती है ना, देखो तो कितनी रोशनी है। इस इक्कीसवीं सदी के दूसरे दशक के अंतिम साल में शायद यह सदी की सबसे बड़ी महामारी थी। ऐसा टीवी और अख़बार वाले कहते। लेकिन इस देश में तो इससे बड़ी भी महामारी पहले ही थी, जिससे हर दिन कई मरते

पर यह रपट कोई टीवी या अख़बार में पढ़ना नहीं चाहता, मतलब यह ख़बर बिकती ही न थी।

ख़ैर, बात रोशनी की कर रहे थे, ऐसा भी नहीं कि हर कोई उत्साह में था, हर चेहरा रोशन था। कुछ अंधेरे में भी थे। कुछ नहीं बहुत सारे। वो जो अंधेरों में पैदा होते हैं, अंधेरा उनका नसीब नहीं होता, वो तो जानबूझकर अंधेरों के लिए शापित कर दिए जाते हैं।

तो हर घर की चौखट, दीवारों से लेकर बालकनियों, छतों, छतों से टंगी कंदीलों, झूलती झालरों तक से रोशनी फूट रही थी। इसी रोशनी से जगमगाते शहर की टोंक रोड की इस महावीर कॉलोनी के सबसे आख़िर की कच्ची बस्ती भी जगमगा रही थी। झुग्गियों में कहीं लाइट नहीं थी। हाँ, हर घर के आगे आज दीए झिलमिला रहा था, जो बस्ती को रोशन कर रहे थे। बुझे हुए तो वैसे इन झुग्गियों के भीतर थे। सहमे, डरे।

हाँ, इस जगमगाती दिवाली सी रात में भी सब डरे-सहमे ही थे।

सुना था इस शहर में वायरस का फैलाव हो रहा है। जानें ले रहा है, लेकिन बस्ती के लोगों को पक्का यकीन था कि वायरस का असर उन पर नहीं हो सकता। वायरस से वे लोग नहीं मरेंगे। ऐसा वायरस जो विदेश से आया हो, वो इन झुग्गियों का रुख़ क्यों करेगा भला? सवाल उनका सही ही था। जिन झुग्गियों का रुख़ सिर्फ़ चुनावों के वक़्त कोई-कोई करता है, वहाँ इस वक़्त वो लोग तो क्या कोई वायरस भी नहीं आ सकता।

हाँ, इस जगमगाहट को हर बच्चा कौतूहल से देख रहा था, वहीं मनु आज झुग्गी के भीतर ही था। उसके काले चेहरे पर आँसुओं की लकीरें खुदी हुई थी। उसकी आँखें कुछ फटी हुई थीं। एक दिन

पहले कोई सुबह के वक़्त आधा पेट खाना खाया था। और उससे पहले भी खाने ने पेट में जाने का दो दिन का अंतराल लिया था कोई। वो अपनी फटी शर्ट से अपने कमर तक चिपक चुके पेट पर हाथ भी नहीं फिरा पा रहा था। हाँ, उसे नहीं पता था कि हाथ तो ओवरईटिंग टाइप कुछ करने वालों के बाहर निकले पेट पर ही फिराया जा सकता है। उसे अंडर ईटिंग को कॉन्सेप्ट पता न था।

वो रह-रहकर एक मासूम सी नज़र माँई पर डालता। वो खटिया से नीचे उस धूल में पैर फैलाए बैठी, मनु को पूरे दिन से देखे जा रही थी और जैसे ही मनु उसे देखता वो अनदेखा करने की कोशिश करती। अपनी फटी धोती से चेहरे पर आते आँसू पोंछती कि पसीना, मनु तय नहीं कर पाता। वो माँई को अनदेखा करते देख समझ जाता और फिर कमर तक चिपके पेट के गड्ढे में उसका हाथ उतर आता।

'ई हाथ ही से पेट भर जाता, तो कित्ता आराम मिलता? न ई माँई?'

माँई की रूह कांपने लगी। दिनभर से मनु को कुछ न दे पाने का दर्द उसके लिए लिए भी सहने जैसा नहीं था। उसे पता था कि छः साल का मनु कब तलक ही भूख सहेगा। इस एक सप्ताह में तो शरीर आधा भी नहीं रहा। अभी उसकी इतनी कोई आदत ही न पड़ी थी, कि भूखा सो सके। माँई भी तो सुबह-शाम मनु को थाली भर खाना खिलाती रही। मनु का बाप जितना लाता, उतना वो मनु के पेट भरने के उपाय में ख़र्च कर देती। उसे पता था ख़ाली पेट की जलन न सोने देती है और न जीने।

वो भी तो अपने कमर तक चिपके पेट को लिए ही बड़ी हुई। पर उसे तो आदत थी। ज़रा भात में वो दो दिन तो निकाल ही लेती।

अभी चार दिन हुए, कोई मनु के झूठे बर्तन में एक आध दाना चिपका बचा रह जाती तो उसे जीभ पर रख ही मन भर लेती। उन दो-चार दानों का नमक भरा स्वाद जीभ पर चढ़ते ही वो पेट को भुला देना जानती थी।

कुछ ही दिन पहले तक उसके और मनु के मुँह पर दिनभर तो नमक का स्वाद रहता। मनु का बाप इतना कमा लिया करता कि इस झुग्गी में भरपेट खाया जाता। भरपेट भी वो लोग यूँ खा लेते कि दोनों ही मरद-औरत बचत में नहीं, पेट भरने में ही जीवन समझते।

कुछ बचाते भी किसके लिए, गाँव में माँई ही बची मनु के बाप की। बिहार के शेखपुरा के शेरपुर से कोई आठ साल पहले ही मनु का बाप भाग आया। अपनी मेहरारु को लेकर नहीं, भुखमरी से भाग कर। उसकी आँखों के सामने ही उसके बाप ने भूख से दम तोड़ दिया। भूख के बीच बड़ा हुआ मनु का बाप भूख की मौत बर्दाश्त नहीं कर पाया। तब से ही वो उस गाँव की उस झुग्गी छोड़ आ गया यहाँ जयपुर।

उसकी माँई वहीं गाँव में बची रही, अपनी ही मजदूरी के भरोसे।

वो ना आई यहाँ। हाँ, मनु के बाप को यहाँ एक मिल में मजदूरी का काम मिल गया तो माँई ने उसका लगन कर बहू को भी बेटे के साथ भेज दिया। अब साल में कोई एक बार मनु अपने माँ-बाप के साथ वहाँ पहुँच जाता। तब जाकर उस बुढ़िया को भरपेट खाना मिला करता, लेकिन वो इसे आदत नहीं बनाती। जानती कि मनु का बाप चार दिन में लौट जाएगा, तब उसे आधा पेट ही रहना है।

जाने भूख से ही कि जाने कौन बीमारी से, वो अभी इक्कीस दिन पहले ही मर गई। और इक्कीस दिन ही हुए मनु के बाप को गाँव

गए। तब से लौट नहीं सका। सब बता रहे कि माँई की तेहरवीं से पहले ही यहाँ तक आने के सभी साधन बंद हो गए। कोई गाड़ी ना मिल रही। पड़ोसी के मोबाइल पर फ़ोन आया तो भी तो मनु के बाप ने यही कहा, कि कोई गाड़ी-घोड़ा का इंतजाम नहीं होता, तब तक नहीं आ सकता।

मनु की माँई ने फिर अपनी छोटी टूटी पेटी खोली। अपनी इस इकलौती धोती को उँचा-नीचा किया, झाड़ा भी, लेकिन वहाँ कोई बचत न झड़ी। यह तो वो भी जानती थी, कि इस पेटी में कुछ न मिलेगा।

मनु फिर कराह उठा।

'माँई, खाने की गाड़ी न आई।'

वो पेटी छोड़, बुझते उस चेहरे को देख बिलख पड़ी। किसी तरह भर्राती आवाज़ को काबू किया।

'कोई ना आया अब तलक।'

'माँई, वो थोड़ी देर पहले जो बस्ती में भीड़ जुटी थी, वो क्या लेने थी। क्या लेने दौड़े सब ही।'

माँई से बोला ना गया। उसने इशारा कर झुग्गी के बाहर टिमटिमाता दीया दिखाया। जो इस जगमगाते शहर में अपना एक हिस्सा दे रहा था।

'इस टैम थोड़ी आती दिवाली। फिर दीया क्यूँ कर बांटा इन्होंने, खाना क्यूँ नहीं लाते ये लोग?'

इस बार मनु मचल गया। बेजान शरीर पर भी वो चिल्ला उठा। बेचारगी और गुस्सा उसकी बाहर निकल आई आँखों से टपक रहे थे, आँसू की लकीर खींच गई उस चेहरे पर।

'मैं भी कहाँ समझी रे मनु। पर वो लोग खाना नहीं, दीया ही लाए। कह गए- दीया जलाकर रखना, हम खाना लाएँगे।

ना, ना। रोना नहीं मनु, अभी आती होगी गाड़ी। वो बोलकर गए, जो दीया जलाएगा, उसे वो खाने को बांटेगे।'

मनु के आँसु की लकीर को अपनी धोती से पोंछती माँई पूरी उसकी देह से लिपट गई।

'माँई, बायरस यहाँ नहीं आता तो बाबू लौट आते ना और हम भूखा ना रहते।'

'हाँ रे मनु, जाने क्या मनहूस आया यह वायरस। दीया बांटने वाले भी बोले कि यह जलाने से वायरस चला जाएगा और तेरा बाबू लौट आएगा। फिर हम भरपेट खाना खाएँगे।'

'पर माँई, ये खाने की गाड़ी ले आते लोग, हमको पूरा खाना क्यूँ नहीं दिए कभी।'

'वो नासमझ ठहरे मनु। कहते- हम बाहरी लोग हैं। पहले वे अपने लोगों का पेट भरेंगे। जैसे बाकियों को भगवान ने भूख नहीं दी हो।'

'तो तू कहती क्यूँ नाही कि हम विदेश से ना आए।'

माँई ने मन मसोस लिया। आँसू बह निकले। इन झुग्गियों के हजारों मजदूरों के लिए कुछ सौ के अंक में खाने के पैकेट कुछ

पुलिस वाले लाते, जो सरकार भेजती शायद। जाने वो चेहरों से पहचान लेते कि राजस्थान के मजदूरों को देते और दूसरे राज्यों से आने वालों को नहीं।

कहते- 'उनके पास इतने ही है कि अपनों का पेट भर सकें।'

'क्या हम इनके अपने नहीं?'

'नहीं, नहीं बस्ती के लोग तो अलग नहीं मानते। वो पैकेट हम सबके साथ बांट लेते हैं। ख़ुद भी तो आधा पेट भूखा ही रहते। भले ही बस्ती के सभी लोग एक-एक कोर ही खा लें, लेकिन वे बराबर ही बांटते।'

वो मन ही मन बुदबुदाई। एक बार फिर झुग्गी के बाहर तक गई झाँकने। देखा बस्ती सूनी सी थी। हाँ, हर झुग्गी के बाहर एक-एक दीया झिलमिला रहा था। शायद हर कोई खाने के इंतज़ार में इनके देर तक जलते रहने की प्रार्थना करने अंदर ख़ामोश हैं।

वो फिर मनु के पास लौट आई।

'माँई, गाड़ी आई क्या?'

'आती होती तो मैं तुझे अपने हाथों से खिला देती।' उसने मनु के सिर पर हाथ फेरा। मनु ने एक नज़र बाहर झिलमिला रहे दीये पर डाली। उसकी रोशनी में भी उसे अपनी भूख का कोई उपाय नज़र नहीं आया। उसने आँखें मूंद ली।

कहीं दूर ख़ूब शोर की आवाज़ें आने लगी अचानक। ढोल-ताशे, थालियाँ, पटाखे, आसमान तक पहुँचती आतिशबाजी, आसमान में कौंधती बिजलियों सी रोशनियाँ झुग्गी के दरवाज़े से दिखने लगी।

मनु ने आँख खोल किसी टूटते तारे को देखा था। वही तारा जो असल में टूटा नहीं, मनु के सामने शर्म के मारे झुक गया।

'माँई, बस्ती में सब भूखे होते तो खुसी मनाया करते क्या?'

माँई ने धोती का कोना मुँह में ठूंस मुँह फेर लिया। कैसे बताती उसे कि झुग्गियाँ पेट भर खाना खाकर ही ख़ुश होती हैं। ये उत्सव तो भरे पेट वालों की हैं। मनु को पता नहीं कि इस बस्ती से कुछ ही दूरी पर जो कॉलोनियाँ हैं, वहीं से ये खुशियों का शोर उठ रहा है। उस शोर में खाने वाली गाड़ी की आवाज़ सुनने की कोशिश माँई और मनु ही नहीं हर झुग्गी के भीतर के देहों पर जड़े कान कर रहे थे। पर देर तक आवाज़ें किसी उत्सव की ही आती रहीं।

मनु ने एक बार फिर आँख खोली।

'माँई, कहीं बबुआ हुआ लगता। थाली तब पीटते ना।'

माँई को जवाब न सूझा, घड़े से फिर पानी पीया और मनु से कहा, 'पानी पी ले मनु।'

बंद आँखों में ही मनु ने हल्की-सी गर्दन हिलाई। वो जाने कब सो गया। उसे सोता देख माँई ने लम्बी साँस भरी। वो पूरी रात उसके सूते हुए चेहरे को देख, कल कहीं न कहीं से खाना जुटा लेने की कसम खा रही थी। बाहर निकलने पर भले पुलिस मारे, लेकिन वो खाना लाएगी ही। शायद कहीं दुर, कोई गाड़ी बिना भेद सभी को खाना बांटती हो। किसी कॉलोनी में भीख देने वाला ही मिल जाए। वो अपने दोनों हाथों को देखने लगी। जैसे भीख माँगने के लिए उन्हें तैयार कर रही हो।

सुबह शहर का शोर थम गया था, लेकिन बस्ती में बड़ा शोर था। खाने की गाड़ी का इंतज़ार भूल हर कोई भागा जा रहा था। कोई लकड़ी इकट्ठा कर रहा था, कोई आग के लिए काग़ज़ बीन लाया था। कोई रात का थोड़ा जलने से बचा दीया ढूँढ लाया था।

जिसे मनु के सिरहाने जलाया गया। माँई के रुदन का शोर इतना था कि किसी भी पटाखे, थाली, ढोल-ताशों के उत्सव का शोर कम जान पड़ता।

■

का [illegible] करना पड़ेगा। [illegible], [illegible] के नीचे खड़े [illegible] जाएँगे, [illegible] कि उन्होंने सुना है।

[illegible] बस्ती वाले अपना सामान [illegible] में [illegible] गए। वहाँ ख़ाली [illegible] की बात [illegible] पहुँचा।

एक दिन सैयद साहब [illegible] के साथ शिमला का नक्शा अपने [illegible] के सामने रखा। [illegible] आए बेटे ने नक्शे को घुमा-घुमाकर, [illegible] किया। [illegible] और [illegible]। [illegible] पड़ [illegible] भी [illegible] लिए। परेशान होकर [illegible] से बोला— [illegible] जी [illegible] कोई कॉपी है।'

'पागल हो गया है [illegible], तहसीलदार साहब के पास [illegible] पढ़-[illegible] है [illegible] नक्शा पढ़ना नहीं [illegible], फिर [illegible] में काम करेगा?'

'अब्बाजी, मैं ठीक [illegible] सही [illegible] रहा हूँ।'

नक्शा छीनते हुए सैयद बोले— [illegible]। हमारा [illegible] शहर है, जिसका नाम बदलकर मैं [illegible] रखूँगा।' यह कहते उन्होंने नक्शे को चूम लिया।

अगले दिन एक ऊँट ठीक करके बेटा सैयद साहब को मनाकर नक्शे की जगह दिखाने ले गया।

बेटे के मना करने के बाद भी सैयद साहब [illegible] ऊँट पर [illegible] चले और कुछ सूखी लकड़ियाँ [illegible] जरूरी [illegible] तो जला ही [illegible]।

[illegible] दो [illegible] लगातार [illegible]